HEYNE
BÜCHER

Das Buch

Matt Hunter besucht mit Freunden ein Oldtimer-Baseballspiel der »Orioles« in Baltimore. Das Stadion wurde zu einer virtuellen Erlebniswelt umgebaut, und so ist es möglich, die historischen Baseballgrößen wie z. B. Babe Ruth quasi »live« zu erleben. Plötzlich tauchen vier Männer mit Maschinenpistolen auf und schießen wahllos in die Menge. Matts Freund Leif Anderson wird dabei verletzt. Irgendein Computergenie muss in das System eingedrungen sein und es manipuliert haben. Matt erfährt auch, dass diese Vandalen schon ein paarmal zugeschlagen haben. Er muss dringend herausfinden, wer sich hier nicht an die allgemein gültigen Spielregeln hält.

Die Autoren

Tom Clancy, geboren 1947 in Baltimore, legte schon mit seinem Roman *Jagd auf Roter Oktober* einen Bestseller vor. Mit seinen realitätsnahen und detailgenau recherchierten Spionagethrillern hat er Weltruhm erlangt.
Von Tom Clancy sind im Heyne Verlag erschienen: *Gnadenlos* (01/9863), *Ehrenschuld* (01/10337), *Befehl von oben* (01/10591), *Operation Rainbow* (01/13155), *Der Kardinal im Kreml* (01/13081) und zuletzt *Im Zeichen des Drachen* (43/174).
Außerdem die Taschenbuchreihen *OP-Center, Net Force* und *Power Plays*.

Steve Pieczenik ist von Beruf Psychiater. Er arbeitete während der Amtszeiten von Henry Kissinger, Cyrus Vance und James Baker als Vermittler bei Geiselnahmen und als Krisenmanager.

TOM CLANCY und STEVE PIECZENIK

TOM CLANCY'S
SPECIAL NET FORCE 2
VANDALEN

Roman

Aus dem Amerikanischen
von Heiner Friedlich

WILHELM HEYNE VERLAG
MÜNCHEN

HEYNE ALLGEMEINE REIHE
Nr. 01/13246

Titel der Originalausgabe
TOM CLANCY'S NET FORCE:
VIRTUAL VANDALS

Umwelthinweis:
Das Buch wurde auf
chlor- und säurefreiem Papier gedruckt.

Redaktion: Verlagsbüro Oliver Neumann

Deutsche Erstausgabe 5/2001

Printed in Germany 2001
Umschlagillustration: Chris Moore/Artist Partners
Umschlaggestaltung: Nele Schütz Design, München
Satz: Pinkuin Satz und Datentechnik, Berlin
Druck und Bindung: Elsnerdruck, Berlin

ISBN 3-453-17788-6

http://www.heyne.de

Danksagung

Wir möchten folgenden Personen, ohne deren Hilfe dieses Buch nicht möglich gewesen wäre, unseren Dank aussprechen: Bill McCay für seine kreativen Ideen und unschätzbaren Beiträge bei der Überarbeitung des Manuskripts; Martin H. Greenberg, Larry Segriff, Denise Little und John Helfers von Tekno Books; Mitchell Rubenstein und Laurie Silver von BIG Entertainment; Tom Colgan von Berkley Books; Robert Youdelman, Esquire, und Tom Mallon, Esquire, sowie Robert Gottlieb von der William Morris Agency, unserem Agenten und Freund. Wir wissen eure Unterstützung sehr zu schätzen.

1

Baltimore, Maryland, April 2025

Am strahlend blauen Himmel war weit und breit keine Wolke zu entdecken. Einzig ein in großer Höhe passierendes Flugzeug hinterließ einen weißen Kondensstreifen. Im Camden-Yards-Stadion blickte Matt Hunter zum Himmel hinauf. Von der Sonne geblendet, kniff er die braunen Augen zusammen. Gleich schalten sie auf Düsenantrieb um, dachte er.

Plötzlich spürte er einen Ellbogen in den Rippen, der ihn aus seinen Gedanken riss. »Da hast du uns ja tolle Sitzplätze besorgt, du Genie«, beschwerte sich Andy Moore. »Wir werden heute in der Sonne eingehen.« Der blonde Junge wischte sich mit der Hand über die hellhäutige Stirn. »Hat jemand Sonnenkrem dabei?«

»Also, ich kann leider nicht damit dienen.« David Gray krempelte seine Hemdsärmel auf und enthüllte muskulöse braune Arme. »Dank meiner afrikanischen Vorfahren benötige ich so etwas nicht.« Unbehaglich rutschte er auf seinem Sitz hin und her. »Aber bei der Renovierung hätten sie wenigstens an eine anständige Polsterung denken können!«

Leif Anderson lehnte sich entspannt in seinem Sitz zurück. »Ich kann mich nicht beschweren.«

Matt sah seinen Freund an. Kein Wunder, dachte er. Denn der Sitzplatz, auf dem Leif zu sitzen schien, war in Wirklichkeit leer. Er wurde von dem Hologramm-Bild seines Freundes eingenommen, der sich eigentlich im Apartment seiner Eltern in New York City aufhielt. Matt hatte keinen Zweifel daran, dass Leif in einem teuren und entsprechend bequemen Computer-Link-Stuhl saß. Über die Implantate unter seiner Haut war er mit dem Worldnet verbunden und konnte so visuell bei seinen Freunden in Baltimore sein. Obwohl er fast dreihundert Kilometer weit weg war, erlebte er alles, was im Stadion passierte, real mit.

»He, Anderson, du solltest besser dein Sim etwas tunen«, witzelte Matt. »Sonst bekommst du am Ende die Homeruns der Hologramm-Spieler gar nicht mit.« Er sah seine Freunde an, von denen einige körperlich und andere als Holos anwesend waren, und zuckte verlegen die Achseln. »Jungs, es ist das erste Heimspiel der Orioles in dieser Saison. Das waren die besten Plätze, die ich bekommen konnte.«

Auch ihm fiel es schwer, auf dem schlecht gepolsterten Sitz auf der nicht überdachten Zuschauertribüne eine bequeme Sitzposition zu finden. Aber die Vorstellung, die sie gleich sehen würden, war die Unannehmlichkeiten wert – und das bezog sich nicht auf das Baseball-Spiel. Matt und seine Freunde waren Computerfreaks und interessierten sich für alles, was mit Computern zu tun hatte. Sie waren von dem globalen Computernetz, das praktisch alle Winkel der Erde erreicht hatte, fasziniert. Von der Net Force, der Organisation, die das Netz überwachte, waren Matt, Leif, Andy, David und die anderen so begeistert, dass sie sich ihrer Jugendhilfstruppe, den so genannten Net Force Explorers, angeschlossen hatten.

In diese Organisation aufgenommen zu werden war nicht einfach gewesen. Zuvor mussten sie einen Ausbildungskurs absolvieren, der fast so hart wie die Ausbildung der amerikanischen Marines war. Allerdings war die Net Force auch aus einer gemeinsamen Spezialeinheit von Marines und FBI hervorgegangen und teilte mit diesen das Hauptquartier Quantico im Bundesstaat Virginia. Ihre Ausbildung hatte Matt und seinen Freunden zu einer ganz besonderen Computerschulung verholfen. In einer Welt, in der Computer als so selbstverständlich galten wie elektrisches Licht, waren Matt und seine Freunde geradezu Meister der magischen Kisten.

Sie waren nicht wegen der Sitzplätze oder der Mannschaften zu dem Spiel gekommen, sondern hauptsächlich wegen des Stadions. Camden Yards war komplett renoviert und mit einem aufwendigen Computersystem ausgestattet worden, mit dem ein Simulator für virtuelle Realität, ein Veeyar, betrieben werden konnte. In vielen Sportstadien waren die Sitzplätze schon länger mit Projektoren für Hologrammabbildungen versehen, hier aber war das ganze Feld nun ein riesiger Veeyar.

Als die beiden Mannschaften ihre Aufwärmübungen beendeten, richtete sich Leif gespannt in seinem Sitz auf. »Es geht los!«

Über Lautsprecher schallte die Stimme des Sprechers durch das Stadion. »Herzlich willkommen zum ersten Heimspiel der Orioles in der Saison 2025. Wir bieten Ihnen heute mehr als nur ein großartiges Spiel. Dank unseres neuen Veeyarsystems werden Sie ein Spiel im Baseballhimmel erleben. Einige der größten All-Stars aller Zeiten und die besten Slugger der Baseballgeschichte werden gegen einen erstklassigen Pitcher und eine traumhafte Abwehr antreten. Können die starken Schläger gegen die großartigen Werfer und Fänger gewinnen? Warten wir es ab!«

Als die letzten echten Spieler vom Feld gingen, schien für einen Augenblick ein Schatten auf das Spielfeld zu fallen. Dann erschienen vor den Dugouts der gegnerischen Mannschaften 18 geisterhafte Gestalten in den verschiedensten Trikots. Matt kamen sie allesamt altmodisch vor. Einige der Mannschaften gab es schon gar nicht mehr.

Ein paar der virtuellen Spieler winkten der Menge zu oder tippten grüßend an ihre Baseballkappen. Leif Anderson pfiff und klatschte begeistert in die Hände. »Nichts davon ist festgelegt«, sagte er. »Das wird alles nach dem Zufallsprinzip anhand der über die Spieler gespeicherten Informationen von den Systemcomputern generiert. Dabei wird jedes Detail berücksichtigt, wie die Spieler schlugen und fingen, sogar, wie sie sich dem Publikum gegenüber verhielten.«

»Wer ist denn der dicke Kerl bei den Sluggers?«, fragte Andy Moore.

Leif starrte ihn an, als hätte er in der Kirche laut gerülpst. »Das ist Babe Ruth, Mann. Der Babe Ruth, der 1927 sechzig Homeruns hatte. Und etwas weiter hinten, das ist Ty Cobb. Er hat das erste Base in seiner Baseballkarriere viertausendmal erreicht. Und ich kenne keinen, der in so viele Schlägereien mit Fans verwickelt war wie er.«

»Ich hoffe, du hast ein Info-Dump, das dir all dieses Zeug ins Ohr flüstert«, meldete sich Matt zu Wort. »Denn wenn du deine grauen Zellen für hundert Jahre alte Sportstatistiken verschwendest ...«

Leif grinste nur. »Wenn du dir die All-Stars da draußen genauer ansiehst, wirst du erkennen, dass mindestens die Hälfte von ihnen Trikots von New Yorker Teams tragen. Bei den Sluggers Ruth und Lou Gehrig von den Yankees, Frankie Frisch von den alten New York Giants und Don Drysdale, der früher bei den Brooklyn Dodgers spielte. Die Fielders haben Joe DiMaggio und Bill Dickey von den Yankees, Keith Hernandez von den Mets und Willie Mays und Christy Mathewson von den Giants. Alle haben mal für meine Heimatstadt gespielt!«

»Wie aufregend!«, sagte Matt ironisch, um seinen Freund aufzuziehen. »Warum haben die nur diese uralten Spieler aufgestellt?«

»Die Bedingung bei der Aufstellung lautete: keine Spieler aus diesem Jahrhundert«, entgegnete Leif. »Ein paar von ihnen spielten noch in den Achtzigern, wie zum Beispiel Ozzie Smith, Mike Schmidt und Johnnie Bench. Keith Hernandez war sogar bis in die Neunziger aktiv.«

Matt lachte. »Ich bin gespannt, was die Greise drauf haben.«

Die Spieler der All-Star-Abwehr nahmen ihre Spielpositionen ein, während ein Slugger im Trikot von Philadelphia auf das Abschlagfeld trat.

»Einen Vorteil haben Computerspieler jedenfalls«, witzelte David Gray. »Sie müssen sich nicht aufwärmen.«

»Sehr richtig«, lachte Leif. »Jeder Wurf, jeder Schlag, jeder Fehler wird generiert, wenn die Nummer des Spielers im Computer erscheint.« Er beugte sich vor und schrie aufgeregt: »Komm schon, Mike!«

»Mike Schmidt. Ein Superslugger«, erklärte er zu Matt gewandt.

Christy Mathewson machte ihn mit drei aufeinander folgenden Strikes nieder. Der Nächste war Ty Cobb, dem ein Single gelang. Anschließend warf Lou Gehrig einen grandiosen Line drive, und Roberto Clemente fing den Ball mit einem spektakulären Sprung.

Babe Ruth war der Cleanup Batter der Slugger. Er hatte eine seltsame Schlaghaltung. Es schien, als würde sein Schläger auf seiner Schulter liegen. Diese Haltung behielt er auch bei, als Mathewson zwei Strikes mit großer Wucht an ihm vorbeisausen ließ.

»Wieso heißt dieser Fettkloß eigentlich Babe?«, fragte Matt.

Der virtuelle Babe Ruth verließ die Batter's Box, nahm den Schläger von der Schulter und deutete mit ihm in Richtung der nicht überdachten Zuschauertribüne hinter dem Outfield.

Leif lachte laut. »Das ist seine berühmte Geste. Babe zeigt, wo der nächste Wurf landen soll.«

Just in diesem Moment erhoben sich vier Gestalten von ihren Sitzplätzen in der obersten Reihe der Mittelfeldtribüne. Es war, als hätten sie auf das Zeichen von Ruth gewartet.

Matt konnte nicht verstehen, dass er sie nicht schon vorher bemerkt hatte. Das Quartett trug Kostüme, die mindestens genauso alt waren wie die Uniformen der Spielerhologramme. Im Grunde sahen sie aus wie Schauspieler aus einem uralten Schwarzweiß-Gangsterfilm, wie sie vor den Zeiten der Unterhaltungsholos üblich waren.

Drei dieser seltsamen Gestalten waren männlich. Sie trugen Nadelstreifenanzüge und Hüte mit breiten Krempen. Bei der vierten handelte es sich um eine atemberaubend schöne Blondine in einem langen Rock und einem altmodischen Pullover. Auf dem Kopf trug sie einen kleinen Hut.

Der Größte dieser kleinen Gruppe deutete auf Babe Ruth. »Halt die Luft an, du Fettkloß!«

Matt runzelte die Stirn, als Leif aufstand, um die Störenfriede besser sehen zu können. Ty Cobb rannte ins Outfield und schrie den Eindringlingen beleidigende Worte entgegen. Seine Stimme war jedoch kaum zu hören.

»Irgendetwas stimmt hier nicht«, sagte Matt. »Eigentlich dürften wir den Typen gar nicht hören können.«

Und doch hallte das Echo der Stimme mit dem spöttischen Unterton immer noch durch das Stadion. Es schien, als kontrollierte die große Gestalt im Outfield das Lautsprechersystem. Aber das war nicht möglich, oder doch?

Es sollte noch schlimmer kommen. Was die vier als Nächstes taten, war *absolut* nicht möglich. Sie griffen unter ihre Sitze und holten große Waffen hervor, die seltsamerweise genauso altertümlich waren wie die Kostüme des Quartetts.

Thompson-Maschinenpistolen hatte Matt bisher nur aus Holos gekannt. Sie waren groß, schwer und unhandlich. In den Händen der vier auf der Tribüne wirkten sie jedoch leicht wie Federn. Mit donnernden Waffen mähten die Eindringlinge die Hologramm-Spieler auf dem Feld nieder.

Joe DiMaggio schaffte es nicht, sich vor den Schüssen der Maschinenpistolen zu retten. Auch Willie Mays und Roberto Clemente erwischte es. Ty Cobb hatte ebenfalls keine Chance. Der größte Schütze ließ die leichten Ziele in seiner Nähe links liegen, er hatte es einzig und allein auf Babe Ruth abgesehen. Der Yankee-Slugger wurde umgerissen und starb einen würdelosen Tod.

Böses Gelächter schallte über das Feld. »Mann, war das leicht, bei der Zielfläche!«, rief der größte Schütze der Truppe.

Das müssen Hologramme sein, dachte Matt. In die Trommeln dieser Maschinenpistolen passen nicht mehr als hundert Schuss, und die haben schon mindestens zweimal so viel abgefeuert.

Hologramme oder nicht, das Gaunerquartett sorgte dafür, dass sich die Zuschauertribünen schlagartig leerten. Ein Keil leerer Sitze tat sich auf, als die Besucher versuchten, sich aus der Schusslinie zu retten. Panisch rang auf den Treppen und Durchgängen jeder mit jedem, um sich in Sicherheit zu bringen.

Mit einem verächtlichen Lächeln beobachtete Matt die fliehenden Menschenmassen. »Ein paar Idioten werden sich bei der Flucht vor dieser harmlosen Lasershow noch das Genick brechen«, begann er.

Doch dann bemerkte er, dass die angeschossenen Personen leblos in ihre Sitze zurücksanken.

Plötzlich beunruhigt, wandte er sich nach Leif um. »Leif …«

Sein Freund war auf seinen Sitz gestiegen, um das Chaos auf den Tribünen besser beobachten zu können. Dort oben gab er eine perfekte Zielscheibe ab. Er stand immer noch da, als plötzlich eine Hologramm-Kugel seinen Brustkorb durchschlug. Mit weit aufgerissenen Augen brach Leif auf seinem Tribünensitz zusammen. Sein Mund verzog sich zu einem unhörbaren Schrei, als er geräuschlos auf dem Boden landete. Matt ertappte sich bei dem Gedanken, dass das Ganze nicht sehr realistisch aussah. Wahrscheinlich hatte das Chaos das Veeyar-Simulationssystem des Stadions überfordert.

Energisch schob er den Gedanken beiseite und kniete sich zu seinem Freund auf den Boden. »Zieht sofort eure Stecker, wenn ihr als Hologramme hier seid! Los, raus hier!«, schrie er.

Einige seiner Freunde und viele Fremde, die ihn gehört hatten, klinkten sich schnell aus. Mit seinem am Boden liegenden Freund beschäftigt, bemerkte Matt es kaum. Erleichtert stellte er fest, dass Leifs Körper keine Einschusswunde aufwies. Es ging ihm jedoch eindeutig schlecht.

Sein Gesicht war wächsern und kreidebleich; seine weit aufgerissenen Augen blickten starr. Offensichtlich war er nicht bei Bewusstsein. Seine Pupillen waren nur noch so groß wie Stecknadelköpfe.

Matt erkannte die Symptome sofort. Sein Freund stand unter Schock. Häufig wurde dieser durch ein physisches oder mentales Trauma ausgelöst. Wenn mit den Computerimplantaten etwas schief gegangen war, konnten aber auch Leifs Nerven gelitten haben.

Zur Grundausbildung der Net Force Explorers gehörte ein kompletter Erste-Hilfe-Kurs. Aber in diesem Fall konnte Matt nichts für seinen Freund tun. Leif war nicht bei ihm, er befand sich ja im dreihundert Kilometer entfernten New York. Über die immer schwächer werdende Veeyar-Verbindung konnte Matt nicht einmal seinen Puls fühlen.

Hastig griff er in seine hintere Hosentasche und zog seine Brieftasche heraus. Unter den Ausweisen und seiner Universal-Kreditkarte verbarg sich die Tastatur des Foilpacks, mit dem inzwischen jede Brieftasche ausgestattet war. Matt schaltete es an und wählte die Option ›Telefon‹. Die flexiblen Schaltkreise im Inneren des robusten Gerätes aus Polymer aktivierten das vorkodierte Handyformat.

Matt schickte ein kurzes Stoßgebet zum Himmel, als er die Brieftasche an sein Ohr hielt. Ein Glück, er hörte den Wählton! Er hatte gefürchtet, dass er gar keine Verbindung bekommen würde, weil die Systeme im Stadion gestört waren.

Alles der Reihe nach. Matt tippte die Vorwahl von East Side Manhattan und dann Leifs Telefonnummer ein. »Komm schon!«, murmelte er, während das Telefon in sein Ohr piepte. Dann stand die Verbindung, aber niemand nahm ab.

»Augenblicklich kann Ihr Anruf leider nicht entgegengenommen werden«, teilte ihm eine angenehme weibliche Stimme mit. Es war das Computersystem der Familie Anderson, das Matt nun eine Auswahl verschiedener Voice-Mail-Optionen anbot.

Er unterbrach die Verbindung, und als das Freizeichen wieder ertönte, gab er erneut eine Nummer ein, diesmal eine kürzere, nämlich die Vorwahl der Stadt New York und die Notrufnummer 911.

»Notdienst«, meldete sich eine Computerstimme.

»Ein medizinischer Notfall«, sagte Matt, wobei er sich um eine klare und deutliche Aussprache bemühte. Er teilte der Computerstimme Leifs Adresse und Apartmentnummer mit. »Das Opfer ist allein und steht unter Schock. Möglicherweise sind die Computerimplantate beschädigt und Nerven verletzt.«

Matt musste schlucken. Noch vor ein paar Minuten hatte er mit Leif darüber gewitzelt, dass er Gehirnzellen für nutzlose Informationen verschwendete. Wenn der Zwischenfall ernsthaften Schaden angerichtet hatte, konnte Leif durchaus Gehirnzellen *verloren* haben.

Leif hatte sich weder bewegt noch gesprochen. Unter Matts besorgtem Blick fing seine Hologrammabbildung an zu flackern und verschwand schließlich ganz.

Anstelle der Computerstimme ertönte nun eine echte Stimme, die ihn um weitere Informationen bat. Matt bemühte sich, die Fragen zu beantworten, und wies außerdem darauf hin, dass Leif wie er selbst Mitglied der Net Force Explorers war. Vielleicht beschleunigte das ja die Rettungsaktion. Dann rasselte er seine Net-Force-Explorers-Kennnummer herunter und gab seine Mobiltelefonnummer an.

Die können Leif wenigstens helfen, dachte er, als er die Verbindung nach New York unterbrach. Dann tippte Matt die lokale Notrufnummer ein. Wahrscheinlich waren bei der Polizei von Baltimore wegen des seltsamen virtuellen Angriffs bereits Hunderte von Anrufen eingegangen. Trotzdem würde es nicht schaden. Vielleicht konnte er mit seinem Anruf die Polizisten davon überzeugen, dass es sich nicht um einen dummen Scherz handelte.

Erneut erstattete Matt einem Voice-Mail-System Bericht. Klar, dachte er sich, es gehen wahrscheinlich gerade unzählige Anrufe beim Notdienst ein. Er fasste sich kurz und möglichst präzise. Nachdem er die Net Force Explorers erwähnte hatte, beendete er die Verbindung.

Was war in der Zwischenzeit im Stadion passiert?

Die schrecklichen Vier standen noch immer oben auf

der Tribüne und bestrichen mit ihren Thompsons das Feld und die Zuschauertribünen. Matt wurde es ganz anders, als eine virtuelle Kugel seinen Arm durchschlug. Offenbar wurden jedoch nur die virtuellen Zuschauer, die mit dem Simulationssystem des Stadions verbunden waren, verletzt.

Plötzlich erschienen bewaffnete Gestalten in den leergefegten Tribünen.

Vermutlich Polizisten, die sich in Hologrammform eingeklinkt hatten, um herauszufinden, was vor sich ging.

Waren sie denn nicht vor den virtuellen Schüssen gewarnt worden? Vielleicht dachten sie, ihre virtuelle Panzerung schütze sie gegen die vier. Ein verhängnisvoller Irrtum.

Mehrere Polizisten gingen zu Boden. Dann begannen die Abbildungen zu flackern und verschwanden schließlich.

Matt hörte Sirenen, die sich dem Stadion näherten. Über ihm tauchten Polizeihubschrauber auf.

Das Gelächter des großen Gangsters schallte über das fast leere Spielfeld. Er zielte mit seiner Thompson auf die Hubschrauber über dem Stadion. Allerdings konnten die virtuellen Kugeln den echten Polizisten und ihren Hubschraubern nichts anhaben.

»Okay, Leute«, dröhnte die Stimme des Schützen im Nadelstreifenanzug über das Lautsprechersystem. »Die Show ist vorbei.«

Von einer Sekunde auf die nächste waren sein Gelächter und das laute Knattern der Maschinenpistolen nicht mehr zu hören, als hätte man die Geräusche einfach abgestellt.

Die meisten Menschen in Matts Umgebung kauerten oder lagen im dürftigen Schutz der Tribünensitze. Matt Hunter aber stand aufrecht und blickte mit zornerfüllten

Augen auf die vier in den seltsamen Kleidern, die in wenigen Minuten so viel Zerstörung angerichtet hatten.

Dann waren die Eindringlinge verschwunden, ohne auch nur ein Flackern oder einen Schatten zu hinterlassen.

Wer auch immer diese Typen sind, sie haben ein ausgezeichnetes System hinter sich, dachte Matt. Ein wirklich sauberer Abgang …

2

In dem Moment, als ein starkes Kontingent der Polizei von Baltimore im Stadion erschien, klingelte Matts Walletphone. Obwohl die Verbindung sehr schlecht war, erkannte er die Stimme am anderen Ende der Leitung. Sie gehörte Captain James Winters, dem Verbindungsoffizier der Explorers zur Netforce. Bei diesem Team handelte es sich nicht um eine PR-Aktion. Als er die Idee mit den Net Force Explorers hatte, war Winters noch aktiver Stabsoffizier. Für den Captain waren die Explorers genauso seine Leute wie die Marines, über die er im letzten Balkankrieg das Kommando gehabt hatte.

»Als man bemerkte, dass das Netz involviert war, hat uns die örtliche Polizei sofort verständigt. Und als ich hörte, dass ein paar meiner Jungs mit drin steckten, habe ich mich gleich mit einem Hubschrauber auf den Weg gemacht.«

Matt grinste, das war typisch für den Captain – die Net Force Explorers waren »seine Jungs«.

»Ich möchte, dass du und die anderen die Fragen der Polizei von Baltimore beantwortet und mit ihr kooperiert«, erklärte er. »Sie werden froh sein, von geschulten Beobachtern Informationen über diesen Vorfall zu bekommen.«

Das war genauso typisch für den Captain, dachte Matt. Er erwartete von seinen Jungs, dass sie immer ihr Bestes gaben.

»Verstanden, Sir«, sagte Matt ins Telefon.

»Ich werde voraussichtlich in ein paar Minuten landen. Wir treffen uns auf dem Polizeirevier, wo ihr eure Aussagen macht.«

»In Ordnung, ich sage den anderen Bescheid.«

»Gut. Winters out.«

Die Verbindung wurde unterbrochen. Matt teilte den anderen mit, was der Captain gesagt hatte. Während er noch dessen Befehle erläuterte, klingelte sein Telefon erneut.

Ein Glück, dass ich die Konfigurationen nicht geändert habe, dachte er.

»Matthew Hunter?«, ertönte eine offiziell klingende Stimme in seinem Ohr. »Hier ist Sergeant Den Burgess vom Baltimore Police Department. Wir wurden darüber informiert, dass Sie sich zusammen mit anderen Net Force Explorers im Stadion befinden. Geben Sie mir bitte Ihren Standort durch.«

»Wir befinden uns noch immer auf der nicht überdachten Tribüne.« Matt deckte mit der Hand das Telefon ab und drehte sich zu seinen Kumpels um. »Steigt auf eure Sitze und winkt.«

Er hielt das Telefon erneut ans Ohr. »Sergeant? Wenn Sie eine kleine Gruppe sehen, die auf den Sitzen steht und winkt, haben Sie uns gefunden.«

»Ich sehe Sie«, sagte die Stimme in sein Ohr. »In ein paar Minuten bin ich bei Ihnen.« Dann war die Verbindung unterbrochen. Matt verstaute seine Brieftasche wieder in der Hose.

Zuvor war die Polizei hauptsächlich damit beschäftigt gewesen, das Stadion zu räumen und die verletzten Holos, die sich noch im Stadion befanden, zu identifizieren.

Jetzt bewegte sich eine kleine Gruppe uniformierter Polizisten auf die Tribüne zu, wo Matt und seine Freunde warteten. Angeführt wurde sie von einem großen Schwarzen, der sehr kompetent wirkte. Auf dem kurzärmligen Hemd trug er die Streifen eines Sergeants. »Ich bin Burgess«, stellte er sich vor. »Wer von Ihnen ist Hunter?«

»Das bin ich«, meldete sich Matt und trat aus der Gruppe hervor.

»Es sieht so aus, als hätten Sie und Ihre Leute alles gut überstanden.«

Matt schüttelte den Kopf. »Mehrere von uns waren als Holos hier, und einer wurde von einer virtuellen Kugel getroffen.«

Burgess sah sich besorgt um. »Ist er ...?«

»Ich hoffe, es geht ihm gut«, antwortete Matt, wobei ihn ein Gefühl tiefer Besorgnis überfiel. »Er ist in New York. Ich habe den dortigen Notdienst angerufen, mehr konnte ich nicht tun. Sonst sind alle unverletzt.« Er sah den Sergeant an und sagte: »Ich habe so etwas noch nie erlebt.«

Burgess schüttelte fassungslos den Kopf. »Ich auch nicht, Junge. Ich auch nicht.«

Der Sergeant nahm Matt und seine Freunde mit auf das nächstgelegene Polizeirevier, wo sie ihre Aussagen zu Protokoll gaben. Jeder beschrieb den Hergang des Verbrechens so gut wie möglich. Matt hatte einiges gar nicht beobachtet, weil er sich um Leif gekümmert hatte. Sergeant Burgess nickte, als er Matts Beschreibung der Schocksymptome hörte. »So erging es allen, die virtuell anwesend waren und getroffen wurden.«

»Ich habe schon von einem Implantat-Schock gehört«, sagte Matt. »Aber ich dachte, das wäre nur in kleinen Intensiv-Sims möglich, wo sich die Grenzen zur Realität verwischen.«

»Der Glaube spielt bei virtuellen Verletzungen eine weitaus größere Rolle, als die meisten denken«, ertönte eine vertraute Stimme hinter ihm.

Matt drehte sich um und sah Captain Winters vor den Schreibtisch des Sergeants treten. Er zeigte Burgess seinen Net-Force-Ausweis. »Ich war schon oben in der Zentrale, die Sie eingerichtet haben. Wir werden zusätzliche Technikspezialisten und Mediziner mit dem Hubschrauber einfliegen.«

Burgess atmete erleichtert auf. »Wir können jede Hilfe gebrauchen.«

»Sind Sie mit meinen Jungs hier fertig?«

»Ja, Sir«, antwortete der Sergeant. »Wir haben jetzt zumindest ein klares Bild von dem, was vorgefallen ist.« Er zuckte mit den Schultern. »Ob wir die Verantwortlichen aber schnappen …«

Winters nickte. »Das wird uns allen noch Kopfzerbrechen bereiten.« Er gab Matt ein Zeichen, dass er ihm folgen sollte. »Sie haben mir oben ein Büro gegeben«, erklärte er mit säuerlicher Miene. »Obwohl ich hier wahrscheinlich nicht viel ausrichten kann.«

»Ich verstehe immer noch nicht, wie das passieren konnte, Captain«, meinte Matt. »Gibt es bei großen Sims nicht Sicherheitssperren, die das System abschalten, bevor Menschen verletzt werden?«

»Sollte es«, gab ihm Winters mürrisch Recht. »Wie es scheint, hat es ein unbekanntes Programmiergenie geschafft, dieses Sicherheitssystem auszutricksen. Der einzige Lichtblick ist, dass weder Terroristen noch Kriminelle beteiligt waren.«

Matt blieb stehen und starrte Winters, der die Treppen hinaufstieg, fassungslos an. »Sie finden nicht, dass das, was heute Nachmittag passiert ist, kriminell war?«

»O nein«, sagte Winters, der unbeirrt seinen Weg fortsetzte. »Das war ein schwerer Gesetzesbruch, aber die

Schuldigen waren keine professionellen Kriminellen, sondern Kids.«

»Kids?«, wiederholte Matt, Winters folgend.

»Teenager«, erklärte der Captain. »Die Gruppe hat rund um Washington, D. C., Veeyars verwüstet und zerstört. Über einen Fernzugriff verschaffen sie sich die Kontrolle über die Systeme und zerstören sämtliche Programme, die gerade laufen. Denen ist es egal, ob es sich um Spiele oder kommerzielle Anwendungen handelt. Anschließend lassen sie die Computer hochgehen. Wer dann zufällig eingeloggt ist, muss damit rechnen, verletzt zu werden. Die Opfer erlitten allesamt einen Schock, genau wie Leif Anderson.«

Winters hielt inne. »Übrigens, ich habe mit dem Notdienst in New York gesprochen. Leifs Zustand ist stabil. Das haben wir deiner schnellen Reaktion zu verdanken.«

Matt fiel ein Stein vom Herzen. »Ich bin froh, das zu hören«, sagte er. »Aber wie kommt diese Gang rein und raus?«

Der Captain schüttelte den Kopf. »Das wissen wir eben nicht. Wenn sie mit einem System fertig sind, ist es ziemlich am Ende. Wir glauben, dass die Vorstellung heute ein Test war. Sie wollten sehen, ob sie auch ein großes System erledigen können.« Er folgte dem Gang. »Wenn das stimmt, war die Aktion ein voller Erfolg. Das Systemmemory von Camden Yards ist weitgehend zerstört.«

»Was ist mit den HoloNet-Crews, die das Spiel übertragen wollten?«, wandte Matt ein. »Die müssen doch Bilder dieser Leute haben.«

»Die gibt es in der Tat«, grummelte Winters, während er die Tür zu seinem Büro öffnete. Über dem Systemdesk schwebten die Hologrammabbildungen von vier Köpfen.

Matt erkannte sie sofort wieder. »Der da, mit dem runden Gesicht und den großen Ohren, war der Sprecher der Gruppe. Er war ziemlich groß.«

»Es hat etwas gedauert, aber schließlich haben wir doch einen Treffer in den Kriminalakten gelandet«, berichtete Winters.

»Großartig!«

Der Captain schüttelte den Kopf. »Es handelt sich um ein nahezu hundert Jahre altes Foto von 1934. Das ist das Gesicht von John Dillinger.«

»Proxys.« In Matts Stimme lag Verachtung. Manchmal verwendeten Leute in der virtuellen Realität die Gesichter oder sogar Körper anderer Personen. Als die Technologie noch ganz neu war, waren Proxys der Renner. Viele kreierten die wildesten Kreaturen, in deren Gestalt sie dann ins Netz gingen. Aber als das Netz zunehmend für geschäftliche Zwecke genutzt wurde, änderte sich das. Proxys kamen aus der Mode. Inzwischen wurden sie nur noch in persönlichen Veeyars, Spielen und historischen Simulationen eingesetzt.

Matt hatte davon gehört, dass manche Leute bei virtuellen Geschäftsbesprechungen eine verbesserte Version von sich selbst verwendeten. Manche Holostars wechselten gelegentlich während einer Sendung das Erscheinungsbild. Niemand erschien jedoch als Proxy in der Öffentlichkeit, und schon gar nicht als Openair-Holo!

»Diese vier müssen seltsam, nein, exzentrisch sein«, meinte Matt. »Reiche Leute sind exzentrisch, und die hätten genug Geld, um so etwas wie heute zu veranstalten. Natürlich sind diese Teenager auch Computergenies.«

»Sie haben auf jeden Fall einen makabren Sinn für Humor. Bei diesem Gesicht haben wir etwas länger gebraucht, um es zu identifizieren.« Winters deutete auf ein Gesicht mit Schnurrbart und fliehendem Kinn. »Das ist Dr. Crippen, der 1910 in England als Mörder hingerichtet wurde. Der Fall erregte damals großes Aufsehen.«

Zu den beiden übrigen Gesichtern meinte er: »Die beiden sind nicht einmal Kriminelle.«

Matt starrte in das lachende schmale Gesicht eines dunkelhaarigen Mannes und das lächelnde, herzförmige Gesicht einer jungen Frau. »Wer sind sie?«

»Schauspieler. Warren Beatty und Faye Dunaway 1967 in *Bonnie and Clyde*.«

Matt konnte ein Kichern nicht unterdrücken.

»Nur ein paar Kids, die sich einen Spaß erlauben wollten«, sagte Winters verärgert. »Aber sie haben eine Menge Leute verletzt, und ihre dummen Scherze geraten allmählich außer Kontrolle.«

Matt wurde ernst. »Haben Sie irgendeine Spur?«

Der Captain schüttelte seinen Kopf. »Wir haben unsere besten Lockvögel ins Netz geschickt. Bis jetzt ein völliger Fehlschlag.«

Matt studierte die vier Gesichter eingehend. »Selbst der beste erwachsene Operator kann sich nicht perfekt als Teenager tarnen«, sagte er. »Wenn Sie diese Kids fangen wollen, brauchen Sie einen echten Teenager.«

Er klopfte sich auf die Brust. »Und ich glaube, ich bin dafür der Richtige.«

Der nächste Tag war Montag. Normalerweise fiel Matt das Aufstehen am Anfang einer neuen Schulwoche besonders schwer. Heute jedoch war er gleich hellwach, duschte, zog sich an und hatte nach dem Frühstück noch genug Zeit, um gemütlich zur Bushaltestelle zu gehen. Er feilte an einem Plan. Matt ging auf die Bradford Academy, eine der renommiertesten Highschools im Gebiet von Washington. Er selbst hatte ein Stipendium, aber die meisten Schüler waren smarte Kids aus reichen Elternhäusern. Selbst wenn die virtuellen Vandalen nicht auf die Bradford Academy gingen, war sich Matt ziemlich sicher, dass jemand aus seiner Schule sie kannte.

Als er den Bus kommen sah, hob er die Hand. Der Bus hielt an; Matt stieg ein und zog seine Universal-Kreditkarte durch den Schlitz des Computersystems, das den Bus lenkte.

»Ihr Zielort bitte?«, fragte der Computer.

Matt nannte die Kreuzung, die der Bradford Academy am nächsten lag, und setzte sich. Gleich war er in Gedanken wieder bei dem Problem, das er sich selbst aufgehalst hatte.

Er musste einen Weg finden, sich in die Eliteclique der Schule einzuschleusen. Diese so genannten Leets hatten das Sagen. Mit schöner Regelmäßigkeit wurden ihre Mitglieder zu Klassen- oder Schulsprechern gewählt und für die Organisation der Schulfeste ausgesucht. Matt kannte ein paar der Schlaueren unter ihnen aus dem Unterricht. Er ging die Liste durch. Konnten sie wirklich hinter den waffenschwingenden Proxys von gestern stecken? Kaum zu glauben.

Allerdings gab es auf der Bradford Academy noch eine Menge anderer reicher Kids, die genug Geld hatten, sich die beste Computerausrüstung zu leisten und sich so langweilten, dass ihnen jeder Nervenkitzel recht war.

An Matts Haltestelle fuhr der Bus an den Straßenrand. Matt stieg aus und ging ein paar Block weit bis zum Schulgelände. Der Parkplatz füllte sich bereits mit blitzenden Luxusautos. Spielzeuge, die sich die reichen Kids der Schule leisten konnten.

Andy Moore stand an die Mauer gelehnt neben dem Eingang und versuchte, sich in der schwachen Morgensonne zu wärmen. Das Wetter hatte über Nacht umgeschlagen. An diesem Morgen war es ausgesprochen frisch. Matt grinste, als er das rote Gesicht seines Freundes sah. Andy hatte sich am Vortag einen Sonnenbrand geholt.

»Ich verstehe einfach nicht, warum wir hier sind«, begrüßte ihn Andy mürrisch.

»Das Gesetz bezüglich der Schulpflicht von 2009«, antwortete Matt, der in Sozialkunde seine Hausaufgaben gemacht hatte. »Nach diesem Gesetz müssen wir mindestens bis zu unserem 18. Lebensjahr in die Schule gehen.«

»Das ist doch reine Schikane«, meckerte Andy. »Der Unterricht könnte genauso gut im Netz stattfinden. Dann könnte ich jetzt gemütlich im Schlafanzug auf meinem Bett sitzen und frühstücken und mich langsam auf den Tag vorbereiten.«

»Wenn es eine zweispurige Verbindung wäre, würde das wahrscheinlich gegen das Lehrerschutzgesetz von 2010 verstoßen.«

Andy zuckte die Achseln. »Ja, vielleicht.« Dann sah er Matt misstrauisch an. »He! Ich kann mich an kein solches Gesetz erinnern.«

»Das hab' ich auch gerade erfunden«, entgegnete Matt. »Du hast wahrscheinlich Recht, die Schule ist ein großes Babysitter-Unternehmen. Sie ist dazu da, dass die Eltern morgens mit ruhigem Gewissen zur Arbeit gehen können, weil sie wissen, dass auf ihre Kinder aufgepasst wird …«

»Und die Eltern, die zu Hause arbeiten, sind ihre Kinder los«, ergänzte Andy.

»Ich glaube, wir lernen mehr als Mathe, Englisch und Sozialkunde«, sagte Matt. »In der Schule begegnen wir den unterschiedlichsten Leuten und lernen, mit ihnen auszukommen. Sonst wären wir irgendwann nur noch für Veeyars und den Kontakt mit den Computern in den automatischen Bussen zu gebrauchen.«

Andy lachte. »Ich hoffe, dass ich mir irgendwann wenigstens ein automatisches *Auto* leisten kann.«

Die Schultüren öffneten sich. Matt, Andy und die anderen Schüler eilten die Gänge entlang zu den Klassenzimmern. Matt meldete sich an einem der Rechner an und gab seine Schüler-ID ein. Damit wurde automatisch seine Anwesenheit vermerkt und sein Stundenplan aufgerufen.

Gut, dachte er. Keine Überraschungslehrer. Weil Bradford in Washington so angesehen war, gingen dort Besucher aus aller Welt ein und aus. Mitunter kamen Gelehrte, die die Lehrer kannten, Pädagogen, die den Schulablauf in Augenschein nehmen wollten, und sogar berühmte ehemalige Schüler. Heute schien es jedoch, abgesehen von der Bitte seines Geschichtslehrers, ihn nach dem Unterricht zu treffen, keine Besonderheiten zu geben.

Matt machte sich deswegen keine Sorgen. Er mochte Dr. Fairlie und kam im Unterricht gut mit ihm aus. Außerdem hatte er augenblicklich andere Probleme.

Er fuhr seinen Rechner herunter und drehte sich zu den anderen um. Andy redete bereits über den gestrigen Vorfall.

»He, ich war dabei!«, erzählte er seinem Publikum. »Das war wirklich krass! Ihr kennt doch Leif Anderson, oder? Er war als Holo da, und einer dieser Kerle hat ihn angeschossen!«

»Ich habe gehört, dass es nur ein paar dumme Kids gewesen sein sollen, die im Netz herumgealbert haben«, erklärte Matt.

»Wenn das ihre Art ist herumzualbern, will ich nicht wissen, was passiert, wenn sie Ernst machen«, sagte Lois Kearny.

»Stimmt«, fügte Manuel Oliva hinzu. »Das ist was anderes, als die Toilettenspülungen so zu programmieren, dass sie alle gleichzeitig los gehen.« In dem Jahr, bevor sie nach Bradford gekommen waren, war einem unbekannten Genie diese legendäre Meisterleistung gelungen. Offiziell hatte die Schulbehörde den Täter nie ausfindig machen können. Aber es ging eine große anonyme Spende ein – wahrscheinlich von den Eltern des Übeltäters –, mit der die Schule die Wasserschäden und Klempnerarbeiten bezahlen konnte.

»Hat von euch zufällig jemand mitbekommen, wer sich da im Netz Späßchen erlaubt?«, fragte Matt beiläufig.

Die Antworten waren enttäuschend. Er bekam nur von kleinen Vorfällen zu hören, wie zum Beispiel die Geschichte von jemandem, der seinen Liebesbrief versehentlich an alle E-Mail-Adressen der Schule geschickt hatte.

»Ich habe gehört, dass sich jemand in das kommerzielle Unterhaltungssim eingehackt hat«, erzählte Mannie Oliva.

Nicht sehr beeindruckt spöttelte Lois: »Kaufen Sie sich ein Abenteuer.«

»Das sind aber die ganz speziellen Sims, nur für Erwachsene«, fuhr Mannie fort.

»Hört sich an, als suchte ein Computerfreak ein bisschen Aufregung im richtigen Leben«, rief Andy.

»Und zwar an der falschen Stelle«, stimmte Matt zu.

Den Rest des Tages waren sie mit Schularbeiten beschäftigt. Dr. Fairlie brachte Matt bei seinen Ermittlungen jedoch einen gehörigen Schritt weiter. Vor dem Klassenzimmer, in dem sein Geschichtslehrer seine letzte Stunde hielt, wartete bereits ein Klassenkamerad von ihm, Sandy Braxton. Er gehörte zu den Leets.

Dr. Fairlie bat sie herein, nachdem seine Schüler aus dem Zimmer gestürmt waren. »Wie ihr wisst, macht das Forschungsprojekt einen großen Teil eurer Geschichtsnote aus. Da ihr beide das gleiche Thema, die Schlacht von Gettysburg, habt, möchte ich, dass ihr zusammen an diesem Projekt arbeitet.«

»Ich habe schon einiges über den Angriff von General Pickett herausgefunden«, berichtete Sandy begeistert.

»Das war der Südstaaten-General, der die Linie der Nordstaaten durchbrach. Der Anführer der angegriffenen Truppen war mal sein bester Freund.«

»Ein sehr interessanter Ansatz, Mr. Braxton«, sagte Dr. Fairlie. »Leider sind Ihre Berichte eher für ihre aufwendigen Computereffekte bekannt als für ihren klaren Inhalt.«

Der Lehrer wandte sich zu Matt. »Mr. Braxton ist kein großer Schriftsteller. Erstaunlicherweise hat er es in Bradford bis ins dritte Jahr geschafft, ohne in der Lage zu sein, seine Gedanken zu ordnen und zusammenhängende Aufsätze zu produzieren.«

Matt wusste, woran das lag. Sandy Braxton dachte wahrscheinlich, er hätte es nicht nötig, seine Gedanken zu ordnen. Wenn er die Schule erst einmal hinter sich gebracht hatte, konnte er sich jeden Experten für Organisation leisten, wenn er bei der Leitung des Familienbetriebes Unterstützung brauchte. Soweit Matt wusste, umfasste dieser Betrieb halb Virginia.

Der Lehrer fuhr fort. »Ihre Berichte, Mr. Hunter, sind Musterbeispiele für klare Strukturen. Vielleicht können Sie Mr. Braxton ein paar Tipps geben.«

Um ehrlich zu sein, wusste Matt nicht, ob er Sandy Braxton etwas beibringen konnte. Aber Sandy konnte für Matt der Schlüssel zu den Leets sein, und die wollte er in Augenschein nehmen.

Er streckte die Hand aus und sagte: »An die Arbeit, Partner.«

3

Als Matt nach Hause kam, ging er sofort in sein Zimmer. Er warf ein fünf mal fünf Zentimeter großes Datascrip auf seinen Schreibtisch. Die Memory-Matrix enthielt Gigabytes von Informationen, die Sandy Braxton über die zwei Bürgerkriegsgeneräle Hancock und Armistead zusammengetragen hatte. In dem leeren Haus klangen die Geräusche viel lauter als sonst. Sein Vater war bei einer Lehrerkonferenz, und seine Mutter würde von ihrer Arbeit im Verteidigungsministerium erst in eineinhalb Stunden zurückkommen.

Matt blieb also genügend Zeit für sein Vorhaben und die Hausaufgaben.

Er sank in den Computer-Link-Sessel vor seinem Schreibtisch, lehnte sich entspannt zurück und ließ seinen Kopf auf die Kopfstütze sinken. Einen Moment lang summte es in seinen Ohren, als die Empfänger im Stuhl die Verbindung mit den Implantaten unter seiner Haut herstellten. Der Schreibtisch verschwand allmählich vor Matts Augen, und er trat in seinen persönlichen Veeyar, das Betriebssystem seines PCs, ein.

Schwerelos driftete er mit überkreuzten Beinen im klaren Sternenhimmel. Vor ihm schwebte eine Marmorplatte, die mit kleinen, leuchtenden Objekten – Symbolen für verschiedene Programme in seinem Computer – dekoriert war.

Matt streckte einen Finger aus, berührte ein neonblaues Telefon, das nur gut zwei Zentimeter groß war, und nannte mit leiser Stimme Leif Andersons Telefonnummer. Im Grunde flüsterte er die Nummer nur, aber das reichte in einem Veeyar aus. Eine Sekunde später war die Verbindung hergestellt. Matt wisperte eine Nachricht. *Leif, hier ist Matt. Hast du etwas dagegen, wenn ich dir einen virtuellen Besuch abstatte?*

Brennende Buchstaben erschienen in der Luft. *Komm rauf!*

Matt ließ das winzige Telefon los und nahm einen kleinen goldenen Blitz in die Hand, das Symbol für die Herstellung der Verbindung. Er flüsterte erneut Leifs Nummer und fügte den Startbefehl hinzu. Das Universum verzerrte sich vor seinen Augen, als er sich ins Netz einloggte.

Matt schien durch eine riesige Lichterstadt zu fliegen. Riesige Wolkenkratzer in leuchtenden Farben markierten die großen Webknoten von Unternehmen. Es gab auch graue Gebäude, deren einzelne Fenster in verschiedenen Farben erleuchtet waren. Das waren die Knoten kleinerer Unternehmen und persönliche E-Mail-Sites. Am pechschwarzen Himmel schwebten jedoch auch noch andere Gebäude. Da sein Zielort vorprogrammiert war, schoss Matt mit großer Geschwindigkeit daran vorbei.

Er raste weiter durch die virtuelle Landschaft, bis er zu einem leuchtenden silbernen Gebäude kam. Dort steuerte er auf ein Stockwerk zu, dessen Fenster alle rot erleuchtet waren – die Suite der Familie Anderson.

Als er das virtuelle Fenster erreichte, schloss Matt für den Bruchteil einer Sekunde die Augen – und stand im nächsten Moment in Leifs Zimmer.

Er blinzelte. Das hatte er nicht erwartet. Er hatte angenommen, dass er in Leifs Veeyar landen würde und nicht in Holoform in der realen Welt. »Ich habe gar nicht gewusst, dass du dein Zimmer für die Vollprojektion von Holos ausgerüstet hast«, meinte er kopfschüttelnd.

»O ja, das ist der Renner, vorausgesetzt deine Leute verfügen über das nötige Kleingeld.« Leif hätte sein Gesicht vermutlich lieber hinter einer virtuellen Maske versteckt. Seine Haut war blass, und obwohl er in einem großen, bequemen Sessel saß, war sein Gesicht schmerzverzerrt. Er trug Schlafanzug und Bademantel.

»Du erholst dich noch von dem Schock?«

Leif nickte und stöhnte vor Schmerzen. »Warst du jemals bei einem Programmabsturz in einem Veeyar?«

»Wem ist das nicht schon mal passiert? Gewöhnlich gibt es höllische Kopfschmerzen.«

»Multipliziere diese Schmerzen mit hundert, dann kannst du dir in etwa vorstellen, wie ich mich fühle. O Mann! Es tut mir sogar weh, mich selbst reden zu hören.«

Leif seufzte und ließ den Kopf langsam auf die Sessellehne zurücksinken. »Mein Implantat ist okay, und die Ärzte sagen, dass keine Nerven beschädigt wurden, nur eine Reizung.« Sein Mund deutete ein leichtes Lächeln an. »Bis sich meine Nerven wieder regeneriert haben, ist für mich die virtuelle Realität erst mal gestorben. Meine Eltern sind natürlich begeistert, dass für mich hier draußen in nächster Zeit laute Musik, Actionholos mit kreischenden Sirenen, Verfolgungsjagden mit dem Auto und Explosionen streng verboten sind. Kurz gesagt, bis auf weiteres kein Spaß.«

Er warf Matt einen scharfen Blick zu. »Bis jetzt habe ich im HoloNet noch nicht viel über den Vorfall im Camden Yards gesehen. Ich kann gar nicht glauben, dass die Cops noch keine Spur haben. Hat sich die Net Force eingeschaltet? Worum ging es bei dem Anschlag eigentlich? Waren das Terroristen?«

»Es waren Kids«, antwortete Matt. »Weder die Cops noch die Net Force wissen, wer sie sind.«

Er erzählte Leif, was Captain Winters berichtet hatte.

Leif runzelte die Stirn. »Welche Spinner kommen auf die Idee, virtuelle Baseballspieler niederzuschießen?« Dann beantwortete er seine Frage gleich selbst. »Verwöhnte, reiche und gestörte Kids, die aus Spaß und nicht etwa wegen des Geldes andere Menschen verletzen.«

»Vielleicht hassen sie Baseball«, schlug Matt vor.

»Du meinst, sie könnten zu den Outsidern der Schule gehören, die niemals in ein Team gewählt werden?« Leif lehnte sich in seinem Sessel nach vorne. »Wir haben es hier mit reichen und klugen Jugendlichen zu tun. Und wenn diese reichen Kids aus dem Gebiet um D. C. kommen, müsste ich sie kennen. Zumindest müsste ich Leute kennen, die sie kennen.«

Leif lehnte sich zurück, schloss die Augen und seufzte. »Mann, ich wäre genau der Richtige, um diese virtuellen Vandalen ausfindig zu machen. Wenn ich nur ins Netz könnte!«

Er blickte Matt direkt in die Augen. »Du bist hinter ihnen her, nicht wahr?«

Matt nickte. »Ich versuche es, aber ich könnte Hilfe gebrauchen.«

»Das denke ich auch.« Leif runzelte noch immer die Stirn, aber nun, weil er nachdachte. »Das bedeutet, dass du es mit anderen Leuten als sonst zu tun haben wirst. Eventuell musst du sogar in die Stunden der Reichen gehen.«

Matt lachte. »Manche sind gleicher als andere, das ist mir klar.«

Leif blieb ernst. »Die interessieren sich nur dafür, wer mehr Geld oder gesellschaftliches Ansehen besitzt. Darum können sie auch Diplomaten gut leiden, denn die haben gewöhnlich Geld *und* Ansehen. Wenn sich diese Leute einen dummen Scherz erlauben, wird die Regierung ihn vertuschen.«

»Du denkst also, es könnten Kinder von Diplomaten sein?«, fragte Matt.

»Schon möglich. Gib jemand diplomatische Immunität, und schon fühlt er sich von jeglicher Verantwortung befreit.« Leif sah Matt an. »Aber das nutzt dir nichts, wenn du ihnen näher kommen willst. Reiche Kids sind immer bereit, dich auszunutzen.«

Matt dachte plötzlich an Sandy Braxton, der wie selbstverständlich auf seine Hilfe zählte.

»Du könntest ihr Interesse wecken, auch eine Art, sich von ihnen benutzen zu lassen. Du unterhältst sie.«

»He, du bist auch reich«, sagte Matt. »Du lässt deine eigenen Leute ziemlich schlecht aussehen.«

»Ich habe schon genug Snobs und Ausnützer getroffen«, entgegnete Leif knapp. »Ich kenne diese Leute, deswegen mag ich sie nicht.« Er überlegte und sagte schließlich: »Computer! Stimmenidentifikation für mündliche Befehlseingabe.«

»Stimme identifiziert als Leif Anderson.« Die Antwort des Computers ertönte sehr leise, trotzdem schien sie den ganzen Raum zu füllen.

»Dateiübertragung. Proxy, Zugang, Maxim dot com. Symbolerstellung.« Leif wandte sich zu Matt. »Hand her, Alter.«

Als Matt seine virtuelle Hand ausstreckte, fiel eine kleine Schachfigur auf seine Handfläche. Es war ein etwa zwei Zentimeter großer Bauer aus lodernden roten Flammen.

»Das ist ein Programm, das du über das Netz mit nach Hause nehmen kannst«, sagte Leif. »Starte es auf deinem Computer, und du erhältst die Koordinaten und ein Kennwort für einen ganz besonderen Webknoten, einen virtuellen Chatraum.«

»Oh, großartig«, murmelte Matt.

»Das ist ein besonderer Chatraum«, sagte Leif. »Dort treffen sich die jungen Reichen und Rastlosen. Niemand erscheint da mit seinem wahren Gesicht. Jeder verwendet Proxys, je wilder desto besser.« Er hielt einen Moment lang inne. »Das ist der Rest des Programms. Ich habe für mich ein neues Proxy entworfen, das die Aufmerksamkeit der Leute dort erregen soll.«

Matt starrte seinen Freund an. »Du bist öfter in diesem Chatraum?«

Leif lachte, aber seine Stimme klang vollkommen humorlos. »Ja, klar. Ich hänge auch gerne mit den reichen Kids herum, selbst wenn es bedeutet, dass ich ihr Interesse wecken und sie unterhalten muss.«

Nachdem Matt über das Netz nach Hause zurückgekehrt war, erledigte er seine Hausaufgaben und aß zu Abend. Dann erst klinkte er sich wieder in seinen Computer ein und griff nach dem lodernden roten Bauern. Nachdem er das Proxyprogramm aktiviert hatte, rief er einen virtuellen Spiegel auf, um sich in seiner Proxygestalt zu betrachten.

Sollte das ein Witz sein? Leifs Programm hatte ihn in ein Strichmännchen verwandelt. Es war die Art von Figur, die man schnell freihändig zeichnete, mit kleinen Punkten als Augen und einem einfachen Strich als Mund. Unter Matts Blick stieg der Figur Schamröte ins Gesicht.

Hatte Leif tatsächlich die Absicht gehabt, als laufender Krakel in diesem Chatraum zu erscheinen?

Dann überlegte er. Das Strichmännchen war tatsächlich die perfekte Tarnung für ihn. Leif hatte Recht, er würde auffallen. Matt entschied sich, es zu versuchen. Was machte es schon, wenn er sich wie ein Idiot vorkam. Er konnte jederzeit die Verbindung abbrechen, und niemand würde je erfahren, dass Matt Hunter da gewesen war.

Als er an sich herabsah, stellte er fest, dass er nicht mehr rot war. Mit der einen Hand seiner Strichmännchenfigur griff er nach seinem goldenen Blitz-Symbol, mit der anderen nach dem roten Bauern mit dem Zielort und dem Kennwort.

Er gab den Flüsterbefehl. *Starten.*

Matt wirbelte durch die grell leuchtende Stadtlandschaft des Netzes, durch Gebiete, die er noch nie zuvor erkundet hatte. Plötzlich fiel ihm auf, dass die virtuellen Bauwerke hier weiter auseinander lagen und von Sicherheitszonen umgeben waren. Die Konstrukteure hatten auch mit dem Design experimentiert. Matt flitzte an etwas vorbei, das wie ein neonfarbener Friedhof aussah, dann an einer leuchtenden Nachbildung des Drakula-Schlosses. Schließlich hielt er vor rotgoldenen Toren an.

Vor ihn trat eine riesige Gestalt ohne Gesicht. Matt nannte blitzschnell das Kennwort, das Leif ihm gegeben hatte. Er war ganz und gar nicht in der Stimmung herauszufinden, wie die grell leuchtende Kreatur mit Eindringlingen verfuhr.

Die Gestalt des Pförtners leuchtete auf und verwandelte sich in einen großen, dünnen Mann, der einen altmodischen Smoking trug. Er sah aus wie der Oberkellner eines Luxusrestaurants.

»Folgen Sie mir bitte, mein Herr oder meine Dame.« Der Kellner sprach mit einem Akzent, den Matt als französisch identifizierte.

Er trat durch das Tor und befand sich plötzlich in einer Umgebung, die er bisher nur aus Holos gekannt hatte. Matt stand in einer großen Halle, die im Stile der Neunzigerjahre des 19. Jahrhunderts dekoriert war. Alles war in Rot und Gold gehalten. Die Wandtapeten waren aus rotem Satin, die Vorhänge aus edlem rotem Samt, und auch die Stühle waren mit diesem Stoff überzogen. Glänzende goldene Säulen stützten die Decke, die offenbar aus gehämmertem Blattgold bestand. Die Logen auf den Balkons waren mit Gold dekoriert, und sogar die Flammen der altmodischen Gaslampen leuchteten golden.

Den einen Teil der Halle nahm ein Restaurant ein, in dem schwarz gekleidete Kellner zwischen den Tischen umhereilten. In dem anderen befand sich ein Casino, das die verschiedensten Glücksspiele bot. Ein kleines Orchester spielte für die wenigen Gäste auf der Tanzfläche uralte Musik.

Die größte Fläche jedoch nahm ein großer rotgoldener Teppich ein, auf dem die verschiedensten Gestalten herumspazierten. Manche gingen wortlos aneinander vorbei, andere plauderten miteinander.

Ungläubig starrte Matt einen gigantischen rotgoldenen Roboter an, dessen Kopf beinahe an die etwa sechzehn Meter hohe Decke stieß. In seiner ausgestreckten Hand standen Leute und unterhielten sich. Dann stolzierte ein Superhero an ihm vorüber, dessen hautenge Uniform jeden einzelnen Muskel enthüllte. Hinter ihm hüpfte ein absolut echt wirkender Frosch vorbei. Unnatürlich war nur, dass dieser zu voller Größe aufgerichtet etwa zwei Meter lang war.

Soeben kam eine Figur aus einer Zeichentrickserie vorbei, die Matt immer am Samstagmorgen gesehen hatte. Noch seltsamer war der Totenschädel dahinter, der etwa in Augenhöhe durch den Raum schwebte und in Flammen zu stehen schien.

Na ja, dachte Matt, *ich muss mir wohl keine Sorgen machen, ob ich hier reinpasse.*

»Bist du das erste Mal im Maxim?«, fragte eine Mädchenstimme.

Er drehte sich um und erblickte eine junge blonde Frau, die zwar unbeschreiblich schön war, aber ansonsten ganz normal aussah.

»Äh … ja«, gestand Matt.

»Du wirst ja rot!«, sagte sie lachend. »Wie süß!«

»Das muss ein Fehler in der Programmierung sein«, erklärte Matt peinlich berührt.

»Nein, ich finde es toll«, erwiderte das Mädchen und fragte ihn: »Wie ist denn dein Proxyname?«

»Ich weiß nicht …«, begann Matt.

»Okay, wir nennen dich Mr. Red«, sagte das Mädchen. »Ich bin CeeCee.«

»Schön, dich kennen zu lernen, CeeCee.« Matt war bewusst, dass er sie anstarrte, aber sie kam ihm irgendwie bekannt vor. Plötzlich fiel es ihm wie Schuppen von den

Augen. Das war Courtney Vance, Star einer Seifenoper im HoloNet!

Vielmehr, warnte er sich selbst, *das Abbild von Courtney Vance. Wer weiß, wer hinter dieser Maske steckt?*

»Nachdem dich das Ganze offenbar nur wenig beeindruckt, nehme ich an, du bist öfter hier«, sagte Matt.

CeeCee lachte und zwirbelte dabei eine Strähne ihres langen blonden Haares um einen ihrer perfekt manikürten Finger. »Du meinst, weil ich mich nicht besonders aufgestylt habe?«

Im Vergleich zu den Outfits der anderen Proxys im Maxim waren ihre Kleider erfreulich normal. Sie trug eine Jeans und einen weiten Pullover.

Doch dann starrte er sie ungläubig an. Er hätte schwören können, dass ihr Pullover lila war. Nun war er auf einmal dunkelblau. Nein, hellblau – und wurde in diesem Moment grün. »Können deine Kleider alle Regenbogenfarben annehmen?«, fragte er.

Das Mädchen lachte erneut. »Das ist ein Entwurf für einen echten Pullover. Das Ganze hat etwas mit Mikrofaseroptik und stufenweiser Entladung zu tun.«

»Was passiert, wenn die Batterie leer ist?«, fragte Matt.

CeeCee sah ihn an. »Keine Ahnung«, gestand sie. »Vielleicht wird er durchsichtig!«

»Klingt toll. Dann solltest du ihn aber nur in der virtuellen Welt tragen. Im schlimmsten Fall wird dein Hologramm für Jugendliche unter 18 verboten.«

»Das hier ist eine einmalige Sache, Red«, antwortete CeeCee. »Wenn du immer im gleichen Proxy auftauchst, finden die Leute schnell deine wahre Identität heraus.« Sie deutete mit dem Kopf in die Richtung eines großen Barbaren, der einen Wolfspelz trug. »Das ist Walton Wheatley.«

»Walt, die Bohnenstange?«, platzte Matt heraus. Der Typ hatte diesen Spitznamen, weil er so groß und dünn war.

»Du kennst Walt?«, fragte CeeCee. »Gehst du auch auf die Bradford Academy?«

Du bist hier, um mehr über diese Leute in Erfahrung zu bringen, und nicht, um ihnen Informationen über dich zu geben, ermahnte sich Matt.

»Erraten«, musste er zugeben.

»Hier sind viele Kids von Bradford«, sagte CeeCee. »Aber alle wollen den Anschein erwecken, als wären sie schon auf dem College.« Plötzlich zog sie ein finsteres Gesicht und deutete mit dem Finger auf eine rothaarige, spärlich bekleidete Frau mit großen blauen Augen. Seltsamerweise schienen die meisten Proxys einen Bogen um sie zu machen. »Die wird dir erzählen, dass sie in der Makleragentur ihrer Eltern arbeitet, dabei ist sie in Wirklichkeit in meiner Klasse. Sie heißt Pat Twonky.«

Pat hatte nicht nur einen komischen Namen, sie war groß und dick und immer schlecht gelaunt. Jetzt verstand Matt, warum sie von allen gemieden wurde.

Außerdem wurde ihm klar, dass CeeCee ihm soeben verraten hatte, dass sie selbst auch auf die Bradford Academy ging.

»Ich sollte mich wohl bei dir für die Warnung bedanken«, sagte Matt. »Die Masken anderer zu enthüllen ist ein sehr gefährliches Hobby. Jetzt bin ich natürlich neugierig, wer *du* bist. Soll ich dich einfach als schöne Blondine akzeptieren oder hinter die Maske schauen? Vielleicht bist du ja eine Möchtegern-Blondine, die in Wirklichkeit strähniges mausbraunes Haar hat.«

CeeCee verzog das Gesicht und sah ihn entsetzt an. Ein paar Haare, die sie um ihren Finger gewickelt hatte, lockerten sich. Unbewusst schlang sie sie zu einer Schleife. »Das ist aber nicht sehr nett!«

»Vielleicht bist du ja auch ein Computerfreak und möchtest einfach mal sehen, wie die andere Hälfte der Bevölkerung lebt.«

»Eher die anderen zehn Prozent«, korrigierte ihn CeeCee. »Bist *du* deshalb hier?«

Matt ignorierte die Fangfrage. »Vielleicht existierst du überhaupt nicht und bist ein Computersim, das Neulinge über das Maxim aufklärt.«

CeeCee biss sich auf die Lippen, konnte ein entzückendes Lächeln aber nicht unterdrücken. »Du bist schrecklich«, sagte sie mit einem unterdrückten Lachen. »Und paranoid, wenn du dir Sorgen darüber machst, ob du gerade mit einem Sim flirtest.«

»So bleibe ich auf dem Boden der Realität«, entgegnete Matt. »Was soll ich denn sonst machen, wenn ich ein Mädchen kennen lerne, das mit jeder Pulloverfarbe perfekt aussieht?«

Du lässt dich zu sehr ablenken, warnte ihn eine Stimme in seinem Kopf. Er sagte Dinge, die er normalerweise nie zu einem Mädchen sagen würde. Aber hinter der Maske seines Proxys war es leichter, einfach loszulegen und das Spielchen mitzuspielen.

Hinter der lächelnden CeeCee tauchte plötzlich ein Neuankömmling auf, eine hohe Frauengestalt, die vollständig in Schleier gehüllt war.

Schon wollte die verschleierte Frau an ihnen vorbei gehen, als sie CeeCee entdeckte und verärgert herumfuhr. »He! Ich dachte, die Mitspieler sollen als Proxys kommen und nicht als Kopien.«

»Die Hausregel heißt, jeder darf kommen, wie er möchte«, antwortete CeeCee schnippisch.

»Wahrscheinlich bist du ein pickeliges Highschool-Gör, das wissen wollte, wie es ist, *schön* zu sein.« Matt konnte nicht glauben, wie viel Verachtung die fremde Frau in dieses eine Wort legte. »Schlimm genug, dass ich noch vor Sonnenaufgang mit der Arbeit beginnen muss, den größten Teil meiner Freizeit damit zubringe, Texte auswendig zu lernen und dass kleine Idiotinnen meine

Frisur kopieren. Aber dass reiche Kids, die nicht wissen, was sie mit ihrem Leben anfangen sollen, aus Langeweile mein Gesicht klauen, geht zu weit!«

Matts Blicke wechselten zwischen den beiden jungen Frauen hin und her. Das musste die echte Courtney Vance sein – und sie kochte vor Wut!

CeeCees Gesicht war rot vor Scham und Wut. »Ich würde eher von ausleihen sprechen. Außerdem bin ich als Alicia Fieldston hier.«

Das war die Rolle, die Courtney spielte, erinnerte sich Matt.

»Du weißt schon, als die verbesserte Version mit den Schönheitskorrekturen, die ihr im Studio verpasst werden. Damit ich nicht etwa so aussehe …« Plötzlich wurden CeeCees Augenbrauen buschig und fransig. »Oder so …« Ihre perfekte Nase rutschte etwas zur Seite.

»Was, du kleine …«, knurrte die echte Courtney Vance.

Aber das Mädchen in der virtuellen Kopie hatte genug gehört. CeeCee holte aus und schlug der verschleierten Frau mit der Faust ins Gesicht.

Matt zuckte zusammen, als er hörte, wie ihre Knöchel auf Fleisch und Kieferknochen prallten. Das musste wehgetan haben!

Wie eine geplatzte Seifenblase verschwand die echte Courtney Vance von der Bildfläche.

Wie angewurzelt stand Matt da. Der Gedanke, dass der Schlag wirklich geschmerzt haben musste, ließ ihn nicht los. CeeCee hatte Courtney Vance virtuell angegriffen und verletzt. Sie musste zu der Gruppe von Leuten gehören, die er suchte!

Er wandte sich zu dem Mädchen um. Sie schüttelte ihre Hand aus.

Noch bevor Matt etwas sagen konnte, trat eine Gestalt zu ihnen, die sie beide überragte. Eigentlich war es eine Menschengestalt, nur dass sie etwa zweieinhalb Meter groß und aus leuchtendem Kristall war. Matt wusste sofort einen Namen für diesen Eindringling: Mr. Jewels.

Die kristallene Gestalt trottete schwerfällig auf CeeCee zu. »Ich kann dich keine Minute alleine lassen!«, sagte er mit harter, hallender Stimme. Sein Englisch kam Matt eigenartig vor.

Er streckte seine große, glitzernde Hand aus und packte das Mädchen am Arm. Obwohl seine kristallenen Finger weich glitzerten, war Matt davon überzeugt, dass sie hart wie Stein waren.

CeeCee wagte es kaum, Mr. Jewels ins Gesicht zu schauen, und schwieg. Ihr Gesicht war versteinert vor Angst und Schmerz.

Ich muss etwas unternehmen, dachte Matt. Dabei fragte er sich, wie seine Überlebenschancen als Strichmännchen aussähen, wenn er von den großen Steinfüßen in den Boden gestampft wurde.

Bevor er sich bewegen konnte, verschwanden CeeCee und ihr großer kristallener Freund aus dem Maxim.

4

Als Matt am nächsten Morgen im Bus zur Schule saß, musste er vor Müdigkeit gähnen. Er hatte die ganze Nacht wach gelegen und über die Dinge nachgedacht, die er bei seinem virtuellen Besuch im Maxim herausgefunden hatte.

Allzu viel ist es ja nicht, dachte er, als er das Schulgelände betrat.

Während der Stunde schnappte er sich seine Freunde Andy und David Gray. »Leif hat mich letzte Nacht in einen virtuellen Treffpunkt für reiche Kids eingeschleust«, berichtete er. »Ich glaube, ich habe ein paar unserer Freunde aus Camden Yards kennen gelernt.«

»Und welche?«, platzte Andy sofort heraus. »John Dillinger oder die süße Blondine?«

»Das kann ich nicht genau sagen«, gestand Matt. »Sie waren natürlich als andere Proxys da. Einer kam in Form eines Kristallmenschen – ich habe ihm den Namen Mr. Jewels gegeben. Dann war da noch ein Mädchen namens CeeCee. Sie war als Courtney Vance da.«

»Meinst du die Schauspielerin, die die Ärztin in *Central Hospital* spielt?«, fragte David.

»Ich habe gar nicht gewusst, dass du dir Holo-Soaps ansiehst«, spöttelte Andy.

»Also wirklich, komm schon«, verteidigte sich David. »Ihr Bild ist doch überall im Netz.«

»Da hast du wahrscheinlich Recht.« Andy überlegte einen Moment lang. »Sehr hübsch und sehr blond.«

»Vielleicht ist das ein Hinweis«, meinte Matt. »Wenn CeeCee das Mädchen aus dem Stadion ist, tritt sie gerne als Blondine auf – vielleicht hat sie auch in Wirklichkeit blonde Haare.«

»Vielleicht ist sie aber auch nur eine Möchtegern-Blondine«, entgegnete Andy. »Ich bin neulich über ein Wörterbuch für alte Slangausdrücke gestolpert. Darin kamen auch einige Bezeichnungen für Mädchen mit blondem Haar vor. *Loxies* und *Boxies* zum Beispiel.«

Matt und David sahen sich fragend an.

»*Loxie* ist ein Goldlöckchen, das seine blonden Haare Mutter Natur verdankt«, erklärte Andy grinsend. »*Boxies* haben ihre blonden Haare aus der Schachtel. Mit den Proxys, die es heutzutage gibt, können sie aussehen, wie es ihnen gerade gefällt. Deine CeeCee wiegt in Wirklichkeit vielleicht über hundert Kilo und hat einen kahlrasierten Kopf.«

»Hast du noch ein paar Hinweise, die unser Sherlock hier zerlegen kann?«, fragte David.

»Später ist die echte Courtney Vance aufgetaucht«, berichtete Matt. »CeeCee hat sie geschlagen und dabei verletzt.«

Beide Freunde wurden plötzlich wieder ernst. »Was ist dann passiert?«, fragte Andy.

»Dann kam der kristallene Typ angetrampelt und fauchte sie an, ob er sie denn nicht einen Augenblick allein lassen könne. Irgendwie kam mir sein Akzent britisch vor. Vielleicht ist Mr. Jewels ein Engländer, möglicherweise aus Diplomatenkreisen.«

»Oder es ist jemand, der sich als Engländer ausgibt«, warf David ein. »Hast du schon von dem neuen Proxy-Programm ›Idiom Savant‹ gehört? Es übersetzt alles, was du sagst, sofort in ein Dutzend andere Sprachen. Zu erkennen ist es nur daran, dass Lippenbewegungen der Proxys und Ton nicht ganz synchron sind, weil das Programm erst übersetzen muss.«

»Na toll«, stöhnte Matt zur Erheiterung der anderen. »Dieser Mr. Jewels hatte überhaupt keine Lippen!«

Sandy Braxton kam während der Mittagspause in der Schulcafeteria auf Matt zu. »Na? Hast du schon was von meinem Datascrip gelesen? Ich habe eine riesige Datei darüber gefunden, wie viele Bürgerkriegsgeneräle gemeinsam als Offiziere im Krieg gegen Mexiko kämpften. Hancock und Armistead dienten beide in der Armee von Winfield Scott. Viele Offiziere, die beim Angriff von Pickett dabei waren, kämpften auch beim Angriff auf die Festung Chapultepec. Pickett und James Longstreet gehören dazu.«

»Hochinteressant«, antwortete Matt etwas nervös. Wegen des Besuchs im Maxim hatte er keinen Blick auf das Skript geworfen. »Vielleicht können wir das für die Einleitung zu unserer Arbeit verwenden. Kannst du mir mehr erzählen?«

Sandy sah zu einem Tisch hinüber. »Eigentlich wollte ich mit ein paar Freunden zu Mittag …«

Matt folgte seinem Blick. Natürlich: eine Gruppe von Leets, darunter auch drei blonde Mädchen. »Wie wäre es, wenn wir das Ganze während des Essens besprechen?«, schlug er vor.

Achselzuckend reihte sich Sandy vor ihm in die Schlange bei der Essensausgabe ein. Nachdem sie ihre Tabletts beladen hatten, folgte Matt seinem neuen Freund zu einem Tisch, an dem nur Leets saßen.

Als sich Matt zu ihnen setzte, wollte ein Mädchen protestieren, doch Sandy kam ihr zuvor und stellte ihn rasch vor. »Das ist Matt Hunter aus meiner Geschichtsklasse. Wir arbeiten gemeinsam an einem Projekt.«

Das Mädchen flüsterte ihren Freunden etwas zu. Matt verstand nur »… mit diesem Idioten an einen anderen Tisch setzen können«. Der Rest ging in Gelächter unter, als ein Mädchen sagte: »Bleib cool, Tricia.«

Auch wenn es ihm schwer fiel, versuchte Matt, sich nichts anmerken zu lassen und Tricias gemeine Bemerkung zu ignorieren. Gleichzeitig tat er so, als folgte er gebannt Sandys Monolog über die Geschichte des Bürgerkriegs, schlang das undefinierbare Fleisch seiner Mahlzeit herunter und behielt die drei Blondinen im Auge. Er kam sich vor, als würde er mit vier Bällen gleichzeitig jonglieren. Hoffentlich fiel ihm keiner herunter.

Er musste Sandy Braxton aufmerksam genug zuhören, um selbst ab und zu etwas sagen zu können. Und es durfte nicht auffallen, dass er die Mädchen beobachtete. Leider bekam er nur heraus, dass jede der drei die mysteriöse CeeCee sein konnte. Alle drei hielten den Kopf schräg und lachten, wenn sie Witze machten und sich gegenseitig aufzogen. Und alle wickelten beim Reden ihr Haar um die Fingerspitzen. Ein paar Sachen, die sie sagten, verstand er nicht. Entweder hatten sie ihren eigenen Cliquenslang, oder sie verwendeten einen Jargon, den die normalen Sterblichen von Bradford noch nicht mitbekommen hatten.

»Gehst du am Freitag auf die VIP-VP bei Lara Fortune?«, erkundigte sich Tricia.

Offensichtlich war das sogar einem der Mädchen zu hoch. »Auf was?«, fragte sie.

»VIP, Very Important Person. VP, Virtual Party«, erklärte Tricia und warf dabei den Kopf zurück.

Ein anderes Mädchen verdrehte die Augen. »Aber Krishna, virtuelle Partys sind so ... so *heatherish*.«

Das kapierte auch Matt. Heather war ein Name, der vor der Jahrhundertwende modern gewesen war. Virtuelle Partys sind out, sollte das heißen. Wenn er es recht bedachte, war seine letzte virtuelle Party der siebte Geburtstag eines Freundes gewesen.

»Nein, diese nicht. Sie wird spitzenmäßig. Laras Vater hat für die geniale Location ziemlich viel springen lassen. Mein Dad hat jedenfalls ein paar Hunderter für mein virtuelles Kleid hingelegt.«

»Kleid?«, fragten die anderen Mädchen im Chor.

»Es wird eine absolut formelle Party«, erklärte Tricia süffisant. »Keine Proxys erlaubt, nur du selbst und was immer dir jemand programmieren kann.«

»Ich schätze, das wird von meinem Programmierer abhängen«, sagte eines der blonden Mädchen und zwirbelte dabei eine Haarsträhne straff um ihren Zeigefinger.

»Es bleibt aber nicht mehr viel Zeit«, warnte Tricia.

Das andere Mädchen zuckte die Achseln und grinste. »Dafür gibt es schließlich Leistungszuschläge.«

Matt musste sich ein Grinsen verkneifen. Irgendein

armer Programmierer hatte eine stressige Woche vor sich. Er zwang sich, wieder Sandy zuzuhören, dessen verbaler Datenfluss allmählich versiegte.

»Das ist alles hochinteressant und bietet Stoff für ein paar Absätze, aber ich denke, du gehst zu sehr in die Tiefe. Diese Typen haben sich jahrelang gekannt, und das hier ist nur eine kurze Geschichte.«

Sandy blickte ihn enttäuscht an. »Aber ich dachte ...«

»Unser Thema ist der Bürgerkrieg, und wir sollten uns nicht mit Dingen beschäftigen, die zwanzig Jahre vorher passiert sind«, erklärte Matt.

Die Mädchen erhoben sich. »Ein richtiger Dexter«, murmelte eines von ihnen spöttisch, was bedeutete, dass sie ihn für einen Schwachkopf hielt.

Die Mittagspause war beinahe vorüber, und die Cafeteria leerte sich allmählich. Matt, der ebenfalls aufgestanden war, blieb wie erstarrt stehen.

»Was ist los?«, fragte Sandy.

Matt löste seinen Blick von dem Plastiktablett, das eines der Mädchen am Tisch zurück gelassen hatte. Darauf lag eine kleine Schleife aus blondem Haar. Im Maxim hatte er CeeCee genau so eine Schleife binden sehen!

»Das Mädchen, das hier saß ...« Matt zeigte auf den Stuhl vor dem Tablett. »Ich glaube nicht, dass sie in einer meiner Klassen ist, aber irgendwie kommt sie mir bekannt vor.«

»Caitlin?«, erwiderte Sandy und zuckte mit den Schultern. »Vielleicht hast du sie schon mal mit ihrem Vater, Senator Corrigan, im Holo gesehen.« Er legte eine kurze Pause ein. »Falls du interessiert bist, also, ich würde nicht sagen, dass du nicht ihre Kragenweite bist.«

Doch, würdest du, dachte Matt.

»Aber Cat Corrigan hat ziemlich hohe Ansprüche, weißt du?«

Caitlin Corrigan. Zweimal ›C‹. CeeCee.

Er wusste nichts über Caitlin Corrigan, dachte Matt, aber er wollte mehr über sie herausfinden.

Bei Matts nächstem virtuellen Besuch sah Leif Anderson schon viel besser aus. Zwar saß er in dem gleichen Sessel, aber sein Gesicht war nicht mehr so blass, und er trug Jeans und Pullover statt Pyjama und Bademantel. »Wie geht's, Sherlock?«, fragte er grinsend.

»Ich habe eventuell unter den Leets an der Schule eine Verdächtige gefunden«, berichtete Matt. »Caitlin Corrigan.«

Leif zog die Augenbrauen hoch. »Wow! Die Tochter des Senators?«

»Jetzt muss ich nur noch herausfinden, wie ich an sie herankomme.«

Leif schien das gar nicht witzig zu finden. Er setzte sich aufrecht, und seine Lippen wurden schmal. »Und da hast du dir gedacht, du schaust mal wieder bei deinem alten Freund Leif rein. Vielleicht kann er dir ja ein paar Tipps geben, wie man die gesellschaftliche Leiter hinaufklettert.«

Matt war von Leifs bissiger Antwort überrascht. »Ich dachte nur, weil du doch diese Leute kennst ...«

»Das heißt noch lange nicht, dass ich sie leiden kann«, fauchte Leif und rieb sich die Stirn. »Ich fühle mich immer noch ziemlich mies«, gestand er. »Du warst da, und David und Andy und die meisten Net Force Explorers, die ich kenne, haben sich bei mir gemeldet. Aber kaum einer meiner reichen, so genannten Freunde hat daran gedacht, auch nur meine Nummer zu wählen.«

»Das hört sich ziemlich kalt an«, meinte Matt.

»Für diese Kids bin ich tatsächlich ein sozialer Aufsteiger.« Leif zog eine Grimasse. »Mein Vater hat sich alles selbst aufgebaut und somit sind wir das, was diese Leute ›Neureiche‹ nennen. Cat Corrigans Urgroßvater hat das

Familienvermögen zusammengetragen, mit dem ihr Großvater und ihr Vater ihre politische Karriere finanziert haben.«

»Was willst du damit sagen? Dass ich nicht in ihrer Liga spiele?«

»Ich meine damit, dass du nicht so einfach in diese Gruppe gelangen wirst – du hast zu wenig Geld, um mithalten zu können.« Mit erhobenem Finger erklärte Leif: »Alles, was diese Leute haben, ist Geld. Wenn du reich bist, musst du weder klug sein noch hart arbeiten. Was bei uns anderen als Voraussetzung für Erfolg gilt, zählt bei denen nicht.«

Plötzlich erinnerte sich Matt daran, wie sich Dr. Fairlie über Sandy Braxton geäußert hatte. »Ich glaube, ich weiß, was du meinst.«

»Talent und ein schlauer Kopf sind Reichtum allemal überlegen«, erklärte ihm Leif. »So bin ich in diese Kreise gekommen. Du musst dir eben was Außergewöhnliches einfallen lassen.«

Matt nickte. »So wie dein verrücktes Strichmännchen-Proxy.«

Leif nickte. »Ganz genau. Wie kannst du ihre Aufmerksamkeit erregen und sie neugierig machen?«

Matt begann zu lächeln. »Ich glaube, ich habe eine Idee, aber ich benötige deine Hilfe. Wir haben nur ein paar Tage Zeit.«

Tricia hatte Recht, dachte Matt, als er auf der virtuellen Party von Lara Fortune ankam. Die Location war absolut spitzenmäßig. Ihr Herr Papa hatte ein kleines Vermögen springen lassen. Matt schien innen auf einer durchsichtigen Plastikscheibe zu stehen, die hoch über der Erde schwebte. Wie ein riesiger, aufgeblasener Mond hing der Planet über ihnen. Der blaue Ozean und die grünbraunen Erdflächen waren von einer weißen Wolkendecke bedeckt. Matt versuchte, über den Rand der Wolkendecke zu spähen. Vielleicht entdeckte er ja einen Orientierungspunkt. Unter eine Wolkenlücke ragte eine kleine Landzunge ins Meer. Der charakteristischen Hakenform nach musste das Cape Cod sein …

Matt grinste. Natürlich. Sie befanden sich in der Erdumlaufbahn über Washington.

Die Illusion war bis ins kleinste Detail perfekt. Matt beobachtete, wie sich die Wolken über der Küste Virginias verzogen und die Stadt zum Vorschein kam. Ein Mädchen, das durch eines der Teleskope an der Wand gesehen hatte, schrie plötzlich auf. »Da ist unser Garten! Und meine Mutter winkt mir gerade!«

Matt schüttelte den Kopf. Je mehr Details, desto teurer das Sim. Laras Dad hatte mit Sicherheit Unsummen ausgegeben.

Über ihm ertönte laute Musik. Als er aufsah, bemerkte er, dass einige Leute die Tanzfläche verlassen hatten, um in der Mikrogravitation zu schweben und zu tanzen. Tricia mit der bösen Zunge blieb allerdings am Boden. In ihrem teuren Kleid hielt sie sich krampfhaft an der Tischkante fest.

Cat Corrigan musste bessere Spione gehabt haben. Sie trug einen silberblauen Overall aus Seide, der sich bestens zum MG-Tanzen eignete. Das blonde Mädchen lachte und wirbelte in der Luft herum. Dann entdeckte sie Matt.

Nein, eigentlich hatte sie nicht Matt, sondern das Strichmännchen entdeckt, in dessen Gestalt Matt auf der Party erschienen war. Caitlin schoss durch die anderen Tänzer, kletterte zu Matt herunter und starrte ihn an. »Was machst *du* denn hier?«, zischte sie.

»Ich gehe nur einem Verdacht nach, CeeCee«, antwortete Matt gelangweilt. »Oder sollte ich dich Cat nennen? Seit du das Mädchen im Maxim geschlagen hast, versuche ich herauszufinden, wer du bist. Du hast da ein paar virtuelle Tricks auf Lager, die ich gerne lernen würde.«

Caitlin starrte ihn an, als wären ihr die Worte in der Kehle stecken geblieben. Sie bekam jedoch keine Gelegenheit etwas zu sagen.

Denn in diesem Moment kam ein anderes blondes Mädchen, das einen noch ausgefalleneren Overall trug, auf sie zu. »Ich habe keine Ahnung, wie du hier reingekommen bist, aber hättest du eine Einladung gehabt, wüsstest du, dass Proxys nicht erlaubt sind.« Dann wandte sich Lara Fortune an Caitlin. »Ist das ein Freund von dir?«

»Äh, nein«, sagte Caitlin Corrigan und schluckte. Sie wandte den Blick jedoch nicht von Matts Proxy ab.

»Es tut mir wirklich Leid«, sagte Matt. »Ich habe meine Einladung sicher irgendwo.« Er tat, als durchsuchte er seine Taschen, was bei einem Strichmännchen einigermaßen lächerlich wirkte. »Aha!«, rief er und zog etwas aus dem Nichts heraus.

Es war jedoch nicht das Einladungssymbol. Matt hatte etwas in der Hand, das einem schwarzen Pfannkuchen aus Gummi ähnelte.

»Was ist das denn?«, wollte Lara Fortune wissen.

Matt warf es zu ihr hinüber. Es landete auf ihrem mit Spitze verzierten Stretchoverall und hinterließ einen widerlichen dunklen Schmierfleck auf der Vorderseite. »Das ist ein virtueller Fleck. Ziemlich cool, oder? Na ja, vielleicht auch nicht.«

Laras Antwort auf die Zerstörung ihres Kostüms war ein ohrenbetäubender Schrei.

Einen Moment lang meldete sich Matts schlechtes Gewissen bei dem Gedanken daran, dass er gerade ihre Party ruiniert hatte. Eigentlich hatte er sich witzig geben wollen, aber das war misslungen. Er musste jedoch weiterhin so tun, als wäre es ein Scherz.

Matt trat einen Schritt zurück. »Vielleicht sollte ich versuchen, dich abzulenken.« Diesmal holte er etwas hervor, das aussah wie eine Hand voll kleiner Kieselsteine. Er drehte sich zu einem Tisch in seiner Nähe, wo sich über der Bowleschüssel eine komplizierte Konstruktion aus Schläuchen befand, die einen Mikrogravitations-Springbrunnen generierte. Er warf die Kieselsteine in die Schüssel, und die Bowle begann zu blubbern. Dampfwolken stiegen in die Luft. Dann gab es einen gedämpften Knall, und über der Bowle erhob sich eine pilzförmige Wolke, die langsam hinunter in den Mikrogravitationsraum driftete. Bei dem gedämpften Geräusch der Explosion schrien die Besucher auf und blickten panisch um sich.

Cat Corrigan versuchte, den süßen, klebrigen Nieselregen, der nun auf jeden im Raum fiel, abzuwischen. »Igitt!«, schrie sie, als die Bowle ihre Kleidung und Haare durchnässte. Doch sie musste sich auf die Lippen beißen, um nicht loszulachen.

Es ist nur ein Sim, sagte Matt zu sich selbst. *Das hier ist nicht die wirkliche Welt*. Die vor Wut kochende Lara Fortune war bereits unterwegs, um ihre Eltern zu holen. Matt wusste, dass er in ein paar Sekunden von der automatischen Sicherung eingeschlossen sein würde.

»Mach's gut, Cat«, sagte er und winkte ihr mit einer lässigen Handbewegung. »Übrigens, nette Party.«

Caitlin stürzte auf ihn zu, und er dachte schon, sie wollte versuchen, ihn aufzuhalten.

Sie riss sich jedoch lediglich einen Ohrring herunter und drückte ihn Matt in die Hand. »Sieh dir das später an, wenn du weit weg von hier bist«, flüsterte sie. »Aber jetzt verschwinde, und zwar sofort!«

5

Am Samstagmorgen lud Matt einige seiner Freunde von den Net Force Explorers zu einem virtuellen Besuch ein. In seinem persönlichen Veeyar beugten sie sich über die schwebende Marmortafel, die als Tisch diente, und untersuchten den Ohrring, den Caitlin Corrigan Matt in der vorangegangenen Nacht gegeben hatte.

»Wenigstens hast du von deinem unerwünschten Partybesuch ein Souvenir mitgebracht«, meinte Andy Moore. »Glaubst du, die Senatorentochter mag dich?«

»Das ist doch nicht der Punkt«, warf David Gray ein. »Normalerweise überleben virtuelle Teilstücke alleine nicht. Dieser Ohrring hätte verschwinden müssen, als Matt die Verbindung zur Party unterbrach. Da er das nicht getan hat, wissen wir, dass mehr dahinter steckt.«

Wortlos reichte Matt ihm ein Programm-Icon aus seiner Sammlung auf dem Marmortisch: ein Vergrößerungsglas.

Als David es über den Ohrring hielt, wurden winzige Buchstaben sichtbar, Tausende von Zeilen standen plötzlich in der Luft. Er fummelte an der Lupe herum, vergrößerte das holographische Bild und ließ es nach oben und unten laufen.

»So«, meinte er dann befriedigt, »es ist ein Programm, ein Kommunikationsprotokoll.«

»Wäre es nicht einfacher gewesen, wenn sie dir ihre Telefonnummer gegeben hätte?«, fragte Andy.

»Vielleicht«, meinte Matt, »aber wir haben es hier mit Leets zu tun, mit reichen Kids. Mich interessiert allerdings mehr das Programm. Damit kennt ihr euch besser aus als ich.«

Matt hatte zwar den virtuellen Fleck auf Lara Fortunes Kleid programmiert, aber für die Überraschungsbowle hatte er Andy um Hilfe gebeten. »Was könnt ihr mir sagen?«

Beide Jungen sahen sich die in Programmiersprache geschriebenen Zeilen genauer an. »Sehr gut, wenn auch etwas angeberisch«, meinte David. »In dem kleinen Objekt steckt jede Menge komprimierte Information.«

»Professionell«, ergänzte Andy.

»Heißt das brillanter Amateur oder bezahlter Software-Entwickler?«, wollte Matt wissen.

»Das ist auf keinen Fall hausgemacht«, klärte ihn Andy auf. »Die Unterprogramme tragen teilweise Copyright-Vermerke. Da hat jemand ein kommerzielles Programm geschrieben, und zwar ein höchst anspruchsvolles. Das hier ist teure Maßarbeit.«

»Also kann Caitlin das nicht selbst geschrieben haben?«

Andy warf ihm einen überraschten Blick zu. »Ich hatte keine Ahnung, dass sich Caitlin Corrigan als Hackerin betätigt.«

»Ich auch nicht«, gestand Matt ein, »aber genau das will ich herausfinden. Jemand muss den Code geschrieben haben, mit dem die virtuellen Vandalen die Kontrolle über das Computer-Simulationssystem von Camden Yards erlangt haben. Nicht zu vergessen das Programm, das es den Kids erlaubt, Leute in der virtuellen Realität zu verletzen. Nennen wir den Urheber das Genie. Nachdem was ihr gesagt habt, kann ich Caitlin von der Liste der Verdächtigen streichen. Das Gehirn hinter den Vandalen ist sie nicht, schließlich programmiert sie noch nicht einmal selbst.«

Andy sah ihn wissend an. »Bist du sicher, dass du von ihrer Unschuld nicht deshalb überzeugt bist, weil du sie magst?«

Matt wurde ganz heiß im Gesicht, während er sich zu verteidigen suchte. »Das glaube ich nicht.«

Ich hoffe es zumindest nicht, dachte er dabei.

»Ob sie nun das Genie ist oder nicht, Caitlin ist mein

Kontakt zu den anderen virtuellen Vandalen. Nur das zählt.«

»Ganz recht.« Andy lächelte ironisch. »Und deswegen solltest du nicht darüber nachdenken, warum sie dich wiedersehen will.«

»Ich könnte den Idioten erwürgen«, schimpfte Matt vor sich hin, als er in seinem Zimmer allein vor seiner Computerkonsole saß.

Andy Moore hatte die unangenehme Gewohnheit, seine Gespräche mit Sprengstoff zu spicken, der erst Minuten oder gar Stunden nach seinem Abgang explodierte – wie die Bemerkung über Caitlin Corrigan zum Beispiel.

Inzwischen war es bereits früher Nachmittag geworden. David und Andy waren schon vor Stunden gegangen, seine Eltern waren unterwegs, um Besorgungen zu machen. Und Matt starrte blicklos auf seinen Computer.

Denk nicht darüber nach, hallte es durch seinen Kopf.

Eine alte Geschichte, die er als Kind gelesen hatte, kam ihm in den Sinn. Ein Mann, der an einer entsetzlichen Krankheit litt, bat den Alten vom Berg um Hilfe. »Ganz einfach«, sagte der Weise. »Du darfst einen ganzen Tag lang nicht an Elefanten denken.«

Natürlich fand der Kranke keine Heilung. Wie konnte überhaupt jemand eine Zeit lang nicht an etwas denken, das er ausdrücklich meiden sollte? Wie ein lästiger Zahnschmerz tauchte der Gedanke hartnäckig immer wieder auf.

Matt seufzte und ließ sich in seinem Computer-Link-Stuhl nieder. Bewusst zwang er sich, entspannt zu bleiben, während sich die Empfänger im Stuhl auf seine Implantate einstellten. Den Gedanken verdrängen zu wollen brachte ihn offensichtlich nicht weiter. Also musste er aktiv werden.

In seinem Fall bedeutete dies einen Besuch bei Caitlin Corrigan.

Als er die Augen öffnete, driftete er durch das von Sternen erhellte Zwielicht. Auf der ebenfalls schwebenden Marmorplatte vor ihm lag Caitlins Ohrring noch genau an der Stelle, an der sie ihn zurückgelassen hatte. Matt streckte die Hand danach aus, zog sie aber im letzten Augenblick wieder zurück. Stattdessen griff er nach dem leuchtenden Bauern, den Leif ihm gegeben hatte.

Als er an sich herabsah, stellte er fest, dass er sich wieder in ein Strichmännchen verwandelt hatte. Als Proxy getarnt, griff er nach Cats Ohrring und dem Blitz, der die Televerbindung symbolisierte.

Einen Augenblick später raste er durch die neonfarbene Stadtlandschaft des Net. Er passierte verschiedene Regierungsinstallationen. Kein Wunder, schließlich war Caitlins Vater Senator.

Bevor er zu weit auf das Gebiet der Regierung vordringen konnte, lenkte ihn das Kommunikationsprotokoll um. Er fand sich in einer wohlhabenden, ruhigen Umgebung am Rande der Regierungssysteme wieder. Die virtuellen Häuser waren groß, aber nicht so luxuriös wie die Vampirschlösser oder die Villa, die das Maxim beherbergte.

Seine Flugroute führte auf einen bescheidenen Bau zu, dessen Veranda von Säulen getragen wurde und der ihm merkwürdig bekannt vorkam. Dann wurde ihm klar, dass er auf eine vereinfachte Version von Mount Vernon zuflog, die Plantage, auf der George Washington im 18. Jahrhundert gelebt hatte.

Allerdings hielt er weder auf eine Tür noch auf ein Fenster zu, sondern auf die nackte Wand.

Etwas spät fiel ihm ein, dass Cats Gang die virtuellen Mittel besaß, um Menschen zu verletzen.

Toll, dachte er. *Die könnten mich direkt vor Caitlins Haus k.o. gehen lassen. Nach meinen Mätzchen von gestern Abend wird sich niemand für meine Erklärungen interessieren.*

Im letzten Moment hielt er so abrupt an, dass ihm im wirklichen Leben mit Sicherheit übel geworden wäre. So aber starrte er nur auf die neonweiße Wand.

Okay, offenbar soll ich etwas tun. Aber was?

Cat hatte ihm kein Passwort gegeben. Es sei denn …

Er streckte die virtuelle Hand mit dem Ohrring aus. Die Faust verschwand in der Wand, und Matt folgte ihr.

Einen Augenblick später fand er sich in einem Veeyar wieder, in einer vollkommen flachen Landschaft, die wie ein Schachbrett gemustert war und sich hinzog, so weit das Auge reichte. Zwischen den Schäfchenwolken über ihm hingen merkwürdig verdrehte Konstrukte in der Luft.

Interessant, dachte Matt, als er sich umsah. Das hatte eine schöne Stange Geld gekostet. In einem der fliegenden Konstrukte erkannte er die komprimierte Version eines kostspieligen virtuellen Spiels. Allerdings verriet kaum etwas in diesem Veeyar die Hand eines Programmiergenies. Da war Matts eigener Veeyar wesentlich persönlicher gestaltet. Caitlin Corrigan war nicht zu sehen.

Gerade wollte er sich zurückziehen, als das Mädchen plötzlich auftauchte. Diese Caitlin kannte er noch nicht. Sie trug Shorts und ein T-Shirt. Das blonde, von einem Frotteeband zurückgehaltene Haar war wirr, ihr Gesicht verschwitzt.

»Ich war gerade im Fitnessraum, als der Beeper losging«, erklärte sie. Dann merkte sie, dass Matt als Proxy getarnt war. »Weißt du, wenn ich hier in dieser Verfassung antrete, könntest du zumindest deine alberne Verkleidung aufgeben und mich wissen lassen, wer du bist.«

»Ich finde es rührend, dass du auf deine Proxy-Identität verzichtet hast. Aber nachdem es mich einige Mühe gekostet hat, dich aufzuspüren, ist es nur fair, wenn du auch ein bisschen arbeiten musst.«

»Wer bist du?«, platzte Caitlin heraus. »Warum tauchst du überall auf, wo ich bin?«

»Ich interessiere mich für dich ... und für deine Freunde ... und für eure Aktion in Camden Yards.«

Caitlin wurde bleich. »Ich ... ich habe keine Ahnung, wovon du redest«, stammelte sie.

»Caitlin, Caitlin, du trittst vielleicht gern als Schauspielerin auf, aber du bist keine. Dein Gesicht verrät dich.«

Caitlin biss sich auf die Lippen, aber Matt war noch nicht fertig. »Komm schon, ich will dich nicht verhaften. Ich bin ein Teenie, kein Bulle. Du hast gesehen, was ich bei Laras Party veranstaltet habe. Aber was ihr zustande bringt, das ist wirklich beeindruckend. Ich will nur die Meister kennen lernen, das ist alles.«

Schweigend sah sie ihn an. Dann nickte sie abrupt. »Okay, ich werde sehen, was ich tun kann. Warte hier, ich muss zuerst mit den anderen reden.«

Sie verschwand und ließ Matt allein auf ihrem Spielplatz für reiche Kinder zurück. Wie ein Tourist schlenderte er herum und sah sich die schwebenden Konstrukte an. Es handelte sich um verschiedene teure Programme, die normalerweise sehr umfangreich gewesen wären, aber für den sofortigen Gebrauch komprimiert worden waren.

Das ist die größte Iconsammlung, die ich je gesehen habe, dachte er, aber er war ein wenig enttäuscht. Der ganze Veeyar war eine teure Standard-Installation, die keinerlei persönliche Handschrift erkennen ließ. Cat hatte überhaupt nicht versucht, ihm einen persönlichen Charakter zu verleihen.

Sie muss praktisch Analphabetin sein, was Computer angeht, überlegte er. Wie war sie überhaupt mit den virtuellen Vandalen zusammengekommen?

Abrupt wurde ihm klar, wie viel Zeit vergangen war.

Was trieb Caitlin? Hatte sie beschlossen, sich erst frisch zu machen, bevor sie ihre Freunde kontaktierte? Oder hatte sie ihnen eine Warnung zukommen lassen, und sie überlegten gerade, was sie mit ihm anfangen sollten? Versuchten sie vielleicht, seinen Pfad durch das Netz zurückzuverfolgen? Möglicherweise arbeiteten sie in diesem Moment an einer Falle für ihn.

Eben wollte er sich ausklinken, als Caitlin in den Veeyar zurückkehrte. Obwohl sie versuchte, sich nichts anmerken zu lassen, wusste Matt sofort, dass sie nicht besonders glücklich war.

»Sie werden mit dir reden, aber nicht hier.« Sie streckte ihm die Hand hin, in der sie ein Icon hielt – einen kleinen schwarzen Totenschädel.

Na super, dachte er. Aber er war zu weit gegangen, um sich jetzt ins Bockshorn jagen zu lassen. Schweigend griff er nach Caitlins Hand.

Die Reise durch das Netz war kurz und verwirrend. Wahrscheinlich sollte die Geschwindigkeit Matt es erschweren, die Vandalen aufzuspüren.

Sie zischten durch mehrere Netsites, bevor sie in einem leeren virtuellen Raum anhielten. Die Wände waren so weiß, dass sie Matt geradezu blendeten.

Aber die Wände interessierten ihn nicht.

Dafür war er zu sehr mit den drei Proxys beschäftigt, die ihn erwarteten. Die merkwürdige Versammlung bestand aus dem riesigen, funkelnden Mr. Jewels, dem 1,80 Meter großen Frosch und einer Gestalt, die wie ein Cowboy aus einem Zeichentrickfilm aussah.

»Mr. Dillinger, Mr. Beatty und Dr. Crippen, nehme ich an.« Matt war entschlossen, sich seine Angst nicht anmerken zu lassen.

»Kumpel, du hast deine Nase in Sachen gesteckt, die dich nicht das Geringste angehen«, erklärte der Cowboy mit dem übelsten Wild-West-Akzent, den Matt je gehört hatte. »Jemand hätte dir sagen müssen, dass das gefährlich ist.«

Noch während er sprach, fiel Matt die leichte Verzögerung zwischen den Lippenbewegungen und den Worten des Cowboys auf.

Seinen Zeichentrickrevolver zog er jedoch mit überraschender Schnelligkeit.

»Ich werde dir eine Lektion erteilen«, erklärte er, die Waffe auf Matts Kopf richtend.

6

Gegen die Mündung des Zeichentrickrevolvers vor Matts Gesicht war ein Kanonenrohr gar nichts.

»Okay, Tex, du hast meine volle Aufmerksamkeit.« Jeder einzelne Nerv schien unter Strom zu stehen, aber Matt war entschlossen, sich nicht von der Angst überwältigen zu lassen.

Plötzlich verwandelte sich der Riesenfrosch in einen verwegen aussehenden, jungen Adligen aus einem längst vergangenen Jahrhundert. Das lange schwarze Haar trug er zu einem Pferdeschwanz gebunden, seine Beine steckten in hautengen Hosen aus hellem Leder. Er trug ein zerknittertes Seidenhemd, und das Lächeln auf seinem hübschen Gesicht war so scharf wie der meterlange Degen, den er auf Matts Hals gerichtet hielt.

Mr. Jewels brauchte natürlich keine Waffe. Die leuchtenden Fäuste geballt, von denen jede Einzelne so groß wie Matts Kopf war, ragte er hinter den anderen auf.

»Das muss ich euch wirklich lassen«, sagte Matt zu dem bedrohlichen Trio und dem verängstigten Mädchen. »Ihr seid gut, wirklich gut. Als ich die Berichte über den Vorfall von Baltimore hörte, wollte ich zuerst meinen

Ohren nicht trauen. Dann überprüfte ich jeden einzelnen Frame der Holobilder des Spiels und durchsuchte das Netz nach vergleichbaren Vorfällen im Gebiet von Washington.«

»Und wie hat dich das zu ihr und damit zu uns geführt?«, wollte Mr. Jewels wissen. In seinen Edelsteinaugen lag ein hässliches Funkeln, als er den Blick auf Caitlin richtete.

»Ihr seid durch eure Masken geschützt.« Caitlins Stimme klang bitter, als sie sich an die anderen Vandalen wandte. »Und über das Netz kann er mich nicht aufgespürt haben. Er ist bestimmt von meiner Schule und hat mich zufällig in der Realität erkannt. Was regt ihr euch auf? Seit diese Sache begonnen hat, haben wir uns in der realen Welt nicht mehr getroffen.«

Mr. Jewels sah aus, als wollte er das Mädchen verprügeln. Obwohl jeder Versuch, sie zu verteidigen, von vornherein zum Scheitern verurteilt gewesen wäre, spannte Matt seine Muskeln an. Aber der Cartoon-Cowboy bedeutete dem funkelnden Riesen mit seiner überdimensionalen Waffe, sich zurückzuhalten. »Reiß dich zusammen, du großer Trampel. Wir rollen die Sache andersrum auf.«

Wieder fiel Matt die leichte Verzögerung zwischen den Lippenbewegungen und dem Westernslang auf. *Wenn das das Idiom-Savant-Programm ist, dann arbeitet es noch langsamer als David gesagt hat. Es sei denn … es wandelt nicht Englisch in dieses Gebrabbel um, sondern übersetzt aus einer anderen Sprache.*

Doch ihm blieb keine Zeit, diesen Gedanken weiterzuverfolgen. Zunächst musste er diese verzogenen Sprösslinge reicher Eltern davon überzeugen, dass er nützlich und amüsant sein konnte.

»Meine Suche ergab, dass jede Menge Veeyars verwüstet und angeblich sogar Leute vermöbelt wurden. Ich kenne selbst ein paar virtuelle Tricks, wie euch die Dame bestätigen kann.«

»Wir haben davon gehört«, erwiderte der Degenträger eisig. Offenbar störte es ihn nicht, dass er Englisch mit Akzent sprach. Allerdings konnte das natürlich Tarnung sein …

Nein, im Gegensatz zum Cowboy war bei ihm keine Verzögerung zu erkennen.

»Dann wisst ihr ja, dass ich durchaus in der Lage bin, Leute zu ärgern und ihnen Angst einzujagen. Aber ich besitze nicht die gleiche Autorität wie ihr.«

Matt streckte die Strichmännchen-Hände aus. »Bei all den Gerüchten war ich mir nicht sicher, ob ihr nur ein Mythos seid oder wirklich existiert. Daher beschloss ich, euch zu suchen. Ich war mir sicher, dass ihr reich sein müsst. Ohne Geld kommt man als Rowdy im Netz nicht weit.« Er zählte mit den Fingern imaginäre Scheine. »Außerdem nahm ich an, dass ihr nicht weit vom Ort des Geschehens wohnt. Also überprüfte ich alle virtuellen Treffpunkte für reiche Kids im Gebiet von Washington.«

Matt zwang sein Strichmännchen-Gesicht zu einem Lächeln. »Irgendwie hatte ich nämlich das Gefühl, dass ihr unter vierzig seid.«

Er zuckte die Achseln. »Und siehe da, ich hatte Recht. Zuerst versuchte ich es im Maxim, und da traf ich doch tatsächlich die schöne CeeCee. Erst plauderte sie ein wenig mit mir, dann verdrosch sie die echte Courtney Vance, die sich beschwerte, weil CeeCee ihre Identität ausgeliehen hatte. Als ich den Schlag hörte und sah, dass Courtney tatsächlich Schmerzen hatte, war mir klar, dass ich fündig geworden war.«

Matt hob seine Proxyhand. »Wie ich CeeCee mit Caitlin Corrigan in Verbindung brachte, werde ich euch nicht sagen. Jede Beziehung braucht ihre kleinen Geheimnisse. Aber ihr sollt wissen, dass ich schwer beeindruckt bin. Ich will bei euch mitmachen.«

»Hör mal, Junge«, erklärte der Cowboy mit seinem albernen Western-Akzent. »Ich glaube, du hast nicht kapiert, wer hier das Sagen hat. Okay, du hast uns gefunden. Aber ein Schuss aus meiner 45er, und du besiehst dir die Radieschen von unten. Tote plaudern nicht.«

»Noch einmal: Ich will euch nicht verraten.« Matt konnte nur hoffen, dass seine Stimme nicht zitterte. »Ich habe nicht die Absicht, euch zu erpressen. Mich interessiert nur eines: zu eurem Team zu gehören und zu erfahren, wie eure Tricks funktionieren.«

»Dann wüsstest du mehr als wir«, grummelte der Frosch.

Matt war verwirrt, aber das durfte er sich nicht anmerken lassen. Er *musste* diese Leute für sich gewinnen. Doch wie?

»Habt ihr Angst, ich könnte nicht dichthalten?« Unwillkürlich sprudelten die Worte aus ihm heraus. »Denkt ihr, ich bin ein Schwätzer? Wenn ich bei euch mitspiele, heißt es: mitgefangen, mitgehangen.«

»Vielleicht.« Mr. Jewels dehnte das Wort bedeutungsvoll, während er sich Matts Angebot durch den Kopf gehen ließ. »Nachdem du so nah an uns herangekommen bist, kann man wohl behaupten, dass du etwas von Computern verstehst. Aber wenn du einer von uns werden willst, musst du dich noch beweisen.«

»Und das heißt?«, erkundigte sich Matt vorsichtig.

»Du musst Leistung bringen.« Das unförmige Diamantenmonster beugte sich vor. Seine Worte kamen jetzt schneller. »Verschaff uns Zugang zu einem System, das wir bis jetzt nicht knacken konnten.«

Ein Test, dachte Matt. In gewisser Weise machte das Sinn. Zumindest kam er so aus diesem leeren weißen Raum heraus, bevor er erschossen wurde.

»Ich bin bereit, es zu versuchen«, versprach Matt. »Solange es nicht völlig unmöglich ist, wie beim Pentagon oder dem Weißen Haus …«

»Nein, so hoch sind unsere Ansprüche nicht.« Mr. Jewels lachte knirschend. »Wir wollen in Sean McArdles Veeyar. Er ist der Sohn des irischen Botschafters. Mehr muss ich dir ja wohl nicht sagen, ein Suchlauf im Netz liefert dir alle erforderlichen Informationen.«

»Dann fange ich am besten gleich an.« Matt zögerte, bevor er weitersprach. »Wollt ihr alle rein?«

Die anderen lachten. »Und in eine Falle laufen? Nein, vielen Dank«, höhnte Mr. Jewels. »Kümmere dich nur um dich selbst – und um unsere CeeCee.« Ironisch verbeugte er sich vor der vor Wut kochenden Cat Corrigan.

»Nachdem sie die Einzige aus unserer kleinen Gruppe ist, die du kennst, kannst du dich mit ihr in Verbindung setzen, wenn du etwas arrangiert hast.« Mr. Jewels richtete seine Edelsteinaugen voll auf Matt. »Wenn wir in, sagen wir, einer Woche nichts von dir gehört haben, nehmen wir an, dass du kein Interesse mehr hast. Aber falls uns Gerüchte über unsere Aktivitäten zu Ohren kommen oder sich jemand offiziell für Caitlin interessiert, werden wir uns um dich kümmern müssen.«

Drohend beugte er sich über Matts unscheinbaren Proxy. »Das würde dir nicht gefallen, Yankee, glaub mir.«

Matt war froh, dass Cat ihn aus dem Raum brachte. Als er ihren Veeyar verließ, schlug er allerdings nicht den direkten Weg nach Hause ein. Stattdessen folgte er einer komplizierten, vorprogrammierten Fluchtroute, auf der er mit schwindelerregender Geschwindigkeit zwischen Dutzenden von Netsites hin- und herschoss. Dieselbe Methode hatte er auch angewandt, als er Lara Fortunes Party in aller Eile verließ. Der Zickzackkurs durch das Netz sollte eventuell auf ihn angesetzte Suchvorrichtungen irreführen. Als zusätzliche Sicherheitsmaßnahme hatte er diesmal sogar einen anderen Weg eingeschlagen als Freitagnacht.

Sein letzter Halt war eine riesige Pyramide, die im Licht elektrischer Impulse funkelte: die virtuelle Darstellung eines Online-Katalogs. Das ununterbrochene Flackern stellte die ständig eingehenden Preisanfragen und Aufträge dar.

Ohne das Tempo zu verringern, stürzte sich Matt in den Lichtkranz elektronischer Aktivität, der das Konstrukt umgab. Selbst wenn es den virtuellen Vandalen gelungen war, ihm bis zu diesem Punkt zu folgen, würde das Informationsvolumen allein genügen, um sie zu verwirren.

Er hielt auf einen winzigen dunklen Punkt am Rand der Pyramide zu – ein paar Gigabyte Speicherkapazität, die Matt vom Kataloggeschäft abgezweigt hatte. Die kleine Nische enthielt nun Programme, mit denen er sich selbst testen konnte, um sicherzugehen, dass er ohne unerwünschte Anhängsel davongekommen war.

Der kleine dunkle Fleck erwachte plötzlich zu grellem Leben, als die Anti-Verfolgungsprogramme aufblinkten, um ihm grünes Licht zu geben. Dann löschten sie sich selbst. Er flog noch eine Spirale um die Pyramide, hängte sich an ein paar ausgehende Sendungen an und nahm Kurs auf seinen eigenen Veeyar.

Als er sich aus dem Computer-Link-Stuhl erhob, fühlten sich seine Knie etwas wackelig an. Vielleicht enthielt der Zickzackkurs, den er vom Hauptquartier der Vandalen aus eingeschlagen hatte, zu viele Haken und Wendungen. Schade, dass es ihm nicht gelungen war, in dem Veeyar, in den Caitlin ihn geführt hatte, eine Spionagevorrichtung zu installieren.

Solch eine Wanze konnte sich allerdings als zweischneidiges Schwert erweisen. Zwar konnte er damit den Knoten finden, an dem sich die virtuellen Vandalen getroffen hatten, aber die Übertragung würde den Gangstern den Weg zu ihm weisen. Und im Moment waren seine einzigen Trümpfe seine Verbindung zu Caitlin Corrigan und die Tatsache, dass niemand seine wahre Identität kannte.

Er ging auf und ab, bis seine Beine nicht mehr zitterten, und marschierte dann den Gang entlang zum Telefon.

Jetzt werde ich ein paar Proxys demaskieren, dachte er, während er Captain Winters Büronummer eintippte. Zum Glück nutzte der Captain den Samstag, um Papierkram zu erledigen.

»Captain, hier ist Matt Hunter. Kann ich rüberkommen und mit Ihnen reden? Ich glaube, ich bin auf eine Verbindung zu dem Vorfall in Camden Yards gestoßen.«

»Kannst du mir das nicht gleich erzählen? Oder mir per E-Mail einen Bericht schicken?«

Matt hustete. »Ich möchte lieber persönlich mit Ihnen sprechen, Sir. Wenn Sie meine Geschichte hören, werden Sie verstehen, warum.« Er hatte nicht die geringste Absicht, über ein nicht abhörsicheres Telefon zu sprechen oder eine Nachricht über ein Netz zu schicken, in dem sich die virtuellen Vandalen tummelten.

Am anderen Ende der Leitung war ein Seufzer zu vernehmen. »Eigentlich wollte ich bald gehen. Wann kannst du hier sein?«

»Bin schon unterwegs.«

Während der Busfahrt zum Büro des Captains im Pentagon versuchte Matt, die Erlebnisse der vergangenen Woche zu einem zusammenhängenden Bericht zu ordnen. Doch als er dem ungeduldigen Captain Winters gegenüberstand, klang seine Geschichte trotzdem ziemlich verwirrend.

Als er geendet hatte, war der Captain weniger ungeduldig als besorgt. »Willst du behaupten, dass die Tochter des ehrenwerten Senators von Massachusetts zu einer Gruppe reicher Tunichtgute gehört, die auf der Suche nach virtuellem Nervenkitzel ist? Und einige der anderen Mitglieder sollen Ausländer sein, vermutlich aus Diplomatenkreisen?«

»Ich glaube ...«, begann Matt.

Doch der Captain unterbrach ihn. »*Ich* glaube, dass du überzeugende Beweise haben solltest, bevor du solche Beschuldigungen äußerst. Offiziell können wir in diesen Fall nicht eingreifen, weil die Polizei von Baltimore zuständig ist.« Er rollte mit den Augen. »Und die wäre von deiner Hypothese bestimmt entzückt.«

»Trotzdem glaube ich, dass es sich lohnen würde, die Verbindung zu den Diplomaten genauer zu untersuchen«, sagte Matt ruhig.

»Solange du keinen Aufruhr verursachst.« Winters sah auf die Uhr. »Ich lasse dir freie Hand.« Zu seiner Computerkonsole gewandt, sagte er: »Computer, Identifikation für Sprachsteuerung.«

»Stimme als Captain James Winters identifiziert«, erwiderte der Computer.

»Start Datenbanksuche, nicht geheimes Material, Corrigan, Caitlin – bekannte Kontaktpersonen, vor allem ausländische Staatsangehörige.«

»Die Suche sollte bis zu sechs Monate zurückreichen«, schlug Matt vor. »Ich glaube nicht, dass sie sich in letzter Zeit getroffen haben.«

Der Captain nickte. »Zeitvariable bis zu sechs Monate vor heutigem Datum. Datascrip-Kopie an Matthew Hunter, Identifikation jetzt.«

»Matthew Hunter«, sagte Matt.

»Ausführen«, befahl Captain Winters. Er sah Matt prüfend an. »Das dauert bestimmt eine Weile. Selbst für unser Computersystem kann das eine lange Suche werden.« Er ging zur Tür. »Ich lasse das Schloss verriegelt, zieh die Tür einfach hinter dir zu, wenn du gehst. Und lass es mich wissen, falls du etwas Interessantes herausfindest.«

Matt wusste nicht, ob er sich durch das Vertrauen des Captains geschmeichelt fühlen oder ob er sich ärgern sollte, weil dieser so offensichtlich glaubte, dass bei seiner Suche nichts herauskommen würde. Allein im Büro wartete er ungeduldig, während sich die Suchmaschinen der Net Force durch alle allgemein zugänglichen Informations-Websites wie Zeitungen, elektronische Infos, HoloNet und Regierungsveröffentlichungen arbeiteten, immer auf der Suche nach einer Verbindung zwischen Caitlin und den zahlreichen in Washington lebenden Ausländern.

Doch seine Ungeduld wich der Enttäuschung, als der Computer Hunderte von Treffern meldete.

»Nach Personen sortieren«, befahl Matt, »Liste nach Namen, absteigend nach Anzahl der Nennungen.«

Selbst so füllte sich das Datascrip, das Captain Winters zurückgelassen hatte, schnell.

Ich wette, er hat genau das vermutet, dachte Matt, *und will mir eine Lektion erteilen.*

Schon wollte er das Scrip aus dem Leser holen, als ihm plötzlich ein Gedanke kam. Bei zwei der drei Proxys, die er heute kennen gelernt hatte, hatte er den Akzent nicht identifizieren können. Aber was Mr. Jewels anging, hatte er einen Verdacht.

»Getrennte Datei«, wies Matt den Computer an. »Die ersten zehn Individuen auf der Liste, nach Namen sortieren. Falls britische Staatsbürger darunter, bitte Vorrang geben.«

Das Scrip surrte erneut. »Die letzten siebenunddreißig Namen auf der Hauptliste werden gelöscht, um Platz für Datei zu schaffen«, warnte der Computer.

»Akzeptiert. Nationalitätendatei auflisten.«

In der Luft über der Computerkonsole erschien ein Holobildschirm. Prüfend ging Matt die leuchtenden Buchstaben durch. »Ein britischer Staatsbürger. Und immer wieder in der Presse erwähnt.«

Matt entschloss sich, sein Glück zu versuchen. »Computer, gibt es eine aktuelle Regierungsakte zu« – er kniff die Augen zusammen, um den Namen zu lesen – »Gerald Savage?«

Einen Augenblick herrschte Stille im Raum, während der Computer die Net-Force-Dateien durchsuchte. »Positiv.«

»Ist die Datei geheim?«

»Negativ.«

»Datei zu Gerald Savage aufrufen«, befahl Matt.

Sekundenbruchteile später erschien über der Konsole das Bild eines harten, aber attraktiven Gesichts. Nase und Kinn waren ein wenig zu stark ausgeprägt, und das braune Haar trug Gerald aufmüpfig lang.

»Hmm«, murmelte Matt vor sich hin. »Das ist eine Akte des Außenministeriums, kein Net-Force-Info.«

Stirnrunzelnd ließ er den Text durchlaufen. Offenbar gehörte Gerald Savage zu den Leuten, die schuld daran waren, wenn das Wort ›diplomatische Immunität‹ solch einen schlechten Beigeschmack besaß. Mehrfach war er in körperliche Auseinandersetzungen verwickelt gewesen, was ihm den Spitznamen ›der Wilde‹ eingetragen hatte. Naheliegend, schließlich bedeutete *savage* ›wild‹.

Noch interessanter wurde die Angelegenheit, als sich herausstellte, dass Savage' Schlägereien offenbar politische Gründe hatten. Sein Vater war ein radikaler britischer Politiker, der Irland erbittert bekämpfte. Matt wusste, dass die Beziehungen zwischen England und Irland immer von Ressentiments geprägt gewesen waren.

Schließlich hatten die Iren jahrhundertelang um ihre Unabhängigkeit von Großbritannien gekämpft.

Doch seit Ende der Neunzigerjahre, als die irische Wirtschaft begann, die britische zu überholen, nahm die Feindschaft neue Formen an. Wo die Engländer sich einst überlegen gefühlt hatten, kam nun Neid auf. Die Situation verschlechterte sich noch, als die britische Regierung zwanzig Jahre später endlich die Wiedervereinigung der sechs Counties Nordirlands mit dem Rest des Landes gestattete. Viele Engländer fühlten sich durch den Verlust einer ihrer letzten Kolonien gedemütigt. Cliff Savage, Geralds Vater, hatte den Hass und die Verbitterung populär gemacht.

Es sah so aus, als hätte ihn die Regierung in den diplomatischen Dienst versetzt, um ihn außer Landes zu bringen.

Matt schüttelte den Kopf. Aber warum hierher? Es war doch bekannt, wie viele Amerikaner irischer Abstammung es gab. Oder war das beabsichtigt? Hoffte London, die Savage' würden einen internationalen Zwischenfall verursachen?

»Datei schließen.« Plötzlich wurde ihm bewusst, das Caitlin Corrigan ein irischer Name war. Stirnrunzelnd überlegte er, was sie mit einem Typen zu tun hatte, der es auf die Iren abgesehen hatte.

Vielleicht gehörte das zum Washingtoner Gesellschaftsleben. Es war erstaunlich, wie in Diplomatenkreisen Leute zusammentrafen, die erbitterte Feinde hätten sein müssen. Manchmal war es politisch von Vorteil, sich freundlich zu verhalten.

Andererseits standen die Eltern von Cat und Gerald im Rampenlicht. Vielleicht fanden die Kids es lustig, ihre Familien zum Wahnsinn zu treiben, indem sie die unmöglichsten Freunde wählten.

Matt schluckte. In der Schule lasen sie in Englisch gerade *Romeo und Julia.* In dem berühmten Theaterstück verliebten sich zwei junge Leute aus verfeindeten Familien ineinander.

Jedes dieser Szenarien bot eine mögliche Erklärung dafür, was Caitlin und Gerry zusammengebracht hatte. Sicher war nur, dass er noch viel mehr über Cat Corrigan herausfinden musste, wenn er wissen wollte, welche Beweggründe hinter ihren Handlungen standen.

7

Matt war klar, dass er eigentlich an dem ›Auftrag‹ hätte arbeiten sollen, den er von den virtuellen Vandalen erhalten und Captain Winters angelegentlich verschwiegen hatte. Seine Undercover-Tätigkeit würde ein abruptes Ende finden, wenn er seine Mission nicht erfüllte.

Stattdessen starrte er auf ein Holobild, das über seiner Computerkonsole schwebte. Es zeigte Caitlin Corrigan im Abendkleid, wie sie mit ihrem Begleiter Gerald Savage bei einem Wohltätigkeitsball eintraf. Cat schenkte den Paparazzi ein verschmitztes Grinsen, während Savage aussah, als hätte er gerade in eine saure Gurke gebissen.

Wie sollte Matt mit diesen Leuten mithalten? Das war die absolute Crème de la Crème, die zu jedem Gesellschaftsereignis eingeladen wurde. Wenn Sean McArdle für die unerreichbar war, was konnte Matt dann ausrichten?

Es sei denn … Ihm kam plötzlich ein Gedanke. *Vielleicht ist die Frage falsch. Warum kommen sie nicht durch?*

Er löschte das Bild von seiner Computerkonsole und begann eine neue Datensuche. Als er die aufgerufenen Nachrichtenberichte las, stach ihm eine Zeile ins Auge.

Ein Lächeln erschien auf seinem Gesicht. Vielleicht, aber nur vielleicht, gab es einen Weg …

Etwa einen Tag später begab sich Matt, mit dem Telekommunikations-Icon, Leif Andersons Proxy-Programm und Caitlins Ohrring-Protokoll bewaffnet, auf die Reise durch das Netz.

Nur für den Fall, dass Cat kontrollierte, woher er kam, mied er die direkte Route zu ihrem Veeyar.

Verfolgungswahn, wie?, fragte eine boshafte Stimme in seinem Hinterkopf.

Vielleicht. Aber seine Anonymität war einer der wenigen Vorteile, die er gegenüber diesen reichen Kids hatte. Die Mühe lohnte sich, wenn sie ihm diesen Trumpf sicherte.

Matt flog weiter durch die glitzernde Welt des Netzes, bis er erneut zu einem Datenknoten mit hohem Verkehrsaufkommen gelangte. Dort verwandelte er sich in Mr. Red und aktivierte Cats Kommunikationsprotokoll. Wieder flog er durch die Wände von Corrigans virtueller Villa, hinter denen sich die endlose surrealistische Landschaft von Caitlins Veeyar verbarg.

Einen Augenblick später erschien Cat. Sie trug Jeans und Pullover, aber ihre Füße waren nackt. Matt fiel auf, dass ihre Lider geschwollen waren.

»Alles in Ordnung?«, erkundigte er sich.

»Mir geht es super«, gab sie zurück. »Mein Leben liegt in der Hand eines Burschen, der sich als Strichmännchen ausgibt, sodass ich springen muss wie eine Zirkusrobbe, sobald er nur auftaucht.«

Seufzend rieb sie sich das Gesicht. »Tut mir Leid, aber ich war letzte Nacht lange unterwegs. Es kam mir vor, als hätte ich kaum die Augen geschlossen, als mein Beeper deinen Besuch meldete.«

Matt ertappte sich dabei, dass ihm Caitlin tatsächlich

Leid tat. *Moment mal*, rief er sich zur Ordnung. Niemand hatte sie gezwungen mitzumachen. Was war mit Leif und den anderen, die verletzt worden waren, weil sie ihr Leben nicht aufregend genug fand?

Er schob sein Mitgefühl beiseite. »Ich glaube, ich weiß, wie wir Sean McArdle erreichen, ganz wie es deine Freunde wollten. Morgen ist der große Tag, falls du noch etwas vorbereiten musst. Du wirst das hier brauchen.«

Er warf Caitlin ein kleines Programm-Icon zu.

Kaum hatte sie es gefangen, begann sich ihr virtuelles Bild zu verändern. Ihr schimmerndes blondes Haar verwandelte sich in mausbraune Fransen und schrumpfte zu einem strengen kurzen Schnitt zusammen. Das herzförmige Gesicht zog sich in die Länge, die Wangen fielen ein, und das Kinn schob sich nach vorne. Ihre Lippen wurden zu einem schmalen Strich, und die Augen wechselten von Blau zu einem verwaschenen Braun.

Pullover und Jeans verwandelten sich in ein ausgebeultes, unvorteilhaftes Trägerkleid, unter dem sie eine billige weiße Bluse trug. Aus den zu kurz geratenen Ärmeln stachen knochige Handgelenke und Hände mit abgekauten Fingernägeln hervor. Storchenbeine und hässliche braune Schuhe unter dem überlangen Rock vervollständigten das Bild.

Entgeistert blickte Caitlin an ihrer neuen Gestalt herab.

»Mein Haar! Meine Kleider … Was hast du getan?«, schrie sie entsetzt.

»Immer cool bleiben«, riet Matt. »Das ist ein Proxy, den du brauchst, um reinzukommen. Und ich brauche das hier.«

Er aktivierte sein Proxy-Programm, das ihn in einen schlaksigen, sommersprossigen Rotschopf mit einem runden Babygesicht verwandelte. Sein weißes Hemd wirkte schmuddelig, die Krawatte zu kurz, und unter der Anzughose, die mindestens fünf Zentimeter zu kurz geraten war, blitzten weiße Sportsocken hervor.

Schaudernd blickte Caitlin ihn an. »Sag mir bloß nicht, dass du wirklich so aussiehst. Du wärst der ideale Dexter.«

Sie rief einen virtuellen Spiegel auf, stellte sich neben ihn und studierte eingehend ihre Spiegelbilder. »Und mich hast du in eine richtige Nerdetta verwandelt.«

»Das heißt, dass uns niemand hinter dieser Maske vermuten würde.« Matt klopfte auf die zerknitterte Krawatte auf der Brust seines Proxys. »Dafür wirken wir wie der Inbegriff des ernsthaften Nachwuchsreporters einer Schulzeitung.«

Cats neues Gesicht wandte sich ihm zu. »Zeitung?«, fragte sie misstrauisch.

»Ich wette, ihr habt es auf der gesellschaftlichen Ebene versucht, weil das bei Diplomatenkindern normalerweise funktioniert. Aber Sean McArdle spielt nicht herum, und er lädt auch nicht zu virtuellen Partys ein wie Lara Fortune. Nein, er ist ziemlich ernst, ein richtiger Dexter, wie ihr sagen würdet. Er nutzt das Netz für Recherchen, nicht für Spiele. Aber er öffnet sein System für eine Veranstaltung, die deinen Freunden mit Sicherheit nicht in den Sinn gekommen ist. Einmal im Monat lädt er zu einer Pressekonferenz für Jugendliche ein. Und die findet morgen statt. Zwar musste ich die Schulcomputer ein wenig manipulieren, aber ich habe dafür gesorgt, dass wir als Reporter für das *Bradford Bulletin* teilnehmen dürfen.«

»Normalerweise lösche ich das Ding, sobald es sich auf meinen Computer heruntergeladen hat«, gab Caitlin zu.

Außer du findest einen Artikel über einen Ball oder irgendeinen Blödsinn über einen deiner Freunde von den Leets, dachte Matt.

Diesen Gedanken behielt er allerdings lieber für sich. Er räusperte sich. »Ich bin Ed Noonan und du bist Cathy Carty. Das hier sind deine Identifikation und die Zugangsberechtigung.«

»Cathy – klingt wie Cat. Nette Idee«, gab sie zurück. »Hast du dir auch einen Namen ausgesucht, der so ähnlich klingt wie dein eigener?«

Matt lächelte säuerlich. »Diese Leute gibt es nicht, also kann uns niemand mit ihnen oder der echten Zeitung in Verbindung bringen. Ich habe irische Namen gewählt, weil ich dachte, Journalisten irischer Abstammung wären am ehesten an dieser Art von Pressekonferenz interessiert.«

»Worüber spricht er?«, wollte Cat wissen.

»Keine Ahnung. Wir werden einfach unsere Rekorder schwenken und so ernsthaft wie möglich wirken.«

»Das wird nicht einfach sein.«

»Die Konferenz findet morgen Nachmittag nach der Schule statt. Willst du mich hier treffen?«

Caitlin deaktivierte das Proxy-Programm und nahm wieder ihre natürliche Gestalt an. »Warum nicht«, erklärte sie, während sie sich eine lange blonde Strähne um einen Finger wickelte. »Aber wir gehen nicht direkt von hier zum Veeyar.« Ihr Lächeln wirkte bitter. »Ich kenne jede Menge Orte, die wir zur Tarnung nutzen können. Heute Abend suche ich mir einen davon aus und bereite ihn entsprechend vor. Nur für den Fall, dass jemand überprüft, woher wir kommen.«

»Gute Idee.« Matts Stimme klang ausdruckslos. »Bis morgen dann.«

Als er am folgenden Tag in Cats Veeyar eintraf, hatte sie bereits die hausbackene virtuelle Gestalt angenommen, die Matt für sie entwickelt hatte.

»Keine Sorge, ich bin's wirklich«, beruhigte sie Matt.

Ihr knochiges Gesicht verzog sich angewidert, als sie an sich herabblickte. »Vertrau mir. Keiner der Jungs würde so etwas tragen wollen.«

Caitlin griff nach einer virtuellen Einkaufstasche, einer ausgesuchten Scheußlichkeit, die zu ihrem unattraktiven Äußeren passte. »Können wir?«

Matt hatte sich schon zu Hause in Ed Noonan verwandelt. »Okay.«

Caitlin streckte ihm die Hand hin, und Matt griff danach. Sie sausten durch das Netz, bis sie in einen großen, besonders realistisch wirkenden Raum gelangten. Vor einem erhöhten Lehrerpult mit einer Platte aus Stein standen mehrere Tische, die ebenfalls mit steinernen Platten ausgestattet waren.

Matt ließ ihre Hand los. »Moment mal! Das ist ja das virtuelle Chemielabor von Bradford!«

Caitlin kicherte. »Du bist nicht der Einzige, der die Computer der Schule manipulieren kann.«

Matt grunzte wortlos. Dem Burschen war es gelungen, sich in das System der Schule einzuschleichen. Wer auch immer hinter den virtuellen Vandalen stand, er hatte die Computer der Bradford Academy infiltriert.

»Komm schon!« Cat überprüfte die unelegante, altmodische Uhr, die ihr Proxy trug. »Wenn du weiter herumtrödelst, kommen wir noch zu spät.«

Seufzend ergriff Matt erneut Caitlins Hand. Mit Hilfe der Zugangsberechtigung, die er für sie besorgt hatte, nahmen sie Kurs auf die Pressekonferenz.

Matt hatte sich gefragt, ob der Netzknoten der irischen Botschaft mit Kleeblättern verziert sein oder wie ein malerisches Cottage aussehen würde. Daher war er geradezu enttäuscht, als sich die offizielle Site als ultramodernes Bürogebäude entpuppte, wie sie für die virtuelle Realität typisch waren.

Zügig wurden sie zu Sean McArdles Veeyar geleitet,

der wie ein großer Vorlesungsraum gestaltet war. Matt war von der Anzahl der jungen Journalisten, die sich eingefunden hatte, beeindruckt. »Wir werden irgendwo hinten landen«, flüsterte er Caitlin zu.

»Umso besser.«

Wahrscheinlich hatte sie Recht, gestand er sich überrascht ein. Dort konnten sie einfach nur zuhören, ohne direkt beteiligt zu sein.

Trotzdem wunderte es ihn, dass sie sich nicht setzte, sondern im hinteren Teil des Raums stehen blieb.

Auf die Minute pünktlich erschien Sean McArdle auf dem Podium. Offenkundig hasste der große, ernsthafte junge Mann öffentliche Ansprachen. Trotzdem hatte er sich entschlossen, eine Pressekonferenz zu geben. Vielleicht wollte er seine Furcht überwinden.

Als er sich vorstellte, brach seine Stimme, was er mit einem unerwarteten, entwaffnenden Lächeln kommentierte. »Ich glaube, ein großer Redner werde ich nie«, meinte er. »Ein schweres Handikap für einen zukünftigen Politiker.«

Aber als er begann, über Irland und seine wirtschaftliche Leistung zu sprechen, musste Matt zugeben, dass er mit Sicherheit Menschen motivieren konnte. Stolz sprach er von seinem Land und von dem, was es erreicht hatte. »Mein Vater wuchs zu einer Zeit auf, in der wir noch Unterstützung von der Europäischen Gemeinschaft bekamen. ›Danke Gott für die deutschen Steuerzahler‹, hieß es damals scherzhaft, weil sie für die Straßen und die Infrastruktur bezahlten, die uns auf Vordermann brachten. Ich weiß, dass einige von euch von irischen Einwanderern abstammen. Daher versteht ihr bestimmt, was ich meine, wenn ich sage, dass manche Leute, manche *Länder*, gerne behaupten, unsere Leute seien faul und unzuverlässig. Aber vor dreißig Jahren besaß unsere Jugend ein Ausbildungsniveau, das in Europa seinesgleichen suchte. Wir bekamen in dem Land, das ich nicht erwähnen will, Spitzenjobs. Wir arbeiteten als Computerentwickler sogar an Teilen des amerikanischen Raumfahrtprogramms mit.«

McArdle wies auf den virtuellen Versammlungsraum, in dem sie sich aufhielten. »Das Netz war für uns sehr wichtig. Wie alle Konstrukte auf diesem Knoten wurde auch dieser Veeyar von irischen Ingenieuren entwickelt. Wenn euch der Besprechungsraum gefällt, gebe ich euch gerne eine Kopie.«

Er war so in Schwung geraten, dass sich auf seinen hohen, vorstehenden Wangenknochen rote Flecken abzeichneten.

»Der wirtschaftliche Wohlstand brachte Probleme mit sich, die wir bis dahin nicht gekannt hatten – zum Beispiel den Zustrom illegaler Immigranten. Wir sind kein großes Land und hatten Jahrhunderte lang eine sehr homogene Bevölkerung. Das erschwerte die Integration der Asylsuchenden. Viele waren nicht gut genug ausgebildet, um an unserem Wohlstand teilhaben zu können. Ich weiß, dass zahlreiche Menschen, die vor den Konflikten auf dem Balkan fliehen mussten, deswegen verbittert sind. Doch besonders in den letzten Jahren hat Irland bei der Entwicklungshilfe für diese Region eine führende Rolle übernommen, um so ein günstiges wirtschaftliches Umfeld zu schaffen, wie es unsere Handelspartner für uns getan haben.«

Als er nun Holoclips, Bilder, Charts und Grafiken präsentierte, war von seiner Unsicherheit nichts mehr zu merken.

Vielleicht wird er ja bei sich zu Hause Politiker, dachte Matt, *aber im Moment langweilt er mich.*

Wie nahm Caitlin wohl die Präsentation auf? Da sie aus einer Politikerfamilie stammte, hörte sie so etwas vermutlich ständig.

Doch als er sich nach ihr umsah, stellte er fest, dass sie mit dem Rücken an der hinteren Wand lehnte und nicht einmal vorgab zuzuhören.

Halb im Schatten verborgen, schien sie mit etwas in ihrer Hand zu spielen. Matt sah genauer hin. Was war das? Ein Klebe-Etikett?

Genau das schien es zu sein. Während er auf sie zuging, zog sie die Schutzfolie ab und pappte es auf die Wand hinter sich.

Angestrengt versuchte Matt, den Text zu erkennen.

Es kam ihm albern vor, dass sie so viel Mühe darauf verwendete, hier einzudringen, nur um ihrer Lust am Vandalismus zu frönen. Wahrscheinlich handelte es sich um hässliche antiirische Propaganda, die Gerald Savage verfasst hatte. Was würde passieren? Würden die Lettern in Neonfarben aufleuchten oder in Rauch aufgehen?

Stattdessen geschah etwas viel Merkwürdigeres. Wie ein Chamäleon veränderte das Etikett seine Farbe, bis es das Dunkelgrün der Wand angenommen hatte. Offenbar sollte der Aufkleber nicht auffallen, sondern sich im Gegenteil tarnen.

Auf der Suche danach trat Matt näher an die Wand heran.

Aber das Etikett war schon fast verschwunden. Es hatte sich nicht einfach an die virtuelle Farbe angepasst, sondern war mit der Wand selbst verschmolzen!

8

»Was ist los?«, zischte Caitlin, als Matt auf sie zuraste und sie grob zur Seite stieß. »Was treibst du da?«, wollte sie wissen, aber ihre Stimme klang eher verängstigt als wütend.

Ohne sie zu beachten, begann er mit seinen abgekauten virtuellen Fingernägeln an der Wand zu kratzen. Nichts! Das Etikett, das er Cat auf die grüne Farbe hatte kleben sehen, hatte keinerlei Spuren hinterlassen.

Falsch, dachte er. Es hatte keine sichtbaren Spuren hinterlassen. Irgendwie war das verflixte Ding mit dem simulierten Raum verschmolzen. Natürlich war es möglich, dass das von den Iren entwickelte Programm den Fremdkörper gelöscht hatte. *Aber wir haben es hier mit den virtuellen Vandalen zu tun,* dachte Matt. *Auch wenn ich nicht weiß, wer das Genie im Hintergrund ist, kann ich mir nicht vorstellen, dass seine Arbeit so einfach verschwinden würde.* Es sei denn, genau das war sein Plan.

Kalt sah er Caitlin Corrigan an. »Der Aufkleber, mit dem du herumgespielt hast, das war doch ein Programm-Icon. Als du die Schutzfolie abgezogen hast, wurde das Programm aktiviert. Inzwischen hat es sich in das Programm für diese Simulation und wahrscheinlich für den ganzen Veeyar eingeschmuggelt.«

Nacktes Entsetzen lag in ihrem Blick. Noch während er sich fragte, warum seine Entdeckung ihr solche Angst einjagte, griff er automatisch nach ihrem Arm.

Das stellte sich als Glücksfall heraus. Denn in dem Moment, in dem er den Kontakt zu ihr herstellte, klinkte sich Cat aus der Pressekonferenz aus.

An sie geklammert, wurde Matt auf einer wilden Reise durch das Netz geschleudert.

Caitlin versuchte, ihn abzuschütteln, indem sie sich in die tosenden Ströme des täglichen Datenverkehrs stürzte. Trotz flexibler Arbeitszeiten waren die Stunden zwischen neun und fünf immer noch die mit dem dichtesten Informationsfluss.

Während sie wie mit Lichtgeschwindigkeit reisende Flipperkugeln durch das Netz geschleudert wurden, klammerte sich Matt an ihrem Arm fest, als ginge es um das nackte Leben. Jetzt hatte er schon zwei Fragen, auf die er unbedingt eine Antwort wollte. Was war in diesem merkwürdigen Etikettenprogramm, das sie in Sean McArdles Veeyar zurückgelassen hatte? Und warum hatte seine einfache Frage danach diese panikartige Flucht ausgelöst?

Cat rang nach Luft, als wäre sie kilometerweit gelaufen – oder schluchzte sie etwa? Schließlich wurden sie in eine vertraute Umgebung gewirbelt.

Sie waren zurück im virtuellen Labor der Bradford Academy.

»Weißt du«, meinte Matt, »mein Laborpartner hat sich hier mal einen Fehler erlaubt, bei dem wir in der Wirklichkeit in die Luft geflogen wären. So aber stürzte nur das System ab, und unsere gesamten Chemikalien wurden aus der Simulation gelöscht.« Er legte eine Pause ein. »Wir wurden natürlich zum Gespött der Klasse, vor allem wegen des großen, roten Warnsignals ›INSTABILE REAKTION AUSGELÖST‹. Wochenlang hießen wir die Instabilitätsboys, bis das System abstürzte, weil sich jemand Salzsäure über das Hemd gegossen hatte. Vermutlich hatten wir Glück. Der Arme wird heute noch deswegen aufgezogen.«

Du brabbelst zuviel, rief er sich selbst zur Ordnung. *Zieh den Stecker, bevor du zuviel sagst!*

Caitlin kauerte sich gegen einen der mit Steinplatten versehenen Labortische. »Nimm einfach deine Hände weg. Lass mich gehen, bitte«, bettelte sie.

»Ich habe dir diese Geschichte erzählt, um dir zu zeigen, dass jeder einen Fehler machen kann«, erklärte Matt sanft. »Hättest du dir nicht denken können, dass ich dich nach dem Aufkleber-Programm frage? Schließlich ist es ziemlich einfallsreich. Subtil. Nicht ganz der Stil deines Juwelenfreundes oder des Cartoon-Cowboys, würde ich sagen. Hat sich das der Bursche ausgedacht, der sich vom Riesenfrosch in einen eleganten Adligen verwandelt hat?«

Die Wange immer noch gegen die kühle Steinplatte des Tisches gepresst, starrte Caitlin ihn aus weit aufgerissenen Augen an. »Das kann ich dir nicht sagen! Ich kann nicht!«

»Du meinst, du musst erst mit deinen Freunden reden? Damit kann ich leben.«

»Lass mich einfach in Ruhe!« In Caitlins Augen traten Tränen, die ihr langsam die Wangen herabliefen.

Matt konnte sie einfach nicht weinen sehen. Er löste seinen Griff um ihren Arm.

Im nächsten Augenblick war sie verschwunden.

Gratuliere, dachte er. Schon das zweite Experiment, das du in diesem Raum verhauen hast. Nur gut, dass das Kontrollprogramm nicht läuft, sonst hätte ich bestimmt eine Meldung in dicken roten Lettern. Er konnte sich die Fehlermeldung genau vorstellen: »Weichherziger Idiot.«

Schleunigst verließ er das virtuelle Chemielabor. Außerhalb des Unterrichts handelte es sich um verbotenes Territorium. Wenn er hier erwischt wurde, war er in Schwierigkeiten. Zur Sicherheit besuchte er einen weiteren geschäftigen Netzknoten, bevor er nach Hause in seinen Veeyar zurückkehrte.

Je mehr er darüber nachdachte, desto überzeugter war er, dass hinter den virtuellen Vandalen, denen er begegnet war, noch eine weitere Person stand. Wer immer das war, Caitlin Corrigan hatte vor ihm oder ihr einen Heidenrespekt. Im Vergleich dazu war sie relativ cool geblieben, als ihre Freunde damit gedroht hatten, Matt für immer zum Schweigen zu bringen. Selbst als Mr. Jewels sich über sie beugte und ihr mit Prügeln drohte, wirkte sie relativ gelassen.

Was war mit dem Schöpfer ihrer Programme los? Warum hatte Caitlin solche Angst vor ihm, dass sie nur noch weglaufen wollte?

Ganz sicher war Matt sich seiner Sache allerdings nicht. Er musste sich näher mit Gerald Savage' Hintergrund befassen, um herauszufinden, was der Engländer tatsächlich vom Programmieren verstand. Irgendwie musste er auch die anderen demaskieren und entsprechende Nachforschungen anstellen. Sein Gefühl sagte ihm aber, dass das im Aufkleber versteckte Programm, verglichen mit den Proxys der drei Jungen, zu subtil war.

Aber vielleicht verbarg sich eine wirklich raffinierte Persönlichkeit hinter einer der banalen Masken …

Als Matt seinen Heim-Veeyar erreicht hatte, unterbrach er die Verbindung und ließ sich in seinem Computerstuhl zusammensinken. Diese Hypothesen brachten ihn nicht weiter. Die Net Force musste sich konkret mit den Programmen der anderen Seite auseinander setzen.

Er stand auf und ging zum Telefon. Captain Winters, den er gerade noch erwischt hatte, war nicht eben erfreut, von ihm zu hören.

»Willst du jetzt behaupten, dass der Sohn des irischen Botschafters in die Affäre verwickelt ist?«, fragte er.

»Nein, Sir. Ich denke, er könnte ein Ziel sein. Sein Veeyar ist extrem offen. Er nutzt ihn für Jugendpressekonferenzen …«

»Und außerdem genießt er diplomatische Immunität«, unterbrach Winters ihn.

»Ich glaube, jemand hat die Programmierung manipuliert. Vielleicht könnten Sie es auf inoffiziellem Weg versuchen. Erzählen Sie denen, Sie hätten von den Pressekonferenzen gehört und würden sich für das Programm dahinter interessieren. Die verteilen Kopien ihrer Programme. Wenn Sie um Aufnahmen der letzten Konferenzen bitten, bekommen Sie vielleicht eine Reproduktion des manipulierten Codes.«

Captain Winters gab ein kurzes, verärgertes Grunzen von sich. »Einen Versuch ist es vielleicht wert«, gab er dann zu. »Lass mich den Kontakt herstellen, dann sehen wir, was passiert.«

Das Telefon klingelte, als sich die Hunters gerade zum Essen niederließen. Matts Mutter setzte die Platte mit Proteinburgern ab, die sie vorbereitet hatte, und nahm in der Küche das Telefon ab.

»Hallo? Oh, ja, Captain. Er steht direkt neben mir.«

Sie reichte Matt das Telefon, deutete aber auf die Platte.

Matt war klar, was sie damit meinte. »Hallo, Captain Winters. Wir fangen gerade mit dem Abendessen an.«

»Dann werde ich mich kurz fassen«, meinte der Captain brüsk. »Es sieht so aus, als hättest du mit dem korrumpierten Programm Recht gehabt. Ich habe mir von der irischen Botschaft eine Kopie geben lassen und sie nach Quantico geschickt. Unsere Techniker dort haben einen ganzen Codeabschnitt gefunden, der nicht zum eigentlichen Programm gehört. Es sieht nach einem altmodischen Geheimtürprogramm aus, mit dem man sich von außen Zugang zur Simulation und zur Computer-Hardware verschaffen kann.«

»Tatsächlich?« Matt war überrascht. »Ich dachte, bei modernen Programmen ist eine solche Infiltration unmöglich.«

»Nicht mehr«, erwiderte der Captain grimmig. »Die Idee ist vielleicht altmodisch, aber ihrem Schöpfer ist es gelungen, selbst die neuesten Sicherheitsmaßnahmen zu umgehen.« Er legte eine kurze Pause ein. »Bei der Net Force gibt es eine Menge Leute, die gerne mit dieser Person sprechen würden.«

»Wenn ich etwas herausfinde, lasse ich es Sie sofort wissen, Captain.«

Captain Winters gab ein Geräusch von sich, das verdächtig wie ›Hmpff‹ klang. »Mehr kann man wahrscheinlich nicht verlangen. Gute Nacht, Matt«, sagte er dann.

»Gute Nacht, Sir.« Matt hängte auf und stocherte im Abendessen herum, bis sein Vater die Teller einsammelte und mit dem Abwasch begann. Nachdem Matt das Geschirr abgetrocknet hatte, ging er in sein Zimmer und setzte sich in den Computer-Link-Stuhl.

Wieder wartete er, bis er einen besonders aktiven Netzknoten erreicht hatte, bevor er Leif Andersons Strichmännchen-Identität annahm. Dann aktivierte er Cat Corrigans Kommunikationsprotokoll und streifte durch das neonfarbene Wunderland. Er hielt tatsächlich auf die für die Regierung reservierten Bereiche des Netzes zu. Dann wurde er in die ruhigen Wohnviertel der Reichen umgeleitet. Offenbar besaßen diese Leute gute Kontakte nach ganz oben.

Direkt vor ihm lag die erleuchtete Version von Mount Vernon.

Er schoss direkt auf die leuchtende Wand zu … und stürzte ab.

In die Polster seines Computer-Link-Stuhls gekauert, hielt sich Matt den Kopf, als fürchtete er, ihn zu verlieren. Die Zähne hatte er so fest zusammengebissen, dass seine Kiefermuskeln schmerzen. Aber er wollte auf keinen Fall schreien, weil das seine Eltern auf den Plan gerufen hätte.

Jedes Neuron in seinem Gehirn schien schmerzhaft zu pulsieren. Er hatte schon mehrere Systemabstürze erlebt, und dieser war auch nicht schlimmer als die anderen. Auf jeden Fall war er besser dran als Leif Anderson, nachdem er von der virtuellen Kugel getroffen worden war.

Matt war bei Bewusstsein und atmete noch … und er

spürte jedes Zwicken in seinem Nervensystem. Allmählich würde der kribbelnde Scherz nachlassen, das wusste er. Wenn er morgen früh aufwachte, würde er nur noch leichte Kopfschmerzen spüren.

Wirklich schmerzhaft war nur, dass er Caitlin Corrigan nicht mehr erreichen konnte.

Mann, dachte Matt, *wenn sie auf Fragen nicht antworten will, dann lässt sie es einen deutlich wissen!*

9

Noch am nächsten Morgen spürte Matt die Kopfschmerzen von seinem Zusammenstoß mit Cat Corrigans System. Einen realen Crash hatte er im Bus zur Schule vor Augen: Er stellte sich vor, wie er sich das Mädchen schnappte und kräftig schüttelte. Verstand sie denn nicht, dass er ihr nur helfen wollte?

Verärgert schüttelte er den Kopf – und bereute es sofort. *Natürlich wusste sie das nicht.* Das war nämlich gar nicht seine Absicht. Sein Ziel war es, die virtuellen Vandalen aufzuspüren, die solch ein Chaos verursacht und Leif Anderson verletzt hatten. War er dabei, zur anderen Seite überzulaufen, nur weil sich eine Vandalin als attraktiv entpuppt hatte und offensichtlich verängstigt war?

Außerdem konnte er Caitlin unmöglich zur Rechenschaft ziehen, ohne seine Identität preiszugeben. Damit würde er sich zur Zielscheibe dieser Verrückten machen, die Leute in Holoform abschießen konnten.

Aber wenn Caitlin ihn mied, hatte er keine Chance, die anderen Mitglieder der Gruppe zu entlarven.

Oder doch?

Mit seinem schmerzenden Kopf kam ihm die Prep-Stunde, in der sich die Schüler eigentlich auf den Unterricht vorbereiten sollten, noch lauter vor als sonst. Sein Unbehagen ignorierend, winkte er Andy Moore und David Gray zu sich herüber.

»Idioten«, schimpfte Andy. Sein sonnenverbranntes Gesicht schälte sich, und er kochte vor Wut darüber, dass ihn einige seiner Klassenkameraden gefragt hatten, ob er an der Krätze leide. Wut und Sonnenbrand ließen sein Gesicht noch roter leuchten.

»Nur weiter so, dann nennen sie dich bald ›Tomate‹«, warnte David. »Außerdem hast du selbst ein paar Leute kräftig aufgezogen. Wer austeilt ...«

»... muss auch einstecken können, ich weiß«, murrte Andy. »Das heißt noch lange nicht, dass es mir Spaß macht.«

Er grinste Matt an. »Wie läuft es denn beim Meisterdetektiv? Nachdem wir seit Samstag nichts mehr von dir gehört haben, nehme ich an, du willst uns sprechen, weil du Hilfe brauchst. Hast du deine ganze Zeit mit Caitlin verbracht?«, erkundigte er sich mit einem rührseligen Seufzer. Aus seinem Mund klang ihr Name unsäglich kitschig.

Matt wusste nicht, ob ihm die Sache peinlich war oder ob er wütend werden sollte. »Reiß dich zusammen! Ich versuche, an die drei Typen in der Gruppe heranzukommen.«

»Soll das heißen, Caitlin hat noch nicht ausgepackt?«, fragte Andy süffisant.

»Das reicht, Krätzengesicht«, mischte sich David ein. Ohne Andy weiter zu beachten, wandte er sich an Matt. »Wie kann ich dir helfen?«

»He, war nicht so gemeint«, erklärte Andy hastig. »Natürlich kannst du auf mich zählen.«

Matt holte zwei Datascrips aus seiner Schultasche. Beide enthielten Kopien der Dateien, die Matt vom Net-Force-Computer heruntergeladen hatte.

»Das sind zwei Listen. Eine enthält die Namen von mehreren hundert Ausländern, die mit Caitlin Corrigan gesehen worden sind. Die andere ist die Top-Ten-Liste von Diplomatenkindern, die sie kennen. Ich muss herausfinden, wer von diesen Leuten als Hacker gilt.«

»Irgendjemand muss sich das Programm ausgedacht haben, das hinter den Aktionen der Vandalen steht. Bei ihrem freundlichen Computerhändler an der Ecke haben sie es bestimmt nicht gekauft.«

Andys Augenbrauen schossen in die Höhe. »Du glaubst also, das Schlägerprogramm wurde von einem verrückten Genie aus dem Diplomatenviertel entwickelt?«

»Keine Ahnung. Auf jeden Fall scheinen die übrigen Vandalen Ausländer zu sein. Einer ist Brite, der andere spricht mit europäischem Akzent. Und der dritte kann anscheinend überhaupt kein Englisch. Wir müssen den Kreis der Verdächtigen aufgrund von zwei verschiedenen Kriterien eingrenzen.«

»Ich kümmere mich um das Sprachproblem!«, meldete sich Andy eilig. »In Diplomatenkreisen gibt es heutzutage mit Sicherheit nicht viele Leute, die kein Englisch sprechen. Schließlich ist es die Sprache, die international in Politik und Wirtschaft benutzt wird. Wer will schon einen Botschafter, der überall durch Unwissenheit auffällt?«

»Du meinst also, ein solcher Diplomat wäre bekannt wie ein bunter Hund?«, erkundigte sich David.

Andy nickte selbstzufrieden.

»Ein Diplomat mit einem solchen Handikap würde natürlich alles tun, damit niemand davon erfährt«, gab David zu bedenken.

Andy blickte plötzlich nachdenklich drein.

»Dagegen sind Computerkurse und Preise für gute Leistungen kaum geheim zu halten«, sagte David und schenkte seinem Kumpel ein strahlendes Lächeln. »Mann, bin ich froh, dass ich den leichteren Job bekommen habe.«

Noch auf dem Weg zur ersten Unterrichtsstunde kicherte Matt vor sich hin.

Es sollte für eine ganze Weile der letzte Anlass zur Freude bleiben. Unter seiner Detektivarbeit hatten seine schulischen Leistungen gelitten.

Offenbar waren alle Lehrer über das TeacherNet davon unterrichtet worden, denn jeder Einzelne fand etwas an ihm auszusetzen.

»Mr. Fairlie hat es dir heute aber gegeben«, meinte Sandy Braxton beim Mittagessen mitleidig. »Ich dachte, diese Abreibungen hätte er für mich reserviert.« Er kicherte, brach aber mittendrin ab. »Ich hoffe, unser Projekt lenkt dich nicht zu sehr ab.«

Wahrscheinlich hat er nur Angst, dass ich alles vermurkse, was er nicht selbst verdirbt, dachte Matt.

Aber Sandy schien seine Sorgen zu vergessen, als er Matt erzählte, dass er bei seinen Recherchen zur Schlacht von Gettysburg festgestellt hatte, dass einer seiner Vorfahren dort gekämpft hatte. »Mein Ur-Ur-Ur-Ur-Großvater schloss sich einem Virginia-Regiment an und kämpfte dort bis zur Schlacht von Gettysburg. Dabei wurde ihm ein Arm abgeschossen.«

»Während Picketts Angriff?«, fragte Matt. Wenn er sich recht erinnerte, hatte der General bei seiner unglückseligen Attacke Virginier kommandiert.

»Nein. Mein Ur-Ur – du weißt schon – Großvater, wurde am ersten Tag der Schlacht getroffen.«

»Oh«, sagte Matt. Offenbar war Sandy von historischem Tratsch fasziniert. Vielleicht interessierte er sich ja auch für Gesellschaftsklatsch.

Einen Versuch war es wert. »Sandy, ich habe gehört,

dass bei den Diplomatenkindern in unserer Stadt merkwürdige Dinge laufen. Weißt du etwas darüber?«

Achselzuckend schüttelte Sandy den Kopf. »Mit dem diplomatischen Korps hat meine Familie nicht viel zu tun. Allerdings hat mein Daddy eine Menge Kohle mit diesen Leuten gemacht. Er baut unten am Anacostia River ein Sicherheits-Wohngebiet mit Zugangskontrolle. Eigentlich dachte er, die Regierungsleute würden sich darauf stürzen, stattdessen wohnt dort ein Botschafter neben dem anderen.« Ein breites Grinsen erschien auf seinem Gesicht. »Nicht, dass es Daddy kümmern würde. Geld bleibt Geld, egal aus welchem Land es kommt.«

Als er nach der Schule wieder zu Hause war, versuchte Matt, sich auf seine Recherche für die Gemeinschaftsarbeit mit Sandy zu konzentrieren. Doch unwillkürlich griff er immer wieder zur Liste der Botschafterkinder, als würde ihm eine neuerliche Überprüfung verborgene Geheimnisse enthüllen.

Auffällig war, dass sich die Postleitzahlen in zwei Gruppen unterteilten. Die einen schienen im Nordwesten von Washington zu wohnen, die anderen im Südwesten. Matt wusste, dass sich die meisten Botschaften in der Nordwestecke von Washington, D.C., konzentrierten. Steckten hinter all den Adressen im Südwesten ausländische Familien, die in die Siedlung gezogen waren, von der Sandy gesprochen hatte?

Als er eine Suchmaschine auf diese Frage ansetzte, war er geradezu schockiert von der Zahl der Treffer, die sofort angezeigt wurden. Als er um eine Übersicht bat, erschien ein Artikel mit dem Titel ›Bevölkerungsbewegungen in Washington, D. C.‹ in Holoform über seiner Computerkonsole. Während er ihn überflog, wurde ihm klar, wie die Bundesregierung und private Bauunternehmer das Gesicht der Stadt im Laufe der Jahre verändert hatten. Am erstaunlichsten fand er ein altes Foto, das noch keine hundert Jahre alt war. Darauf erhob sich die Kuppel des Kapitols hinter der Wäsche im Hinterhof eines heruntergekommenen Holzhäuschens, das aus einer Hillbilly-Komödie zu stammen schien.

Matt konnte nicht glauben, dass dieser Schandfleck auf dem Hügel des Kapitols gestanden hatte. Inzwischen befand sich dort ein altes Bürogebäude mit Tiefgarage. Aber noch fünfzig Jahre nach der Entstehung des Fotos war das Gebiet südwestlich vom Kapitol ein Slum gewesen. Selbst nach der Jahrhundertwende hatten sich dort noch einige Herde des Elends gehalten.

Der Artikel zeigte sogar Bilder des neuen exklusiven Wohnviertels. Nach einer alten Stadt, die dort gestanden hatte, bevor Washington auch nur geplant wurde, hieß es Gardens at Carrollsburg. Später, in seiner Zeit als Armeleuteviertel, wurde der Ort Buzzard Point genannt.

Matt hatte den Artikel geschlossen und starrte wieder auf die Namensliste, als der Computer zu piepsen begann: Eine Datei war zu ihm unterwegs.

David erstattete Bericht. Bei seiner Suche nach Computergenies aus Diplomatenkreisen war er auf nur wenige Leute von der Liste mit Cat Corrigans Bekannten gestoßen. Ganz oben bei den Computerfreaks rangierte Sean McArdle, der Sohn des irischen Botschafters. Matt fiel auf, dass er in den Gardens at Carrollsburg lebte.

Offenbar kam Caitlin mit echten Hackern nicht besonders gut aus.

Wahrscheinlich gelten sie für sie als Dexter, überlegte er, während er die Liste durchging. Von der Hand voll Namen befand sich kein einziger unter den Top Ten.

David hatte einen Presseausschnitt beigelegt, in dem Gerald Savage sich damit brüstete, Computer-Analphabet zu sein. Offenbar war das als Seitenhieb auf die irischen Programmierer gedacht, die auf den britischen Arbeitsmarkt drängten. Im Gegensatz zu David fand Matt das nicht besonders komisch. Auf eine solche Ignoranz auch noch stolz zu sein, das passte ausgezeichnet zum wilden Gerry.

Stirnrunzelnd studierte er die beiden Listen, den Presseausschnitt und ein Porträt von Gerald Savage.

»Computer«, befahl er plötzlich. »Suchmaschine Newshound vorbereiten. In allen nicht geheimen Medien-Datenbanken nach Kontakten von Gerald Savage suchen. Schwerpunkt Gewalt und üble Scherze. Nach Häufigkeit der Nennung sortieren. Anschließend mit aktuellen Listen vergleichen.«

Seufzend befahl er dem Computer, diese Arbeit im Hintergrund durchzuführen, während er das Datascrip, das Sandy Braxton ihm gegeben hatte, projizieren ließ. Nach dem Suche und Sortierung eine Weile dauern würden, konnte er genauso gut in der Zwischenzeit etwas für die Schule lesen.

Als der Computer erneut piepste, war Matt bei den Hausaufgaben. Allerdings war es nicht der angeforderte Job, sondern Andy Moore, der ihm eine elektronische Datei schickte. Sein Bericht war weit weniger formell gehalten als der von David, aber das überraschte ihn nicht.

Hallo Matt!
D. G. hatte Recht. Botschafter geben nicht gerne zu, dass sie kein Englisch können. Allerdings gab es unter den Diplomatenbälgern zwei Ausnahmen. Die beiden könnten sehr wohl Idiom Savant verwendet haben. Als Smashdancing noch in Mode war, ging Cat mit einem Deutschen namens Gunter Mohler aus. Genau die richtige Wahl für einen Tanz, der eher an Karate erinnert. Der Kerl ist wie eine Kreuzung aus einem Footballer und einem Lastwagen gebaut. Offenbar wurde er von seiner verwitweten Mutter als

›wahrer Deutscher‹ erzogen, daher spricht er nur die Sprache seiner Vorfahren. Muss für seinen Stiefvater, den Handelsattaché der Botschaft, ziemlich peinlich sein.

Dann ist da noch Serge Woronow. Sein Vater ist Botschafter von Slobodan Narodny, dem neuen Freistaat auf dem Balkan. Du weißt, wie nationalistisch sie da drüben sind. Ausländische Sprachen sind ganz und gar zabranjeno, also verboten, besonders wenn man politische Ambitionen hat.

Außer den beiden konnte ich niemanden finden.

Kopfschüttelnd kicherte Matt vor sich hin, als der Computer erneut piepste.

Ein schneller Blick auf das Holobild zeigte ihm, dass sein Suchlauf abgeschlossen war.

»Okay«, murmelte er vor sich hin. »Gehen wir alle Listen durch.«

Es war wie bei der Mengenlehre in der Schule. Auch wenn jeder Verdächtige vielleicht einen großen Freundeskreis besaß, überprüfte Matt nur den Bereich, in dem sich diese Kreise überlappten. Das waren zwar noch ziemlich viele, aber immerhin reduzierte sich die Zahl drastisch.

Stirnrunzelnd stellte er fest, dass Andys Liste nicht besonders hilfreich schien. Sowohl Gunter Mohler als auch Serge Woronow gehörten zum Bekanntenkreis von Savage und Corrigan.

Ein weiterer Name auf den beiden Listen kam ihm merkwürdig bekannt vor. »Computer, Suchbegriff Lucien Valery. Erwähnung in den Medien in letzter Zeit.«

Das Computerholo flackerte, und ein Bericht über einen örtlichen Fechtlehrer, mit dem sich jemand einen Scherz erlaubt hatte, erschien. Als Schiedsrichter bei einem Wettkampf hatte der Lehrer einem französischen Fechter namens Lucien Valery eine Strafe erteilt. Als er nach Hause fuhr, wurde er von einer Farbbombe getroffen, die seine Haut rot, weiß und blau färbte. Das waren die Farben der französischen Flagge.

Da Valery für seine Streiche bekannt war, war er in Verdacht geraten. Allerdings konnte nie etwas bewiesen werden – vielleicht weil er der Sohn eines französischen Diplomaten war. Auf jeden Fall ging der Scherz nach hinten los: Lucien Valery verpasste die Gelegenheit, sich für das Olympiateam seines Landes zu qualifizieren.

Ein Franzose. ›Frösche‹ lautete der abfällige amerikanische Spitzname für diese Nation.

Sofort fiel Matt der 1,80 Meter große Frosch ein, den er bei den virtuellen Vandalen getroffen hatte.

Aber das war doch nicht möglich, oder?

Immerhin war bekannt, dass Lucien Valery einen eigenartigen Sinn für Humor besaß. Während der Frosch ihn bedroht hatte, verwandelte er sich in einen mit einem Degen bewaffneten Adligen. Lucien Valery wusste, wie man mit einem Degen umging.

Was hatte der Adlige nur gesagt? Hatte er mit französischem Akzent gesprochen? Er konnte sich einfach nicht erinnern. Die Klinge an seiner Kehle und der auf seinen Kopf gerichtete Zeichentrickrevolver hatten ihn zu sehr abgelenkt.

Zumindest hatte Matt nun ein paar weitere Verdächtige, mit denen er sich beschäftigen konnte.

Außerdem hatte er eine neue Idee. Er sprang auf und lief zum Telefon. Vielleicht erwischte er Captain Winters noch, bevor dieser Feierabend machte.

»Winters«, meldete sich die Stimme des Captains, nachdem Matt die Nummer eingegeben hatte.

»Sir, hier ist wieder Matt Hunter. Das Geheimtür-Programm, das Sie gefunden haben, beschäftigt mich immer noch. Ihre Leute haben es doch bestimmt auseinander genommen, um zu sehen, wie es funktioniert. Deutet irgendetwas auf ausländische Komponenten hin?«

»Du glaubst immer noch, diese Scherzbolde kommen aus Diplomatenkreisen, Hunter?« Captain Winters schien wesentlich besserer Stimmung zu sein als bei ihrem letzten Gespräch. »Dann steht dir leider eine Enttäuschung bevor. Unseren Technikern zufolge wurde die Geheimtür zum Presseraum auf einem billigen Discount-Computer entwickelt, und zwar mit völlig veralteten Programmierhilfen. Klingt nicht direkt nach einem verzogen Diplomatensprössling, der in Geld schwimmt, was?«

»Äh … Eher nicht«, gab Matt zu.

»Nein.« Die Stimme des Captains klang nicht mehr ganz so selbstzufrieden. »Die Programmierung war so amerikanisch und billig wie Apfelkuchen aus der Fabrik.«

10

Nachdem er sich von Captain Winters verabschiedet hatte, kehrte Matt an seinen Computer zurück. Er fühlte sich, als hätte man ihm den Boden unter den Füßen weggezogen.

Aber selbst wenn der Captain anderer Meinung war, war Matt immer noch davon überzeugt, dass es sich bei den virtuellen Vandalen um reiche Jugendliche handelte, die ihr Leben langweilig fanden.

Schließlich hatte er Cat Corrigan aufgespürt und bewiesen, dass sie an der Sache beteiligt war. Er war sich ziemlich sicher, dass Gerald Savage ebenfalls hinter einem der Vandalen-Proxys steckte. Und von den zahlreichen Diplomatenkindern in Washington standen auch einige auf seiner Liste von Verdächtigen.

Warum aber sollten Jugendliche, denen alle Möglichkeiten offen standen, für ihre Verbrechen billige Programme verwenden?

Es ergab einfach keinen Sinn.

Mit geschlossenen Augen rief er sich das merkwürdige Wunderland von Caitlin Corrigans Veeyar ins Gedächtnis. Jedes Detail roch nach Geld. Bei dem weißen Raum, in dem er den Rest der Gruppe getroffen hatte, war er sich nicht so sicher. Aber die Proxys waren eindeutig teuer gewesen, kostspielige, professionelle Simulationen. Im Gegensatz dazu wirkten die verklemmten Schulreporter, die Matt sich ausgedacht hatte, grob und primitiv. Allerdings mussten sich seine Kreationen auch nicht in supercoole Degenfechter verwandeln.

Nein, es ergab keinen Sinn.

War die billige Programmierung ebenfalls Tarnung und sollte von den reichen Jugendlichen ablenken, die ihr Leben langweilig fanden? Bei Captain Winters hatte der Trick – wenn es einer war – funktioniert. Er suchte nach einem Amerikaner, der mit einem antiquierten Computersystem arbeitete.

In diesem Fall musste der Entwickler der Software für die virtuellen Vandalen ein Genie sein, jemand, der freiwillig auf moderne Ausrüstung verzichtete, aber Programme entwickelte, die in der Lage waren, topaktuelle Technologie lahm zu legen. Dabei arbeitete der Unbekannte mit Mitteln, die bei den meisten Leuten im Abfall landen würden.

Doch seine Hypothese mit dem Genie, das nur vorgab, arm zu sein, besaß noch eine weitere Schwäche. Wenn die Gruppe auszog, um Veeyars zu verwüsten, legte sie ihre teuren Proxys an. Bei den Simulationen von Camden Yards hatte es sich mit Sicherheit nicht um billige Verkleidungen gehandelt.

Matt seufzte. Damit war seine schöne Theorie wohl erledigt.

Konnte es einen praktischen Grund dafür geben, warum jemand mit einer Ausrüstung arbeitete, die jeder andere in diesem Land für antiquiert halten würde? Europäer zeigten sich gelegentlich geizig, wenn es um Geräte ging. Bei der Einführung zum Computerunterricht hatte Matt gehört, dass manche Betriebssysteme noch Jahre, nachdem sie in den USA abgelöst worden waren, auf europäischen Computern liefen. Oder Serge Woronow. Matt wusste, dass auf dem Balkan noch Unmengen veralteten Materials vorhanden waren. Die verschiedenen Friedenstruppen, die dort über Jahrzehnte stationiert gewesen waren, hatten zahlreiche Militärcomputer zurückgelassen.

Das hieß aber, das Gunter oder Serge Computerfreaks sein mussten. Konnte David Gray sie bei seinem Suchlauf übersehen haben?

Es gab nur einen Weg, das herauszufinden. Matt setzte sich an den Computer und verfasste eine Nachricht an David:

Bin auf zwei eventuelle Verdächtige gestoßen, die nicht Englisch sprechen. Muss wissen, wie es mit ihren Computerkenntnissen aussieht.

Er hängte die Datei an, die Andy ihm geschickt hatte, und wartete auf Davids Antwort.

Kurz darauf piepste sein Computer. David hatte sich kurz gefasst.

Die Sicherheitsmaßnahmen für die Computersysteme von Slobodan Narodny sind nicht zu umgehen, die leiden offenbar unter Verfolgungswahn. Was die deutschen Systeme angeht, frag mich bitte nicht, wie ich an diese Datei gekommen bin.

Überrascht stellte Matt beim Blättern fest, dass es sich bei der Datei um ein Formular zu handeln schien. In einer Zeile erschien der Name ›Gunter Mohler‹. Außerdem waren zwei Adressen angegeben, eine davon mit einer Postleitzahl für den Südwesten Washingtons.

Als er weiterlas, verstand er immer weniger. Offenbar war die Datei in einer fremden Sprache, vermutlich Deutsch, geschrieben und musste übersetzt werden.

»Computer – automatisch übersetzen«, ordnete Matt an. Als ein Satz nach dem anderen auf Englisch erschien, stieß er einen leisen Pfiff aus. Irgendwie hatte sich David in das Computersystem der deutschen Botschaft eingeschmuggelt und Gunter Mohlers Personalakte an sich genommen.

Die Akte war von pedantischer Gründlichkeit und enthielt alle Schulnoten ab der Grundschule. Seufzend stellte Matt fest, dass Gunter selbst Computer Basics, den Idiotenkurs, nur mit Mühe bestanden hatte. Es sah immer weniger danach aus, dass Mohler die graue Eminenz war, die Matt jagte.

Ein Computergenie konnte natürlich Dateien fälschen, aber warum hätte Gunter annehmen sollen, das jemand diese hier überprüfte?

Matt überflog die Datei so schnell, dass das Übersetzungsprogramm nicht Schritt halten konnte. Mühsam las er einige der deutschen Wörter. Was zum Beispiel bedeutete ›Krankenhaus‹?

Er wartete, bis sich das Übersetzungsprogramm bis zu diesem Abschnitt vorgearbeitet hatte. Offenbar hatte Gunter gesundheitliche Probleme gehabt, bei einer Notoperation war ihm der Blinddarm entfernt worden.

Mit zusammengekniffenen Augen las er das Datum. Als die virtuellen Vandalen das Stadion von Camden Yards verwüsteten, hatte Gunter auf dem Operationstisch gelegen.

»Es sieht so aus, als wäre Gunter weder das Genie noch einer der Vandalen«, murmelte Matt vor sich hin.

Stirnrunzelnd lehnte er sich in seinem Computer-Link-Stuhl zurück, schloss die Augen und überließ seinen Implantaten die Führung. Einen Augenblick später trieb er im Raum vor der schwebenden Tischplatte, die seinen virtuellen Arbeitsplatz darstellte. Gut, dass er mit den Hausaufgaben fertig war. Wenn aus den vagen Ideen in seinem Kopf ein echter Plan werden sollte, musste er sein Gehirn noch gewaltig anstrengen.

Von einer kurzen Pause für Abendessen und Spülen abgesehen, arbeitete Matt den ganzen Abend durch. Es war fast zweiundzwanzig Uhr, als er endlich glaubte, so weit zu sein. Sein Magen krampfte sich vor Anspannung zusammen, während er in seinen Veeyar driftete. Vor ihm lag eine Reihe von Programmen. Auf der einen Seite der glühende Bauer von Leifs Proxy-Programm und der Blitz, der Matt ins Netz befördern würde. Dann folgten die Programme, an denen er gearbeitet hatte. Auf der Arbeitsplatte befand sich eine Kopie von Cat Corrigans Ohrring. Die Stellen, die Matt manipuliert hatte, waren verfärbt und verbogen. Daneben befanden sich ein kleiner weißer Schlüssel, an dem Matt lange programmiert hatte, und ein Icon, das wie ein winziges Fernglas aussah.

Zuletzt kam ein kleines Buch, eine Datei mit allen Informationen und Vermutungen über die virtuellen Vandalen, die Matt in den Sinn gekommen waren. Zur Sicherheit speicherte er es nicht nur auf seinem Computer, sondern lud es zusätzlich auf ein Datascrip. Vielleicht brachte es Pech, so zu tun, als würde er von seinem Unternehmen nicht zurückkommen. Aber er wusste, dass sein unausgegorener Plan gefährlich war, und wollte für den Fall, dass die virtuellen Vandalen beschlossen, ihn zum Schweigen zu bringen, einen Bericht hinterlassen.

Es dauerte noch einen Augenblick, bis er eine kurze virtuelle Nachricht verfasst hatte, die er mitnehmen wollte. Darüber hatte er den ganzen Abend gebrütet.

Cat,
also gut, ich werde dich nicht fragen, woher du den magischen Aufkleber hast, den ich bei dir gesehen habe. Aber findest du nicht, dass ich eine Chance verdient habe, deine Freunde wiederzusehen? Schließlich habe ich alle ihre Forderungen erfüllt. Ihr solltet euer Versprechen halten. Um Mitternacht komme ich zurück, um mit dir zu reden. Wenn ich herausfinde, dass ich dir nicht trauen kann, zähle nicht mehr auf meine Verschwiegenheit.
Mr. Red

Er verwandelte die Botschaft in ein Icon, das wie eine kleine Schriftrolle aussah, und legte es neben die anderen. Mit einem tiefen Atemzug sammelte er alle ein und begab sich auf den Weg ins Netz.

Die virtuellen Konstrukte leuchteten heller und klarer als je zuvor – oder war das die Fantasie eines zum Tode Verurteilten, der Dinge wahrnahm, denen er zuvor kaum jemals Aufmerksamkeit geschenkt hatte?

Im Zickzackkurs schoss Matt durch die glühende Landschaft. Um eine Rückverfolgung zu erschweren, zischte er um mehrere große Knoten herum.

Okay, entschied er schließlich, keine Verzögerungen mehr. Er hielt Caitlins Kommunikationsprotokoll, an dem er einige Änderungen vorgenommen hatte, in die Höhe und aktivierte es.

Der Weg zu Caitlins virtueller Villa war ihm inzwischen geradezu vertraut. Jetzt war er am Rand des virtuellen Regierungsbereichs angelangt.

Abrupt hielt er an. Das war eine der Änderungen, die er an Caitlins Programm vorgenommen hatte. Es war schlimm genug gewesen, als er plötzlich von ihrem System abgeblockt wurde. Dabei hatte Cat diese Barriere spontan installiert, weil sie sich durch seine Fragen in die Enge getrieben fühlte. Obwohl er nicht glaubte, dass sie sich in die Systeme der Regierung einhacken und mit noch unangenehmeren Überraschungen aufwarten konnte, durfte er nicht vergessen, dass sie ein Computergenie zum Freund hatte. Vorsicht war besser als Nachsicht.

Er ging seine Icons durch und griff nach dem kleinen Fernglas. Von hier aus konnte er seine Route erkunden. Sein Programm prüfte die Konstrukte vor ihm auf der Suche nach einem getarnten Sicherheitscode.

Nichts, stellte er lächelnd fest.

Langsam folgte er dem von Caitlin vorgegebenen Weg, wobei er ständig nach Computer-Wachhunden oder virtuellen Wächtern Ausschau hielt. Endlich hatte er das Gelände um die leuchtende Kopie von Mount Vernon erreicht.

Immer noch schien die Luft rein zu sein.

Matt schoss auf die Wand mit der Geheimtür zu Caitlins Veeyar zu. Doch statt dagegen zu rasen, bremste er erneut scharf. Cats Ohrring und seine Botschaft in der rechten Hand, schob er sich langsam in die Wand hinein.

Sein manipuliertes Kommunikationsprotokoll funktionierte! Statt das Programm zum Absturz zu bringen, schien die virtuelle Wand vor ihm nachzugeben. Perfekt war seine Fälschung nicht, es fühlte sich an, als arbeitete er sich durch Lehm oder nassen Sand. Zumindest gelangte er bis in Caitlins Veeyar und konnte seine Nachricht hinterlassen.

Zuerst hatte Matt vorgehabt, nach Hause zurückzukehren und sich während der zweistündigen Wartezeit auszuruhen. Stattdessen beschloss er nun, die leuchtende Villa von Mount Vernon im Auge zu behalten. Schließlich war es möglich, das Caitlin und ihre Freunde ihm gemeinsam einen Empfang bereiten wollten, der so heiß war, dass er ihn nicht überlebte. Wenn er die virtuelle Villa beobachtete, mussten ihm solche Vorbereitungen auffallen.

Die Minuten schienen sich endlos hinzuziehen, aber um die Villa der Corrigans herum blieb alles ruhig.

Schließlich hörte er ein gedämpftes Piepsen – die von ihm einprogrammierte Anzeige für Mitternacht.

Gerade als er seinen Posten verlassen wollte, kam eine Gestalt aus der Wand. Cat Corrigan kochte offenbar vor Wut. Sie ballte die Fäuste in den Taschen ihrer bequemen Jeans, und die blauen Augen funkelten empört.

»Du drohst mir!«, fauchte sie. »Was glaubst du …«

Matt unterbrach sie. »Und was hatte dein Cowboyfreund mit seinem Revolver vor? Und was war mit dem degenschwenkenden Frosch oder deinem großen Glitzerkumpel mit den riesigen Fäusten? Alles beruht auf Gegenseitigkeit, Cat. Ihr habt etwas von mir verlangt, und ich habe es geliefert. Glaub bloß nicht, du kannst mich so einfach hängen lassen.«

Cats herausfordernde Haltung war plötzlich wie weggeblasen. Jetzt war sie nur noch ein verängstigtes kleines Mädchen. »Wir werden zu den anderen gehen. Aber droh ihnen bloß nicht, sie sind ohnehin total außer sich. Wenn du sie noch weiter bedrängst, begehen sie eine wirkliche Dummheit.«

»Warum sind sie außer sich?«, wollte Matt wissen.

Aber Caitlin starrte ihn nur aus großen, angsterfüllten Augen an.

Er zuckte die Achseln. »Auch gut, keine Fragen – zumindest bis ich mit den richtigen Leuten reden kann.«

Caitlin hielt ihm den schwarzen Totenschädel hin, der sie zu den anderen virtuellen Vandalen bringen sollte. Als er ihre Hand nahm, hoffte Matt nur, dass das finstere

Icon kein Symbol für die Dinge war, die die Zukunft bringen würde.

Während sie durch das Netz jagten, schien es Matt, als folgten sie einer anderen Route als beim letzten Mal, aber er war sich nicht sicher.

Doch ihr Ziel schien das gleiche zu sein – der kleine, neutrale weiße Raum, in dem die anderen Mitglieder der Gruppe auf ihn warteten.

Wenigstens hatten sie ihre Waffen nicht gezogen.

Der Cartoon-Cowboy schob seinen riesigen Hut in den Nacken.

»Jemand, der sich so aufspielt, sollte besser einen Trumpf im Ärmel haben«, verkündete er drohend.

»Stimmt«, erwiderte Matt. »Ich will ja nicht, dass ihr *srdit* werdet.«

»Verdammt richtig«, gab der Cowboy zurück. »Ich werde ziemlich leicht sauer.«

Matt grinste. Seine Sprachstudien hatten sich gelohnt. *Srdit* hieß bei vielen Balkannationen ›wütend‹. Dass der Cowboy ihn sofort verstanden hatte, zeigte, dass er eine dieser Sprachen beherrschte.

Gerald Savage schüttelte seine riesige Juwelenfaust vor Matts Nase. »Nenn mir einen Grund, warum ich dich nicht wie ein lästiges Insekt zerquetschen sollte.«

»Wie wäre es mit Ehre? Leute wie ihr, die nicht wissen, wohin mit ihrem Geld, tun immer so, als wären sie besser als andere, weil sie ein besonderes Ehrgefühl haben. Dann solltet ihr aber auch eure Schulden bezahlen und eure Versprechen einlösen.«

»Ich habe nichts versprochen«, begann der Riesenfrosch.

»Aber dein großmäuliger Freund dort. ›Wenn du einer von uns sein willst, musst du beweisen, was du kannst‹, das ungefähr hat er gesagt. Also habe ich es euch gezeigt. Ich habe CeeCee in Sean McArdles Veeyar eingeschleust, nachdem eure gesellschaftlichen Verbindungen versagt hatten. Und wie dankt ihr mir dafür? Ihr schlagt mir die Tür vor der Nase zu. Nicht sehr *pravedan*, was, Tex?«, meinte er zu dem mürrisch blickenden Cowboy gewandt.

Dieser wollte schon mit einem Nicken bestätigen, dass es nicht fair war, bemerkte seinen Fehler aber rechtzeitig. »Tut mir Leid, aber *no comprendo, Amigo.*«

Matt setzte alles auf eine Karte. »Gib's auf, Serge. Du hast dich verraten, als ich vorhin mit dir Serbokroatisch gesprochen habe. Ich glaube nicht, dass dein Idiom-Savant-Programm automatisch alle Sprachen übersetzt.«

Er wandte sich den anderen Proxys zu. »Und unser degenfechtender Frosch – um sich selbst so auf den Arm zu nehmen, dafür braucht man schon einen schrägen Sinn für Humor, Lucien.« Dank seiner Recherchen konnte er das Messer noch etwas tiefer treiben. »Aber du lässt dich lieber Luc rufen, nicht?«

Als er den riesigen Juwelenmann herausforderte, konnte er vor Anspannung kaum atmen. »Und der Mann mit dem britischen Akzent und dem lautstarken Hass auf die Iren kann nur der wilde Gerry sein.«

Bis auf das Geräusch abgehackter Atemzüge war es im Raum totenstill.

Noch nie hatte Matt Cat Corrigans Augen so groß, so blau und so verängstigt gesehen.

Er redete immer weiter. Es war eine Frage der Zeit, bis sie sich erholten und versuchten, ihn zu töten. »Ihr wolltet wissen, wie ich meinen Wert beweisen will. Ich glaube, das habe ich gerade getan. Als ich herkam, war ich mir nicht sicher, ob ich in allen Fällen richtig lag. Aber es sieht so aus, als hätte ich den Nagel auf den Kopf getroffen, und zwar bei euch allen.«

Mit einer abwehrenden Geste hielt er Gerald Savage zurück, der sich auf ihn stürzen wollte. »Noch habe ich niemandem von euch erzählt. Aber für den Fall, dass mir etwas zustoßen sollte, habe ich draußen im Netz Dateien hinterlassen.«

Die Wut des Juwelenriesen richtete sich nun gegen Caitlin. »Wie hat er das aus dir rausbekommen?«, knirschte er zornig. »*Wie?*«

»Sie hat nichts damit zu tun!«, rief Matt. »Ich habe euch mit Suchläufen aufgespürt. Nachdem ich wusste, wonach ich Ausschau halten musste, war es ein Kinderspiel.« Er breitete die Arme aus. »Was muss ich noch tun, um euch zu beweisen, dass ich in eurer Gruppe für mich selbst einstehen kann?«

Lucien Valery verwandelte sich vom Frosch zum Degenfechter. »Warum sollten wir dir trauen?«, fragte er mit verächtlich geschürztem Mund.

»Aus dem besten aller Gründe: weil euch keine Wahl bleibt.« Er blickte den vier demaskierten Abenteurern ins Gesicht. »Ich habe alles geliefert, was ihr verlangt habt, und noch mehr. Ihr haltet euch für etwas Besonderes, vielleicht täuscht ihr euch.« Matt holte tief Atem, bevor er die Daumenschrauben noch fester anzog. »Eure Tarnung ist nicht perfekt. Warum seht ihr nicht den Tatsachen ins Gesicht und macht mich zu eurem Partner?«

11

Nach seiner Erfahrung mit dem vorhergehenden Treffen hatte Matt mit zwei möglichen Reaktionen der virtuellen Vandalen gerechnet. Entweder versuchten sie, ihn zu töten. In diesem Fall musste er sich so schnell wie möglich ausklinken. Nach seiner ersten Begegnung mit dieser freundlichen Gruppe hatte er in sein Programm einen Panikknopf integriert, nur zur Sicherheit. Und die andere Reaktion: Sie unterbrachen die Verbindung zu ihm und ließen ihn im Regen stehen.

Zum Glück hatte er sie richtig eingeschätzt. Noch besser war, dass sie sich für die zweite Variante entschieden.

Neonfarbene Lichtblitze zuckten um Matt, als er mit atemberaubender Geschwindigkeit durch das Netz wirbelte. Sein Magen hob sich wie auf einer Achterbahn. Wer den reichen Bälgern diesen Trick beigebracht hatte, musste einen bösartigen Sinn für Humor besitzen. Matt sollte stundenlang orientierungslos und von Übelkeit geschwächt im Netz treiben. Bis er mühsam den Weg nach Hause gefunden hätte, gäbe es keine Möglichkeit mehr, die anderen aufzuspüren.

Zumindest war es so geplant gewesen. Stattdessen hielt er, als er das Tempo verlangsamte und sich wieder zurechtfand, einen dünnen goldenen Faden in der Hand.

Matt hatte damit gerechnet, hinausgeworfen zu werden. Deshalb hatte er so hart an dem Programm gearbeitet, das er in das Schlüssel-Icon integriert hatte und das jetzt den goldenen Faden gesponnen hatte, der ihn zum Klubhaus der virtuellen Vandalen zurückführte.

Hand über Hand zog er sich daran entlang. Der Faden war unglaublich dünn, nicht mehr als ein feiner, farbiger Glanz in seiner Hand. Draußen in der realen Welt hätten ihm Draht oder Angelschnur von dieser Stärke die Finger zerschnitten, aber in der virtuellen Welt des Netzes beschleunigte sich mit jedem Zug die Geschwindigkeit, mit der er sich auf den Knoten zubewegte, den die reichen Jugendlichen benutzten.

Trotzdem kam er langsamer voran als bei seiner stürmischen Reise mit Caitlin. Das Neonlicht des Netzes um ihn herum glimmte hier schwächer.

Natürlich!, dachte er. *Ungenutzte Daten.*

Die virtuelle Landschaft bestand an dieser Stelle aus unzähligen Reihen regelmäßig geformter Hügel, die nur leicht glühten. Hier wurden alte Aufzeichnungen und wenig genutzte Daten deponiert. Matt konnte sich des makabren Gedankens nicht erwehren, dass die Datenabladeplätze wie Friedhöfe mit frischen Gräbern wirkten.

Wieder einmal hatte das Genie seine Meisterschaft bewiesen. Es hatte sich in inaktive Systeme eingehackt und dort einen persönlichen Chatroom geschaffen, der nur entdeckt werden konnte, wenn jemand eine Universitätsbibliothek um eine obskure Studie zu arktischen Schmetterlingen bat oder versuchte, seinen Stammbaum bis in graue Vorzeiten zurückzuverfolgen.

Trotzdem fand er den Egoismus des Genies und der reichen Jugendlichen empörend. Wer weiß, welche Daten sie gelöscht hatten, um ihr kleines Besprechungszimmer zu schaffen?

Und wer wusste, ob es Sicherungskopien gab? Vielleicht waren die Daten für immer verloren.

Eines war auf jeden Fall sicher, dachte er, während er dem goldenen Faden durch das Mausoleum der Information folgte. Es war ihm gelungen, alle vier virtuellen Vandalen zu identifizieren. Allerdings hatte er immer noch keine rechtsgültigen Beweise gegen sie. Und falls sich nicht Serge Woronow als Computergenie entpuppte, wusste er immer noch nicht, wer hinter ihnen stand. Wer war die graue Eminenz, die für ihn schlicht ›das Genie‹ hieß?

Ein Verdacht beschlich ihn, der so unangenehm war, dass er anhielt. Wussten die Vandalen vielleicht selbst nicht, wer den technischen Support für ihre mitternächtlichen Ausflüge lieferte? In dieser Welt der Proxys konnte das Genie bei seinen Treffen mit den reichen Jugendlichen jede beliebige Gestalt annehmen.

Dann blieb ihm keine Zeit mehr zum Grübeln. Der goldene Faden führte nach unten, auf einen der Datenschrottplätze zu. Matt beschleunigte das Tempo. Jetzt musste sich erweisen, wie gut er als Programmierer war. Wenn er richtig gearbeitet hatte, würden die virtuellen Vandalen den Schock ihres Lebens bekommen.

Falls nicht, würde das Programm abstürzen. Dann landete er erneut mit einem gewaltigen Brummschädel zu Hause.

Schon erhob sich der künstliche Hügel vor ihm.

Matt prallte gegen den Hang – und fand sich auf der anderen Seite wieder!

Er hatte befürchtet, die virtuellen Vandalen könnten in der Zwischenzeit ihren Treffpunkt verlassen haben. Aber die vier befanden sich immer noch in dem weißen Raum. Der Lautstärke nach zu urteilen waren sie in einen heftigen Streit verwickelt.

»Warum können wir uns nicht von ihm helfen lassen?«, wollte Cat Corrigan wissen.

»Du weißt verdammt gut, warum.« Gerald Savage klang, als hätte er diese Frage satt. »Glaubst du, die Person, deren Namen ich nicht nennen möchte, wird ihn mit offenen Armen willkommen heißen?«

»Merkwürdig, gerade du hast doch immer behauptet, du hättest keine Angst vor unserem Freund«, höhnte Luc Valery.

»Und welcher Freund soll das sein?«, wollte Matt wissen.

Wäre ihre Reaktion nicht so bedrohlich gewesen, er hätte sie komisch gefunden. Serges Cowboy-Proxy sprang in die Luft, als hätte ihn ein elektrischer Aal angegriffen. Gleichzeitig zog er seinen riesigen Revolver. Gerrys Mund stand so weit offen, dass er wie ein riesiger, juwelenbesetzter Fisch wirkte. Doch dann brüllte er vor Wut auf und stampfte mit geballten Fäusten auf Matt zu.

Luc Valery verwandelte sich in den Degenfechter und zog die Waffe. Caitlin starrte Matt nur an, als wäre er ein Geist – vielleicht fürchtete sie auch nur, er würde bald nicht mehr unter den Lebenden weilen. »Ich habe dich davor gewarnt, sie in die Enge zu treiben«, sagte sie mit tonloser Stimme.

»Okay, ich bin vollkommen überzeugt davon, dass ihr die härtesten Burschen weit und breit seid«, erklärte Matt sarkastisch, während er seinen potenziellen Mördern ins Gesicht sah. »Aber vielleicht überlegt ihr jetzt mal, wie ihr euren Kopf anstatt eurer Fäuste gebrauchen könntet.«

Er sah Gerald Savage an. Offenbar war der Brite der Anführer der Gruppe, zumindest schien er am empörtesten zu sein. »Ich weiß nicht, warum ihr jedes Mal ausflippt, wenn ich euch beweise, dass ich euch von Nutzen sein kann. Glaubt ihr wirklich, ihr seid die Einzigen, die Geheimtüren zu anderen Systemen installieren können?«

»Siehst du?«, schrie Caitlin, als unterstützte er damit ihr Argument. »Im Gegensatz zu uns weiß er, wovon er spricht. Vielleicht kann er uns wirklich helfen.«

»Schluss damit!«, schnitt Gerald Savage ihr das Wort ab. Seine Stimme klang wie ein tiefes Knurren, aber zumindest drosch er nicht auf Matt ein … noch nicht.

»Tut mir Leid, Yank, aber wir haben es mit einem höchst gefährlichen Bur … äh, einer höchst gefährlichen Person zu tun.«

»Klingt immer noch so, als könntet ihr mich brauchen.« Savage' Versprecher ignorierend, wandte Matt sich an die anderen. Zumindest hatte sein erneuter Besuch ihm zwei Informationen verschafft: Das Genie gehörte nicht zu den vier jugendlichen Vandalen. Und er war ein höchst gefährlicher *Bursche,* wie Gerald Savage hatte sagen wollen. Das Genie war also männlich.

Damit haben wir den Kreis der Verdächtigen auf die Hälfte der Bevölkerung eingeschränkt, dachte Matt zynisch. *Wenn ich lange genug am Leben bleibe, finde ich sicher noch ein paar nützliche Hinweise.*

»Vielleicht können wir jemanden mit deinen Fähigkeiten brauchen.« Luc Valery schlug sich plötzlich auf Caitlins Seite. »Aber wenn die anderen Angst haben …«

»Ich habe keine Angst!«, tobte Gerry Savage. »Und ich werde es euch beweisen! Wir werden Sean McArdles Veeyar einen kleinen Besuch abstatten, und zwar jetzt!«

»Aber wir sollen doch nicht …«, stotterte eine verwirrte Cat Corrigan.

Gerald ließ sie nicht ausreden, sondern überschrie sie einfach. »Zum Teufel damit! Ich will es diesem aufgeblasenen kleinen Paddy zeigen, und niemand hält mich auf. Kommt ihr mit?«

Luc, immer noch als Degenfechter verkleidet, schenkte dem Briten ein dünnes Lächeln. »Nachdem du uns so charmant darum bittest.«

Serge Woronows Cartoon-Cowboy schob seinen Hut in den Nacken und zuckte die Achseln. »Wenn alle anderen mitkommen, bin ich auch dabei.«

Geralds massiger Proxy fuhr herum und beugte sich drohend über Matt. »Und du bist auch dabei, nicht wahr, Mr. Superschlau? Du wirst deinen eigenen kleinen Beitrag liefern und dich mit uns in die Action stürzen, stimmt's, Yank?«

Als er sich an Caitlin wandte, klang seine Stimme kalt und grausam. »Zufrieden, Süße? Wir werden ja sehen, wie hilfreich dein neuer Freund ist.«

Mit der juwelenbesetzten Hand wies der wilde Gerry auf ein Regal an der Wand, auf dem etwa ein Dutzend Icons lagen.

»Such dir einen Proxy aus, und los geht's.«

Während sie ein Icon auswählte, wirkte Cat Corrigan blass wie die Wand. Nachdem sie das Programm aktiviert hatte, wurde sie größer und älter. Eine bleiche Frau mit taillenlangem, schwarzem Haar und fließendem schwarzem Gewand stand vor ihnen. Ihre Augen schienen von innen heraus zu leuchten, die Lippen schimmerten blutrot. Als sie den Mund öffnete, wurde klar, dass sie sich in einen Vampir verwandelt hatte.

»Gute Wahl!«, gratulierte Luc Valery. Matt fiel auf, dass der Franzose blieb, wie er war.

Mit einem Lächeln, in dem keine Spur von Freundlichkeit lag, erwiderte Luc Matts Blick. »In meinem Land sind die Gesetze etwas anders als in Amerika. Die Polizei hat das Recht, *agents provocateurs* einzusetzen, verdeckte Ermittler, die die Leute zu Verbrechen anstiften dürfen. Selbst wenn sie selbst daran beteiligt sind, gehen sie straffrei aus.«

Seine geübte Hand spielte mit dem Griff seines Degens. »Du hast diesen Wilden hier nicht zu dem kleinen Abenteuer aufgestachelt. Aber wenn du uns verrätst, dann bekommt unser Vampir Blut zu schmecken, verstanden?«

Matt zwang sich zu einem Lachen. »Klar, ich sehe auch genau wie ein Cop aus.«

Luc lachte freudlos. »Wer kennt in dieser Welt der Masken schon die Wahrheit?«

»Wenn ihr mit dem Philosophieren fertig seid, wärt ihr dann bitte so freundlich, euch unserem Kreis anzuschließen«, unterbrach Gerry Savage. Die anderen hatten sich bereits um ihn versammelt.

Matt fiel auf, dass der Engländer sein Juwelen-Proxy hatte schrumpfen lassen. Von einem Riesen hatte er sich in eine Menschengestalt verwandelt, die etwa so groß wie ein Footballspieler einer Schülermannschaft war. In der Handfläche hielt Savage ein Icon, dessen Glanz mit den glitzernden Juwelen wetteiferte. Das bogenförmige Symbol strahlte in einem giftigen Grün, das von Geralds Juwelenhänden reflektiert wurde. Die Gesichter der um ihn Herumstehenden waren mit grünen Punkten übersät, als litten sie alle an einer entsetzlichen Krankheit.

War das möglich?, fragte sich Matt angesichts der Zerstörung, die die Jugendlichen bei ihren Ausflügen hinterlassen hatten. Und hatte der Virus auch ihn selbst befallen? Schließlich stand er bereit, um die Vandalen auf ihrem Zug der Zerstörung zu begleiten. Natürlich wollte er ihr Vertrauen gewinnen, damit ihnen das Handwerk gelegt wurde. Aber fühlte er nicht eine gewisse Erregung …

»Verbindung herstellen«, befahl der Wilde.

Matt blickte sich um. Wenn er ausstieg, war es durchaus möglich, dass die Vandalen über ihn herfielen. Schlimmer noch, er hätte seine Chance vertan, in ihre Gruppe aufgenommen zu werden und vielleicht das Gehirn zu entdecken, das die Fäden zog.

Er holte tief Luft. »Ich bin dabei.«

Caitlin griff nach Matts linker Hand und hielt sie fest umklammert, Luc nahm seine Rechte.

Das grüne Licht blitzte auf, als stünde das kleine Icon in Flammen. Luc und Serge hielten sich an Geralds Ellbogen fest. Um sie herum verblasste der Raum, und plötzlich schossen sie durch das Netz.

Matt hatte halb erwartet, sie würden wie ein riesiger grüner Komet über den Himmel rasen, aber offensichtlich waren sie getarnt. Sie schienen kein Licht abzustrahlen und auch den Neonglanz der virtuellen Konstrukte, die ihre Flugbahn säumten, nicht zu reflektieren. Nicht einmal Savage' Juwelenkörper fing die Strahlen der leuchtenden Computerbilder ein, die sie passierten.

Die Gegend wirkte vertraut, und Matt wurde klar, dass sie sich dem modernistischen virtuellen Büroturm näherten, der den Cyberspace der irischen Botschaft beherbergte.

Er konnte sich eines unangenehmen Gedankens nicht erwehren. Was, wenn Captain Winters und die Net Force den Sicherheitsdienst der Botschaft vor der Geheimtür gewarnt hatten, die sie in der Kopie von Seans Veeyar-Programm gefunden hatten? Vielleicht flogen sie direkt in eine Falle!

Nun, dachte er, *das würde den Captain wohl endlich davon überzeugen, dass eine Verbindung zu Diplomatenkreisen besteht. Vorausgesetzt, er überlebt den Schock, wenn er herausfindet, dass ich mit von der Partie bin.*

Vielleicht landeten Cat und ihre Freunde wegen ihrer Vergehen im Gefängnis.

Aber was, wenn das Genie unter den Reichen, die nichts mit sich anzufangen wussten, einen neuen Trupp Vandalen rekrutierte?

Zu spät, sich jetzt noch darüber Gedanken zu machen. Sie hatten die Lichtwand erreicht und flogen schnurstracks hindurch. Ein paar Sekunden Umweg durch das System, und schon waren sie in Sean McArdles Veeyar. Der Raum war genauso groß wie bei der Pressekonferenz, aber er hatte sich in eine Bibliothek verwandelt.

Verwirrt blickte Matt sich um. Geschnitzte Bücherschränke reichten über zwei Stockwerke bis unter die gewölbte Decke. Angesichts der vielen Details handelte es sich wohl kaum um ein Produkt von Seans Fantasie. Der Veeyar musste auf einem realen Vorbild basieren; wahrscheinlich eine berühmte irische Bibliothek.

Dann entdeckte er den reich verzierten Holzschreibtisch am anderen Ende der Halle – und das überraschte Gesicht von Sean McArdle dahinter.

»Was …?«, begann er.

»Nehmt alles auseinander!«, befahl Gerry Savage und stürzte sich selbst auf den Iren.

Wie Wilde auf dem Kriegspfad heulend, machten sich Luc und Serge an die Arbeit. Zerstörerisch wie eine Brechstange oder Motorsäge schnitt Lucs lange, dünne Klinge durch die feinen Holzschnitzereien. Serge zog seinen Zeichentrickrevolver und ballerte los. Den Löchern nach zu urteilen, die die albern wirkende Waffe hinterließ, musste sie mit grobem Schrot oder kleinen Mörserpatronen geladen sein. Und natürlich war ihre Kapazität unerschöpflich, wie in jedem Zeichentrickfilm. Matt zählte vierzehn Schüsse, ohne dass Serge einmal hätte nachladen müssen.

Den Jungen gelang es, die eleganten Säulen zu durchtrennen, die das Gewicht der Regale im oberen Stockwerk trugen. Die schmale Galerie begann sich zu senken.

»Hier kommt es!«, rief Luc entzückt. Die beiden sprangen beiseite, als ein Teil der riesigen Bücherschränke in sich zusammenbrach und die Bücher auf den Boden stürzten.

»Sammelt sie ein!«, rief Serge Matt und Caitlin zu. »Wir brauchen einen Stapel, das gibt ein nettes Lagerfeuer!«

Doch weder Matt noch das Mädchen näherten sich den Büchern. Stattdessen ließ sie ein Schmerzensschrei hinter ihnen herumfahren.

Gerald Savage hatte den Schreibtisch und damit Sean McArdle erreicht. Der Ire stand schwankend vor der eleganten Holzkonstruktion. Er blinzelte und hielt sich die rechte Wange.

Selbst aus der Entfernung konnte Matt den großen, roten Handabdruck auf Seans Gesicht sehen.

Der wilde Gerry ignorierte den Jungen für einen Augenblick. Mit seinen glitzernden Armen fegte er die in ordentlichen Reihen angeordneten Programmsymbole – mehr als Matt je auf einem einzelnen Computer gesehen hatte – vom Schreibtisch. Programmmarker fielen zu Boden und wurden sofort unter Savage' Füßen zermalmt.

»Ihr Sumpfaffen glaubt, ihr regiert die Welt, nur weil ihr was von *Computern* versteht.« Aus Savage' Mund klang das Wort geradezu obszön. »Ihr stolziert herum, als wärt ihr die Krone der Schöpfung, dabei seid ihr nur ein Haufen Verräter an der Krone!«

Sean mochte verängstigt und verwundet sein, aber er antwortete dennoch. »Achthundert Jahre lang hat England uns unterdrückt, wir wurden geschlagen, wir hungerten, wir wurden wie Vieh behandelt. Seit etwas über hundert Jahren sind wir frei, seit weniger als zwanzig wieder vereint – und uns geht es ohne eure mottenzerfressene Krone hervorragend, danke.«

Mit einem unartikulierten Brüllen schleuderte Savage den Schreibtisch beiseite, der sich überschlug und zerbarst. Dann nahm er sich Sean McArdle vor.

So schnell ihn seine Füße trugen, raste Matt durch die halb zerstörte Bibliothek. Sean war groß, aber dünn wie eine Bohnenstange. Der massige Gerry Savage würde ihn auseinander nehmen.

Und die wissen, wie man Leute im Veeyar erledigt, dachte er, von plötzlichem Entsetzen gepackt.

Als Matt Savage erreichte, beschränkte sich dieser immer noch darauf, Sean Ohrfeigen zu verpassen. Außerstande sich zu wehren, schwankte der Junge hin und her.

Als er zu Boden ging, stürzte sich Savage auf ihn und begann ihn zu würgen.

»Bist du wahnsinnig?«, rief Matt, während er versuchte, Savage wegzuziehen.

Als Antwort schlug ein schwerer Arm gegen seine Brust.

Er fühlte sich, als hätte ihn eine Abrissbirne getroffen. Rückwärts taumelnd, rang er nach Luft.

Sanfte Hände fingen ihn auf und halfen ihm wieder auf die Beine: Cat Corrigan.

»Du musst was unternehmen!« Auf ihrem Vampirgesicht lag blankes Entsetzen. »Er wird den Jungen umbringen!«

12

Und was soll ich dagegen tun?, schrie eine verzweifelte Stimme in Matts Kopf. *Bei einem Kampf hat Savage alle Vorteile auf seiner Seite. Er ist größer, stärker und kann Menschen im Veeyar wirklich verletzen. Das kann ich nicht.*

Menschen verletzen ... Der Gedanke schien in seinem Gehirn nachzuhallen, als er Caitlin an den Armen packte. »Ich werde es versuchen, aber du musst mir helfen.«

»Dir helfen?« Caitlin stotterte fast.

»Komm mit.« Matt lief zu den Trümmern von Sean McArdles virtuellem Schreibtisch und zog eine große, zersplitterte Platte heraus. Caitlin half ihm, sie zu Gerry Savage zu schleppen, der nichts anderes im Sinn hatte, als den Sohn des irischen Botschafters zu erwürgen.

»Okay«, schnaufte Matt. »Ich lasse los. Sorg dafür, dass die Platte auf Savage fällt, dann springst du oben drauf.«

»Ich?«

»Du kannst ihm weh tun, ich nicht«, brüllte Matt. »Los, tu's einfach!«

Er ließ das Trümmerstück los. Eine Sekunde lang schwankte es, bis Caitlin sich dagegen warf. Das schwere Holzstück kippte wie in Zeitlupe. Der wilde Gerry schien es nicht einmal zu bemerken, bis es auf seinem Rücken landete.

Selbst durch seine juwelengepanzerte Haut spürte er den Aufprall. Seinem Schmerzensschrei folgte ein zweiter, als Caitlin auf die Platte sprang, die ihn am Boden festnagelte.

Grunzend wälzte sich Savage herum. Ein heftiger Stoß befreite ihn von dem Trümmerstück und ließ Caitlin durch den Raum fliegen.

Es gelang Matt, sie aufzufangen und auf die Füße zu stellen. Aber sein Blick hing an Sean McArdle, der hinter

Savage auf die Beine gekommen war und sich die Kehle hielt. Kaum hatte der Junge erkannt, dass er frei war, verschwand er aus dem Veeyar.

Der Wilde hatte unterdessen entdeckt, dass ihm sein Opfer entkommen war, und brüllte wie ein um seine Beute betrogener Löwe. »Ihr habt ihn entkommen lassen!« Seine Stimme war heiser vor Blutdurst.

Mit geballten Fäusten ging er auf Matt und Caitlin los.

»Einen Veeyar zu verwüsten ist eine Sache, Mord eine andere!«, schrie Matt ihn an.

»Auf jeden Fall ist er jetzt weg«, mischte sich Luc Valery ein. Nachdem sie Savage' Schrei gehört hatten, gaben er und Serge ihr zerstörerisches Werk auf und liefen zu den anderen. »Der Sicherheitsdienst wird jeden Augenblick hier sein.«

Serge äußerte sich nicht einmal dazu. Sein Cartoon-Proxy war von einem Augenblick zum anderen verschwunden wie eine verlöschende Kerze.

Endlich drang der Gedanke an die Folgen auch bis zu Savage' wutvernebeltem Gehirn durch. »Okay.« Mit dem Finger auf Matt deutend, setzte er hinzu: »Aber mit dir bin ich noch nicht fertig.«

Damit verschwand er, gefolgt von Luc.

Cat nahm Matts Hand. »Lass uns abhauen.«

Er überließ Caitlin die Führung, wobei er sich fragte, ob sie erneut im virtuellen Chemielabor von Bradford landen würden. Stattdessen fand er sich in einer weiteren Bibliothek wieder.

»Die Kongressbücherei«, erklärte Cat. »Selbst um diese Zeit, mitten in der Nacht oder vielmehr am frühen Morgen, haben die jede Menge Anfragen.«

»Spart Telefongebühren«, meinte Matt.

Sie passierten eine Reihe besonders aktiver Netzknoten, bis sie schließlich die Casa Corrigan erreichten.

Allerdings fiel Matt auf, dass Cat für die Landung den

virtuellen Rasen vor der Mount-Vernon-Replika und nicht ihren eigenen Veeyar gewählt hatte. Irgendwo unterwegs hatte sie ihren Madame-Dracula-Proxy abgelegt. Vor ihm stand nun ein hübscher, zerzauster und sehr verängstigter Teenager.

»Danke für das, was du getan hast. Ich konnte noch nicht einmal klar denken, und allein hätte ich die Holzplatte niemals von der Stelle bewegen können.« Sie erschauerte. »Gerry war diesmal völlig außer Kontrolle. Ich hatte Angst, er würde den Jungen zerquetschen wie eine reife Tomate.«

»Aber Savage ist doch nicht der Anführer der Bande, oder?«

Caitlin schüttelte den Kopf. »Er ist nur der größte von uns und der lauteste.«

»Ich glaube, der hat nicht genug Verstand, um aus einer Papiertüte herauszufinden, es sei denn, er zerfetzt sie.« Matt sah Cat prüfend an. »Und so, wie er über Computer redet, versteht er für die Tricks, mit denen ihr arbeitet, nicht genug vom Programmieren. Aber das wissen wir ja alles schon, zumindest seit Savage sich versprochen hat. Es ist also ›ein höchst gefährlicher‹ Bursche, nicht wahr? Der gute alte Gerry hat seinen Fehler zu spät bemerkt.« Er blickte ihr in die Augen. »Das Meistergehirn ist auch dein Boss, stimmt's, Cat? Das ist der Mann, der das Sagen hat.«

»Manchmal. Wir bekommen Aufkleber, also Geheimtüren. Manche sollen wir bei bestimmten Jugendlichen oder an genau bezeichneten Sites hinterlassen, andere sind für uns zur freien Verfügung.«

»Und ihr kehrt später zurück und schlagt alles kurz und klein.«

Sie schüttelte den Kopf. »Bei manchen dürfen wir das nicht. Von dem irischen Jungen – McArdle – hätten wir uns fernhalten sollen.«

»Aber im Baseball-Stadion war mehr im Spiel als ein geheimer Zugang.«

»Als er uns seinen Plan verriet, dachte ich zuerst, das würde lustig werden. Simulierte Baseballspieler abzuknallen kam mir witzig vor.« Caitlin wirkte verzweifelt. »Aber dann fielen die Leute auf den Tribünen um. Mir war überhaupt nicht klar, wie viele Leute als Hologramme zu diesen Spielen gehen.«

»Ist dieser ›Er‹, von dem du redest, so gefährlich, wie Savage meint? Und wenn ja, warum steigst du nicht einfach aus?«

Seine Fragen schienen Caitlin aus ihrer kooperativen Stimmung zu reißen. »Ja, das ist er«, fauchte sie, wütend und verängstigt zugleich. Traurig setzte sie hinzu: »Aber ich kann nicht aussteigen.«

Eine Sekunde später war sie in der Mount-Vernon-Imitation verschwunden.

Matt hütete sich, ihr zu folgen. Wenn ihn die Sicherheitssysteme nicht erwischten, würde ihn der Programmabsturz erledigen. In beiden Fällen würde er ohnehin bei sich zu Hause landen, da musste er sich nicht unbedingt vorher dröhnende Kopfschmerzen einhandeln.

Er verließ das virtuelle Anwesen der Corrigans und schlug eine komplizierte Route ein, die ihn schließlich zurück in sein Zimmer führte. Obwohl er die Augen geöffnet hatte, blieb er, das Kinn auf die ineinander verschränkten Hände gestützt, in seinem Computer-Link-Stuhl sitzen.

Heute Nacht hatte er einiges Gutes zustande gebracht: die virtuellen Vandalen identifiziert, sie aus der Ruhe gebracht und etwas mehr über die schattenhafte Gestalt erfahren, die ihnen die Technologie lieferte und Befehle erteilte. Auf der Minusseite stand, dass er immer noch nicht wusste, welcher Trick der Programmierkunst es den Vandalen ermöglichte, Menschen in Veeyars zu verletzen. Zudem hatte er an einem Verwüstungszug teilgenommen, bei dem ein Opfer fast den Tod gefunden hätte.

Okay, vermutlich habe ich Sean McArdle gerettet. Aber hätte ich den wilden Gerry nicht provoziert, wären wir womöglich nie in der virtuellen Botschaft gelandet.

Am schlimmsten war, dass er jetzt mit Sicherheit als feindlicher Punkt auf den Radarschirmen des Genies flimmerte. Zuvor war er nur ein Möchtegern-Vandale gewesen, der ›in‹ sein wollte. Aber jetzt hatte er sich als Unruhestifter entlarvt, der Gerald Savage dazu gebracht hatte, die Befehle des Genies zu missachten. Zudem hatte er die Vandalen in Aktion gesehen.

All das würde dem Genie gar nicht gefallen. Und der war ›ein gefährlicher Bursche‹, um mit den Worten eines ebenfalls höchst unangenehmen Zeitgenossen zu sprechen.

Gefährlich und ein Computerexperte. Es war definitiv an der Zeit, dass er zu seiner geheimen Identität zurückkehrte: Matt Hunter, ein Schüler wie jeder andere.

Da ihm einige Stunden Schlaf fehlten, war es nicht einfach, ein Schüler wie jeder andere zu sein. Die Vormittagsstunden schleppten sich dahin, und Matt war froh, dass seine erste Stunde nach der Mittagszeit für Arbeiten in der Bibliothek reserviert war.

Selbst so konnte er ein Gähnen nicht unterdrücken, als er das historische Material durchging, das Sandy Braxton ihm gegeben hatte. Armistead und Hancock, die beiden Offiziere, zu denen sie Material suchten, hatten vor dem Bürgerkrieg gemeinsam auf mehreren Posten im Westen gedient. Als die Kämpfe begannen, waren beide schnell in verantwortliche Stellungen aufgestiegen.

Die Lektüre war nicht uninteressant. Es faszinierte

Matt, wie die Rolle einer Führungspersönlichkeit im Bürgerkrieg ausgeübt worden war. Die Offiziere, selbst die Generäle, ritten an der Spitze ihrer Truppen in die Schlacht, anstatt sie aus dem Hintergrund zu kommandieren wie heute.

Oder sich zu verstecken wie das Genie, während andere das Risiko trugen.

Aber vor einhundertsiebzig Jahren glaubten die Offiziere, ihre Männer müssten durch ihr Beispiel inspiriert werden. Die Idee stammte aus Jahrhunderten, in denen Musketen erst ab neunzig Meter genau schossen. Aber im Bürgerkrieg waren die Soldaten mit Gewehren bewaffnet, die aus einer Entfernung von sechshundertsechzig Metern trafen. Durch ihre noble Geste wurden die Offiziere zu Zielscheiben.

An jenem fatalen 3. Juli 1863 hatte Brigadegeneral Armistead versucht, die Moral seiner Truppen zu heben, indem er seinen Offiziershut, auf den Säbel gespießt, hoch über seinen Kopf hielt. Seine Soldaten sollten wissen, wo ›der Alte‹ war. Und sie folgten ihm unter fürchterlichen Verlusten. Nur eine Handvoll schlug sich bis zum Gipfel des Cemetery Ridge durch, wo sie aus nächster Nähe beschossen wurden. An der Spitze seiner Truppen fiel Armistead.

Zumindest war Matt nun für den Rest des Tages wach.

Als er im Bus nach Hause saß, fühlte er sich allerdings wieder ziemlich schlapp. Seine Eltern waren nicht da, sodass er sich für ein paar Stunden aufs Ohr hauen konnte. Obwohl er zum Abendessen wieder wach war, konnte sich sein Vater einen kleinen Seitenhieb nicht verkneifen.

»Zu meiner Zeit saßen wir nachts bis spät über unseren Büchern. Wie nennt ihr es denn, wenn jemand bis zwei Uhr morgens in seinen Computer eingestöpselt ist?«

»Es könnte schlimmer sein«, meinte seine Mutter lächelnd. »Stell dir vor, er hätte die ganze Zeit vor einem altmodischen Computermonitor gesessen.«

»Daran kann ich mich noch gut erinnern.« Sein Vater lachte. »Wir nannten das ›Bildschirmsolarium‹, weil Computerfreaks immer so eine attraktive grüne Gesichtsfarbe zur Schau trugen.«

Ohne den Blick vom Teller zu heben, schaufelte Matt sein Essen in sich hinein. Nachdem er das Geschirr gespült hatte, zog er sich in sein Zimmer zurück.

Ich muss unbedingt mit dieser Klassenarbeit anfangen, ermahnte er sich selbst.

Er ließ sich in die Polster seines Computer-Link-Stuhls sinken und begann, die Implantate auf den Empfänger in der Kopfstütze einzustellen. Ein hohes Summen ertönte, und er schloss die Augen.

Als er sie wieder öffnete, befand er sich unter dem Sternenfirmament seines persönlichen Veeyars. Vor ihm schwebte der Marmortisch. Eine Sekunde später jedoch entdeckte er einen höchst unerwarteten Neuzugang.

Auf der Tischplatte erschien, lässig hingestreckt wie ein Fotomodell, Caitlin Corrigan, den Kopf auf den angewinkelten Arm gestützt.

»Wenn du nicht virtuelle Fliegen fangen willst, solltest du besser den Mund schließen«, neckte sie ihn.

»Ich … ich konnte mich nur nicht erinnern, ein Icon dieser Größe auf meinem Arbeitsplatz hinterlassen zu haben«, erwiderte er nicht besonders schlagfertig.

»Dafür hast du die anderen Icons letzte Nacht ausgiebig benutzt.« Sie kicherte, während sie mit den Programmsymbolen herumspielte. »Hier haben wir Mr. Red, das ist dein Telekommunikationsprogramm, und das hast du aus meinem armen kleinen Protokoll gebastelt.« Mit erhobenen Augenbrauen versetzte sie ihrem manipulierten Ohrring einen Stoß.

Matt hätte einiges dafür gegeben, wenn er sich hinter

einem Proxy hätte verstecken können. Hoffentlich verriet sein Gesicht nicht, wie entsetzt er darüber war, dass Caitlin mit seinem persönlichen Veeyar so vertraut war. Nachdem sie offenbar alle von ihm installierten Programme kannte, musste sie sich schon eine Weile in seinem Veeyar herumgetrieben haben.

Sie behielt ihre Cover-Girl-Pose bei, was nicht recht zu ihrem alten Pullover und den abgetragenen Jeans passen wollte. »Ich weiß nicht, warum du so überrascht bist, mich zu sehen. Du hast uns doch geradezu aufgefordert, dich zu suchen.«

Kopfschüttelnd versuchte sie, einen strengeren Ton anzuschlagen, klang aber immer noch, als flirtete sie mit ihm. »Für ein Computergenie nimmst du dein Gerät aber nicht sehr ernst. Seit wann ist die Schule aus? Und du hast noch nicht mal eingeloggt! Kein einziger Sprachbefehl! Du hast keine Ahnung, wie lange ich hier schon herumhänge und darauf warte, dass du endlich auftauchst.«

»Ich lebe ja nicht in meinem Computer«, gab Matt zurück, der sich von diesem Blitz aus heiterem Himmel immer noch nicht erholt hatte.

Cat drohte ihm lächelnd mit dem Finger. »Glaub nicht, die ganze Welt dreht sich nur um dich. Ich hatte noch ein paar andere Dinge zu erledigen.«

Sie legte den Kopf schief und wickelte ihre Haarspitzen um den Finger. »Weißt du, ich habe mich schon gefragt, wie du hinter diesem Strichmännchen-Proxy aussiehst.« Ihr Grinsen wurde breiter. »Ich bin froh, dass du es bist, obwohl ich ziemlich überrascht bin.«

»Überrascht?«

Achselzuckend schwang sie die Beine nach unten und setzte sich auf. Ihre Hände schlangen sich um ihr rechtes Knie, während ihr linker Fuß im sternenbesetzten Raum baumelte.

»Ich dachte immer, du wärst ein braver Junge.« Der

kokette Unterton in ihrer Stimme war nicht mehr zu überhören.

»Du meinst arm, aber ehrlich?«

Sie kicherte und nickte. »Genau! Ich hätte nie gedacht, dass ein aufrechter junger Staatsbürger wie du mit uns verdorbenen Reichen herumhängen will.«

Matt fiel ein, was Leif Anderson über den Umgang mit Leuten, die so viel Geld hatten, dass sie sich nur noch langweilten, gesagt hatte: »Talent und ein schlauer Kopf sind Reichtum allemal überlegen.«

Cat lachte zwar, wirkte aber auf einmal nervös.

Was habe ich gesagt? Warum ist sie plötzlich so beunruhigt?

Die Erkenntnis traf ihn wie ein Schlag ins Gesicht. Nicht Caitlin hatte ihn gefunden. Ihr plötzlicher Auftritt und kokettes Getue waren vermutlich geplant, um ihn abzulenken.

Aber seine gedankenlos dahingesagten Worte hatten sie aus dem Konzept gebracht, weil sie sie daran erinnerten, wer die reichen Kinder kontrollierte, die die virtuellen Vandalen spielten.

Das Genie hat dich aufgespürt, flüsterte eine kalte Stimme in Matts Hinterkopf. *Jetzt weiß er, wo er dich findet.*

Er bekam eine Gänsehaut, setzte sein Geplänkel mit Caitlin aber fort.

»Ich hoffe, dein kleiner Besuch hat sich gelohnt, schließlich muss er dich viel Mühe gekostet haben.«

Cat entspannte sich ein wenig, bis sie bemerkte, wie zweideutig der Satz war. Ihr Atem stockte ein wenig, und für einen Augenblick sah Matt die Angst in ihren Augen.

»Genieß ihn, solange du kannst«, erwiderte sie leichthin. »Wenn wir uns morgen in der Schule sehen, muss ich vorgeben, dich nicht zu kennen.« Sie beugte sich vor. »Vergiss nicht, wir dürfen uns da draußen nicht treffen.«

Mit einer kleinen Geste deutete sie auf etwas hinter dem Sternenfirmament von Matts Veeyar: die reale Welt.

»Das hast du zu den anderen das letzte Mal auch gesagt«, erinnerte Matt sie. »Heißt das, das ich aufgenommen bin?«

Cat gab sich immer noch sexy, aber ihre Augen wurden wachsam. »Das kann ich dir nicht sagen, aber Vorsicht ist die Mutter der Porzellankiste.«

»Okay«, seufzte Matt. »Ich muss mich wahrscheinlich daran gewöhnen, ein ganz normaler Dexter zu sein.«

Für einen Augenblick blitzte auf Cats Gesicht ein echtes Lächeln auf. Aber ihre Augen verrieten immer noch höchste Anspannung, als sie erneut eine Haarsträhne um ihren Finger wickelte. »Ich fürchte ja. Bis bald ...«

Sie verschwand, aber unmittelbar bevor sich ihr Bild auflöste, fiel etwas zwischen die Icons auf der Marmorplatte.

Cat Corrigan hatte ihm einen weiteren Ohrring hinterlassen.

13

Noch lange, nachdem Cat Corrigan seinen Veeyar verlassen hatte, saß Matt bewegungslos im Stuhl, während sich die Gedanken in seinem Kopf überschlugen. War Cats Auftritt noch raffinierter geplant, als er zunächst angenommen hatte? Sollte sie Matt nicht nur auf eine falsche Fährte locken, sondern ihm gleichzeitig eine Falle stellen?

Es ließ sich nicht vorhersagen, welches Programm er aktivierte, wenn er den Ohrring aufhob.

Das Genie kann Menschen in Veeyars verletzen, hallte es

warnend durch sein verwirrtes Gehirn. Das Icon anzufassen war etwa so ungefährlich, wie den Sicherungsstift aus einer scharfen Granate zu ziehen.

Aber …

Cat hatte nicht ausgesehen, als wollte sie ihn hochgehen lassen. Er hatte ihr kokettes Gehabe durchschaut und erkannt, wer dahinter stand. Hätte er es nicht gemerkt, wenn sie ihn hätte erledigen wollen?

Klar doch, verspottete er sich selbst, *du weißt natürlich genau, wie reiche, hübsche Mädchen reagieren, wenn sie in die Enge getrieben werden.*

Aber …

Cat hatte nicht gewollt, dass Gerry Savage Sean McArdle tötete. Sie hatte Matt angefleht, ihn aufzuhalten, und geholfen, den Jungen zu befreien.

Schon, hielt seine innere Stimme dagegen, *aber sie hat auch Camden Yards mit virtuellen Kugeln bestrichen und Leif getroffen.*

Das hatte sie zugegeben, aber sie hatte auch gesagt, sie habe keine Ahnung gehabt, wie viele Leute als Holos anwesend und damit den virtuellen Kugeln ausgesetzt sein würden.

Bei dem Ohrring konnte es sich um einen Trick, um eine tödliche Falle handeln – aber vielleicht enthielt er auch eine Botschaft. Er musste es herausfinden.

Zunächst aber unterbrach er seine Verbindung zum Computer. Er sprang aus dem Stuhl und ging durch den Flur zum Wohnzimmer, wo sich seine Eltern einen Holo-Krimi ansahen.

»Was gibt es, Junge?«, erkundigte sich Mr. Hunter.

Matt schüttelte den Kopf. »Gar nichts. Ich wollte mir nur ein wenig die Beine vertreten.«

Er ging in sein Zimmer zurück, öffnete das Fenster und stieg hinaus.

Vielleicht litt er wirklich unter Verfolgungswahn. Ein

kurzer Telefonanruf oder ein schneller Telekommunikations-Besuch über das Netz hätten alles erledigt.

Aber er hatte nicht die Absicht, sich den allgemein üblichen Netzen anzuvertrauen. Nicht nachdem jemand in sein persönliches System eingedrungen war und Cat Corrigan in seinen Veeyar geschickt hatte. Seine Sicherheitsmaßnahmen hatte er immer ziemlich gut gefunden, aber seine Standards waren natürlich nicht mit denen der Reichen oder mit den extrem leistungsfähigen Regierungsprogrammen zu vergleichen, die die Net Force benutzte.

Gegen das Genie waren seine Sicherheitsmaßnahmen ungefähr so effizient wie nasses Toilettenpapier. Bevor Matt sein System erneut benutzte, wollte er es auf Viren, Marker, Geheimzugänge und andere Tricks untersuchen.

Nachdem der Kerl seine Identität kannte, war es für ihn ein Kinderspiel, das Telefon der Hunters ebenfalls anzuzapfen. Möglicherweise konnte er sogar nachvollziehen, welche Transaktionen Matt mit seiner Kreditkarte über den Computer abgewickelt hatte.

Vielleicht litt er wirklich unter Verfolgungswahn, schließlich arbeitete der Bursche mit antikem Gerät aus irgendeinem Billigladen. Aber im Grunde wusste er nicht, über welche Mittel das Genie tatsächlich verfügte. Vielleicht hatte es noch einige Trümpfe im Ärmel.

Nein, dachte er, als er von der U-Bahn-Station zu dem Gebäude ging, in dem David Gray wohnte. Es war besser und sicherer, die Sache von Angesicht zu Angesicht zu erledigen.

Glücklicherweise antwortete David selbst, als Matt ihn aus der Eingangshalle anrief. »David? Ich bin's, Matt. Ich stecke in Schwierigkeiten und hoffe auf deine Hilfe.«

»Komm rauf«, erwiderte David.

»Der Typ hinter den virtuellen Vandalen hat meinen Computer infiltriert«, flüsterte Matt, sobald David die Wohnungstür öffnete.

»Natürlich, Matt«, gab dieser laut zurück, »in meinem Zimmer.« Er ging ins Wohnzimmer voran, wo Mrs. Gray eine Hologramm-Komödie sah. »Hallo, Matt«, begrüßte sie ihn.

»Matt braucht was für die Schule«, erklärte David. »Es dauert nur eine Minute.«

Im Gang senkte David die Stimme. »Du hast Glück, dass mein Dad diesen Monat Nachtschicht hat und du es nur mit meiner Mutter zu tun hast.« Davids Vater war Detective bei der Washingtoner Polizei. »Der hätte dich ausgequetscht, warum wir uns nicht im Veeyar treffen. Und außerdem läuft ihre Lieblingssendung, *Old Friends*«, schloss er grinsend.

Dann hatten sie das Zimmer erreicht, das David mit seinen beiden jüngeren Brüdern, Tommy und James, teilte. Trotz des Stockbetts wirkte der Raum immer überfüllt. Das Spielzeug der Kleinen schien Davids Computer den Platz streitig machen zu wollen. Im Moment nutzten die beiden allerdings einen Teil von Davids System für ein Spiel, bei dem lautstark herumgeballert wurde.

»Raus!« David wies zur Tür. »Wir brauchen den PC kurz.«

»Oh, nein!«, beschwerte sich der zehnjährige Tommy. »Wo ich es endlich bis ins nächste Level geschafft hab'!«

»Computer!«, befahl David. »Spielfunktionen erweitern. Aktuelle Simulation speichern unter TOMMY-TOPSCORE DOT GAME.«

»Wow!«, sagte Tommy. »Ich wusste nicht, dass das geht!«

»Du kannst das auch nicht«, erklärte David seinem jüngsten Bruder, »aber ich. Wenn wir fertig sind, darfst du weiterspielen.«

»Bis dahin bin ich aus dem Rhythmus«, jammerte Tommy, während er und James zur Tür hinaustrotteten.

»Das Spiel geht genau da weiter, wo du aufgehört

hast«, versprach David. Er schloss die Tür und blickte Matt an. »Ich verstehe nicht, warum du nicht zu Captain Winters gehst und die Net-Force-Spezialisten zu Hilfe holst.«

David war sein Freund, aber nicht einmal ihm wollte Matt von der Invasion von Sean McArdles Veeyar erzählen, ganz zu schweigen von dem Mord, den er gerade noch verhindert hatte. Schließlich war Davids Vater Polizist.

»Es wird immer merkwürdiger«, sagte Matt schließlich. »Vielleicht gibt es in meinem Veeyar eine Spur, aber ich will nicht riskieren, dass mich der Obergangster dabei beobachtet, wie ich die Fährte aufnehme.«

»Ich weiß wirklich nicht, wie ich dir helfen soll«, begann David.

»Mit deinem virtuellen Explorer. Bei all den Scannern, die du da reingepackt hast, kannst du doch mit Sicherheit mein System von hier aus überprüfen.«

Wie die meisten Jungen entwickelte auch Matt gerne coole Sachen auf seinem Computer. So besaß er einige seiner Fantasie entsprungene Rennwagen, die er entworfen und umgebaut hatte und mit denen er sogar imaginäre Ausflüge unternahm. Besonders stolz war er auf seinen getunten Dodge Viper. David hatte ein anderes Hobby. Er entwickelte Raumschiffe und Sonden, die zumindest im Veeyar so gut funktionierten wie ein NASA-Produkt.

David blickte überrascht drein. »Daran hatte ich nicht gedacht, aber du hast Recht. Wir können die Sonde nach Emissionsquellen und unerwarteten Energiekonzentrationen suchen lassen und auf dieser Basis weiterarbeiten.«

Er öffnete eine Packung Datascrips und legte ein leeres in seinen Computer ein. »Ich werde zunächst eine Kopie der Sonde anfertigen, damit wir wissen, ob sie während des Aufenthalts in deinem System manipuliert wird.«

Nachdem er seinem Computer eine Reihe von Befehlen erteilt hatte, wandte er sich mit einem Grinsen an Matt. »Willst du wissen, wie dein Veeyar von außen aussieht?«

»Ich glaube, du solltest besser über Telemetrie arbeiten«, warnte Matt.

David runzelte die Stirn. »Das ist aber wesentlich schwerfälliger.«

»Der Kerl sorgt dafür, dass Leuten im Veeyar unangenehme Dinge zustoßen. Wenn in meinem System eine unangenehme Überraschung versteckt ist, habe ich kein Problem damit, deine Sonde zu riskieren. Schließlich hast du ja eine Kopie.« Er wies auf das auf dem Computertisch liegende Datascrip. »Aber wir selbst sollten in sicherer Entfernung bleiben.«

»Vermutlich hast du Recht.« David erteilte dem Computer weitere Befehle, mit denen er alle verfügbaren Sicherheitsprogramme aufrief.

Dann grinste er Matt erneut an. »Wer zwei neugierige kleine Brüder hat, für den ist Geheimhaltung lebenswichtig.« Auf ein paar weitere Befehle hin erschienen holographische Skalen und Messinstrumente für die Berichte der Sonde.

»Los geht's.« David aktivierte die Telekommunikations-Verbindung.

Matt starrte auf die Instrumente, konnte aber nichts daraus ersehen.

»Die gute Nachricht ist, dass nichts passiert ist«, teilte David ihm mit. »Dein Veeyar ist nicht in die Luft geflogen oder so.«

Er deutete auf eine der Anzeigen. »Aber er weist mehrere Lecks auf, über die Energie nach außen abfließt. Die gibt es in einem normalen Veeyar nicht.«

»Also ist er verseucht.«

»Richtig geraten.« David erteilte der Sonde neue Anweisungen. »Vielleicht können wir uns das genauer ansehen.«

Er brach ab und wies auf eine andere Anzeige. »Wahnsinn, es hat sich gerade selbst zerstört. Selbst wenn du im Veeyar gewesen wärst, wäre dir nichts passiert, aber offensichtlich mag es der Bursche nicht, wenn sich Leute zu intensiv mit seiner Arbeit befassen.«

Es dauerte eine Weile, bis sie die Spuren des Genies beseitigt hatten. Unter anderem hatte er ein Trojaner-Programm eingebaut, das Caitlin Corrigan Zugang verschafft hatte. Sie musste die anderen Programme installiert haben.

»Nur noch ein Fremdkörper übrig«, meldete David. »Auf deiner Arbeitsfläche liegt ein Icon, das nicht dort hingehört.«

»Das ist die Spur, von der ich geredet hatte. Kann die Sonde das Programm aktivieren?«

David erteilte seine Anweisungen. Nach wenigen Sekunden zuckte er die Achseln. »Sieht aus wie ein zehn Sekunden langer Audioclip. Vielleicht eine Nachricht für dich.«

Er sah Matt aufmerksam an. »Zumindest ist nichts in die Luft geflogen, Kumpel.«

Eine halbe Stunde später kletterte Matt durch das Fenster zurück in sein Zimmer, wobei er sich reichlich albern vorkam.

Sicher ist sicher, sagte er sich selbst.

Er trat auf den Flur hinaus und ging zur Küche, um sich ein Glas Milch zu holen.

»Immer noch bei der Arbeit?«, erkundigte sich sein Vater.

»Fast fertig, hoffe ich.« Er kehrte in sein Zimmer zurück, nahm das Datascrip, auf dem er alle Informationen über die virtuellen Vandalen zusammengefasst hatte, und legte es draußen im Gang ab. Zurück im Zimmer begann er, seinem Computer Anweisungen zu erteilen. Über seinem Schreibtisch erschien das Modell seines Veeyar. Vorsichtshalber verzog er sich in die Nähe seines Bettes, nur für den Fall, dass er in Deckung gehen musste. Dann gab er den Befehl zur Aktivierung von Cat Corrigans Ohrring-Icon.

»Matt, ich muss dich sprechen.« Durch die reduzierte Größe des Modells klang ihre Stimme blechern. »Und zwar persönlich. Kein Computer, kein Telefon, keine Hologramme und so schnell wie möglich.«

Trotz der schlechten Wiedergabequalität konnte er heraushören, wie verängstigt sie war.

Ganz still blickte er auf seinen liebevoll entworfenen Veeyar. Dann gab er den Befehl zum Löschen. Nicht nur die Datei ließ er entfernen, sondern alle Aufzeichnungen über seinen Arbeitsplatz und die Dinge, die dort jemals vorgefallen waren.

Am nächsten Morgen nahm Matt einen früheren Bus zur Schule. Wie üblich kam Cat Corrigan mit dem Auto. Als er daran dachte, dass er gefürchtet hatte, wegen seiner frühen Ankunft aufzufallen, musste er kichern. Aller Augen hingen an Cat und ihrem Copperhead-Oldtimer.

Von Autos verstand Matt etwas. Das Ding hier musste gut dreißig Jahre alt sein, aber es war trotzdem ein heißer Ofen. Was dachte sie sich dabei, mit einem solchen Gerät herumzukurven?

Auf jeden Fall lenkte sie die allgemeine Aufmerksamkeit von Matt ab. Dafür standen alle Autofreaks der Schule um sie herum.

Matt, der gehofft hatte, mit ihr ein paar Worte wechseln zu können, bevor die Stunde begann, fand sich inmitten einer Menge von Bewunderern wieder.

Ihre beiden Stundenpläne schienen eigens so geplant zu sein, dass sie nicht aufeinander trafen. Wenn er Cat in der Hektik zwischen den einzelnen Stunden sah, dann am anderen Ende des Ganges, auf dem Weg in die entgegengesetzte Richtung.

Er hatte gehofft, sie in der Kantine zu treffen, aber gleichzeitig mit ihr erschien auch Sandy Braxton. »Hi, Matt! Gute Nachrichten für uns: Mein Vater hat Freunde, die Schlachten nachspielen.«

Bei seinen Recherchen hatte Matt über Leute gelesen, die in Bürgerkriegsuniformen alte Schlachten nachstellten. Nachdem einige Entscheidungskämpfe in Nord-Virginia stattgefunden hatten, war es kein Wunder, dass es in der Washingtoner Gegend mehrere solcher Klubs gab.

Ausgerechnet heute interessierte ihn diese Information allerdings überhaupt nicht.

Im Gegenteil, er wünschte, Sandy würde vom Erdboden verschwinden, denn er blockierte den Weg zu Cat Corrigan.

»Auf jeden Fall haben sie Holos von ihren Schlachten. Die haben tatsächlich Picketts Attacke in Pennsylvania nachgestellt. Morgen bekomme ich eine Kopie. Da wir beide nach der Mittagspause eine Stunde für freies Arbeiten haben, könnten wir uns das Ding doch ansehen. Wenn du willst, regle ich das mit Dr. Fairlie.«

»Okay, okay«, gab Matt zerstreut zurück, während er versuchte, an Sandy vorbeizukommen. Caitlin ging direkt an ihnen vorüber!

Sie trug eine Mappe voller Datascrips und Notizen. Als sie die Jungen passierte, löste sich ein Blatt Papier. Eine Nachricht?

Er wollte danach greifen, aber Sandy fing es in der Luft auf.

»He, Caitlin! Du hast was verloren!«

Cat wandte sich um. Ihr Blick sagte Matt eindeutig, dass er versagt hatte.

»Ein klassisches Gitarrenkonzert!« Sandy las den Zettel, während er ihn Cat reichte. »Wer geht denn zu so was?«

In bester Leet-Manier rollte sie die Augen. »Ich weiß. Irgendwie habe ich die falsche Druckerauswahl betätigt, und das hier kam raus.«

Sie zerknüllte das Papier, blickte Matt dabei aber scharf an.

Das Papierknäuel landete in einem Abfalleimer. Nachdem es ihm endlich gelungen war, Sandy Braxton loszuwerden, versuchte Matt sein Glück. Tatsächlich hatte noch niemand seine Soßenreste über den Zettel gekippt.

Während des Mittagessens lag der kleine Papierball schwer wie Blei in seiner Tasche. Sobald er an die frische Luft kam, ging er zu einem Baum, lehnte sich an den Stamm und glättete das Blatt.

Auf der einen Seite lud der Musikklub der Schule für den Nachmittag zu einem klassischen Gitarrenkonzert ein.

Die Rückseite war leer.

Matt runzelte die Stirn. Ein Code? Geheimschrift? Hatte er nicht als Kind etwas über Zitronensaft gelesen?

Er legte den Kopf gegen die raue Rinde. Nein, die Botschaft war klar. Welcher Treffpunkt war besser geeignet? Das Konzert fand im Auditorium statt, einem großen, dunklen Raum. Und klassische Gitarren benötigten weder Elektronik noch Computer, weil sie ohne Verstärker arbeiteten. Ganz altmodisch, keine Ausrüstung außer den Händen des Musikers und den Ohren der Zuhörer – perfekt!

Außer Atem und etwas verspätet erreichte Matt das Auditorium. Leise betrat er den Raum und blieb hinter den

Sitzreihen stehen, um seinen Augen Zeit zu geben, sich an die Dunkelheit zu gewöhnen. Im Lichtkegel eines Scheinwerfers saß ein ernsthaftes Mädchen, dessen Finger einen komplizierten Rhythmus aus den Saiten lockten.

Wo war Caitlin?

Als das Stück zu Ende war, blitzte plötzlich vor ihm golden schimmerndes Haar auf. Caitlin, die in einer der hinteren Reihen gesessen hatte, erhob sich und applaudierte. Während das Mädchen die Bühne verließ, ging Cat so dicht an ihm vorbei, dass sie ihn streifte.

Mit einer geschickten Bewegung steckte sie einen weiteren Zettel in seine Hemdtasche. Dann verließ sie das Auditorium, ohne sich anmerken zu lassen, dass sie ihn überhaupt gesehen hatte.

Matt sank auf einen Sitz, verschränkte die Arme über der Brust und holte die Nachricht hervor. Ungeduldig wartete er, dass das nächste Musikstück endete, das sich ewig in die Länge zu ziehen schien, und verließ dann ebenfalls das Auditorium.

Er ging zu seinem Schrank, öffnete die Tür und breitete den Zettel auf seinen Büchern aus.

SHERIDAN CIRCLE
15.30

Das war die gesamte Nachricht.

Er kannte den Platz, es war einer von Washingtons zahlreichen Verkehrskreiseln, von der Bradford Academy aus ein ziemlicher Fußmarsch. Ein Blick auf die Uhr sagte ihm, dass er besser sofort aufbrach, wenn er um halb vier dort sein wollte.

Matt erreichte den Sheridan Circle eine halbe Minute zu früh. Aufmerksam sah er sich um. Die Gegend war wohlhabend, mehrere Länder hatten in dieser Gegend ihre Botschaften. Wenn ihn einer der virtuellen Vandalen entdeckte …

Als einen Augenblick später der Copperhead am Kreisel auftauchte, wusste Matt, warum Caitlin mit dem Auto zur Schule gekommen war. Der Oldtimer, der jetzt neben ihm hielt, war unverwechselbar. Matt sprang hinein, und schon fuhren sie um den Kreisel herum und über die Buffalo Bridge.

Während sie den Wagen durch Georgetown auf die Autobahn steuerte, schwieg Caitlin.

»Na? Ich dachte, du wolltest reden.«

»Wir – die Jungs und ich – sollen uns nur im Netz treffen. Angeblich ist das zu unserem Schutz: Wenn uns niemand zusammen sieht, kommt keiner darauf, dass zwischen uns eine Verbindung besteht.« Sie warf Matt einen Seitenblick zu. »Aber allmählich glaube ich, er will uns nur kontrollieren.«

»Du willst also die Regeln brechen und hast dich für mich entschieden, weil ich nicht weiß, wem ich davon erzählen soll.«

Cats Zähne gruben sich in ihre Unterlippe. »Ich wollte dir ein paar Dinge erklären. Vielleicht denkst du, wir hätten alles: Wir sind reich und leben im Luxus. Glaub mir, nach dem zehnten Diplomatenball kommen dir alle gleich vor. Es wird … ich glaube, *langweilig* ist das richtige Wort.«

Ohne die Augen vom Verkehr zu wenden, sprach sie weiter. »Wir haben keine richtigen Familien. Seit ich denken kann, steckt mein Vater in irgendwelchen Wahlkämpfen. Ich bekomme ihn und Mom kaum zu Gesicht. Lucs Streiche sollen seine Eltern wahrscheinlich an seine Existenz erinnern. Gerry ist hier, weil er von den meisten englischen Internaten geflogen ist. Serge hasst seinen Vater dafür, dass er in die Politik gegangen ist. Das hat ihm zwar einen Botschafterposten eingebracht, aber Serge'

Mutter hat dafür bei den letzten Unruhen auf dem Balkan mit dem Leben bezahlt.«

»Arme reiche Kinder, was?«

»*Dumme* reiche Kinder«, gab Cat bitter zurück. »Wir wussten nicht wohin mit unserer Langeweile und Wut. Plötzlich gab uns jemand die Gelegenheit, unsere Fantasien auszuleben. Es war wie in einem Comic, du weißt schon, geheime Identität und so.«

»Nur wart ihr keine Superhelden, sondern Gangster.«

»Reg dich ab! Wir haben ein paar Veeyars zerstört, aber jeder, der ein bisschen Hirn hat, hat ohnehin ein Datascrip-Backup. Da richten ja Graffitti-Sprayer mehr Schaden an als wir.«

»Und die Verletzten?«

Sie rutschte ein wenig tiefer in ihren Sitz. »Das ist die dunkle Seite der Fantasie.« Diesmal blickte sie ihn an. Offenbar lag ihr viel daran, dass er sie verstand. »Wenn man reich ist und gut aussieht, will einem jeder einen Gefallen tun. Mir war nie klar, dass diesmal ein Haken dabei war, und den anderen auch nicht. Serge und Gerry waren fasziniert davon, dass sie tatsächlich Leute im Veeyar vermöbeln konnten. Sie haben einfach die Kontrolle verloren.«

»Das brauchst du mir nicht zu sagen. Ich habe gesehen, was der Wilde Sean McArdle angetan hat.«

»Das ist nicht der wirkliche Gerry. Er schlägt nur um sich, weil er nicht weiß, wie er aus der Falle herauskommen soll, in der wir alle sitzen.«

»Falle?«

»Die Person, die unser kleines Spiel organisiert, hat uns in der Hand. Wir werden erpresst. Auf jede Geheimtür, die wir für uns selbst anbringen, kommen zwei, die wir nicht benutzen dürfen.«

»Was soll das heißen, ›dürfen‹?«

Caitlin Stimme klang gepresst. »Wir haben anderslautende Befehle, könnte man sagen. Ich habe keine Ahnung, wozu diese Geheimzugänge gut sind, aber durch seinen Besuch in Sean McArdles Veeyar hat Gerry gegen eines unserer obersten Gesetze verstoßen.«

Von der nächsten Ausfahrt war es nicht weit zu Matts Haus. Caitlin wechselte die Spur und verließ die Autobahn. Nach ein paar Blocks hielt sie an. »Ich sage dir das alles, weil du noch nicht so tief drinsteckst. Du kannst immer noch aussteigen. Geh nach Hause und vergiss, dass es uns gibt.«

»Vielleicht kann ich dir helfen. Weißt du, wer die Befehle gibt?«

Caitlin wies auf die Tür. »Geh heim, Matt. Und sei vorsichtig.«

An diesem Abend stocherte Matt nur in seinem Essen herum.

»Treffen sich heute Abend nicht die Net Force Explorer?«, fragte seine Mutter, als sie fertig gegessen hatten.

Matt nickte. Die Explorer trafen sich jeden Monat entweder an lokalen Netzknoten oder im wesentlich größeren Chatroom des Washingtoner Net-Force-Computers. Doch ihm war nicht danach teilzunehmen, vor allem wenn er an das Genie dachte. Falls ihn dieses Phantom wirklich beobachtete, wollte er es auf keinen Fall zur Net Force führen.

»Ich glaube nicht, dass ich gehe, Mom.«

»Zu müde?«, fragte sein Vater. »Vielleicht hast du dich mit dem Gemeinschaftsprojekt mit deinem Klassenkameraden übernommen.«

»Nein, das ist schon in Ordnung.« Matt trug das Geschirr in die Küche.

Es klingelte. Als sein Vater einen Augenblick später erschien, wirkte er amüsiert. »Besuch für dich. Vielleicht möchtest du dir die Hände abtrocknen, es ist nämlich eine junge Dame.«

Verwirrt ging Matt zur Haustür, wo er Cat Corrigan im Gespräch mit seiner Mutter fand.

»Ich hoffe, du hast nichts dagegen, dass ich einfach so hereinplatze.«

»N … nein. Lust auf einen Spaziergang?«

»Gern.«

»Komm aber nicht zu spät nach Hause«, mahnte Matts Mutter.

Kaum hatten sie das Haus hinter sich gelassen, verwandelte sich Caitlin von der wohlerzogenen jungen Besucherin in ein verängstigtes Kind. »Du hast gesagt, du willst mir helfen. Ich weiß nicht, was du tun kannst … ob überhaupt jemand was tun kann.«

»Wovon redest du?«

»Gerry ist tot. Fahrerflucht, vor etwa einer halben Stunde.«

14

Matt starrte sie entsetzt an. »Könnte es ein Unfall gewesen sein?«

Noch während er sprach, dämmerte ihm selbst die Antwort. »Nein, das war kein Zufall.«

»Mit Sicherheit nicht, so viel Pech gibt es gar nicht. Der arme Gerry wurde bewusst ausgeschaltet.«

»Es ist nur, weil ich eine virtuelle Aktion erwartet hatte. Um jemanden mit dem Auto zu überfahren, muss man schon ganz schön kaltblütig sein.« Er blickte Caitlin an. »Der Kerl bevorzugt offenbar endgültige Lösungen.«

»Ich weiß.« Sie schauderte. »Ich dachte, Gerry würde vielleicht eine Warnung bekommen oder irgendwie bestraft werden.«

»Der Typ hat offenbar nie Hunde trainiert«, murmelte Matt.

Caitlin wandte sich zu ihm um. »Wie bitte?«

»Mein Onkel hat das immer gesagt. Wenn ein Welpe auf den Teppich pinkelt, erschießt man ihn nicht. Damit war nämlich die ganze Mühe, die man auf seine Ausbildung verwendet hat, umsonst.«

»Aber er hat genügend Welpen zu seiner Verfügung«, entgegnete sie bitter. »Dich eingerechnet sind wir zu viert. Vielleicht wurde Gerald entbehrlich, als ein Ersatzmann auftauchte.« Mit gepresster Stimme setzte sie hinzu: »Vielleicht sind wir auch alle entbehrlich geworden.«

Das klang nicht gut. »Du kannst auf mich zählen, aber ich muss wissen, was bis jetzt passiert ist. Sonst kommen wir nicht weiter. Wer zieht die Fäden?«

Caitlin seufzte tief. »Also gut, ich sage es dir. Es ist ein Typ, der auf unserer Schule war. Vielleicht erinnerst du dich an ihn: Rob Falk.«

Matt runzelte die Stirn. Vor seinem geistigen Auge stand das vage Bild eines großen, schlaksigen Jungen, einer Art Super-Dexter. Hochwasserhosen, Hemdentasche voller Stifte, wildes Haar, das senkrecht nach oben stand, und immer mit Computern beschäftigt. Falk war schon seit einer Weile nicht mehr an der Schule. Hatte er seine Ausbildung abgebrochen oder die Schule gewechselt? Irgendwas war da gewesen, aber es wollte ihm beim besten Willen nicht einfallen.

»Rob war ... also, er war einfach computerverrückt«, fuhr Cat fort. »Er selbst nannte sich einen Wahnsinnigen im Dienste einer höheren Macht. Aber er half mir, den Computer-Grundkurs zu bestehen, also war er mir nützlich. Damals dachte ich, er wäre vielleicht in mich verliebt.«

Sie lachte freudlos. »Ich will nicht ins Detail gehen, aber er führte ein paar Arbeiten an meinem System aus.

Damals wusste ich nicht, dass er dabei eine Geheimtür installierte. Kurz nachdem er Bradford verlassen hatte, fand ich in meinem Veeyar immer wieder Programm-Icons. Verschiedene Proxys und ein Programm, das mir durch Geheimtüren Zugang zu allen möglichen Sites verschaffte. Eines Tages, als ich gerade eine zickige Klassenkameradin zu Tode erschreckt hatte, indem ich ihre virtuelle Liebesgeschichte in eine Horrorstory verwandelte, wartete Rob auf mich, als ich in mein System zurückkehrte.

Er wusste, dass ich seine Programme benutzt hatte, und bot mir noch mehr.« Caitlin schüttelte den Kopf. »Es klang so cool: ein paar vertrauenswürdige Leute rekrutieren, tagsüber Geheimtüren installieren und nachts maskiert zurückkehren. Ich habe die anderen für Rob gefunden. Gerry fragte ich einfach, in den Computern von Luc und Serge hinterließ ich Geheimtüren. Sie fanden das witzig, genau wie ich am Anfang.«

»Dann wurde alles anders?«

Sie nickte. »Rob hatte all diese virtuellen Tools, Sachen, die es nicht zu kaufen gibt. Unglaubliche Proxys. Programme, um die verschiedensten Systeme zu infiltrieren. Aber er stellte uns auch Aufgaben. Manche Sites mussten wir aufsuchen und dort Geheimtüren hinterlassen. Zu Anfang war es einfach, wir erledigten unsere Aufträge bei virtuellen Partybesuchen. Aber dann verlangte er immer mehr. Mit McArdle lag er uns schon seit Wochen in den Ohren.«

»Was war mit dem Baseballspiel?«

»Das war Gerrys Idee. Er hatte immer weniger Lust, sich von einem Burschen herumkommandieren zu lassen, der für ihn ein Weichei war.«

Sieht so aus, als hätte ihn das Weichei am Ende erledigt, dachte Matt, behielt diesen Gedanken aber für sich.

»Der Wilde hat Baseball immer gehasst. Er fand es

wahnsinnig witzig, ein wichtiges Spiel zu stören. Um Gerry bei der Stange zu halten, ging Rob darauf ein, obwohl das viel zusätzliche Programmierarbeit bedeutete.« Ihr Gesicht wurde noch trauriger. »Manchmal denke ich, es war eine Art Hilferuf. Vielleicht wollte Gerry einen öffentlichen Aufruhr verursachen, damit endlich jemand aufmerksam wurde. Danach wurde es aber immer schlimmer. Ich fand es schrecklich, auf Menschen zu schießen, aber die Jungs wurden immer verrückter. Und … nun, den Rest kennst du ja.«

Stimmt, dachte Matt, *dann trat ich auf den Plan.*

»Ich habe gesagt, ich werde versuchen, dir zu helfen«, sagte er langsam. »Aber ich habe kein Programm in der Tasche, das ich einfach aktivieren kann. Wir müssen sehen, wie die Sache läuft. Sei vorsichtig.«

Caitlin wirkte ein wenig enttäuscht, dass er keine schnelle Lösung zu bieten hatte, nickte aber schließlich. »Auf jeden Fall bin ich froh, dass ich mit jemandem über die ganze Geschichte reden kann.« Ihre Stimme wurde schärfer. »Und du bist besser auch vorsichtig. Seit Rob mich in dein System geschickt hat, habe ich nichts mehr von ihm gehört. Ich habe keine Ahnung, was er mit dir vorhat.«

»Schön, das zu wissen«, murmelte Matt. »Geh nach Hause. Wenn mir etwas einfällt, sage ich dir morgen Bescheid.«

Mit einem dankbaren Lächeln ging Cat zu ihrem Auto zurück.

Matt winkte ihr, aber sein Gesicht blieb ernst, als der rote Sportwagen in der Ferne verschwand. Wenn Cat eher über Rob Falk gesprochen hätte, wäre Gerald Savage vielleicht noch am Leben.

In trübsinniger Stimmung ging Matt nach Hause, wo ihn seine Mutter mit einem Lächeln begrüßte. »Wolltest du deshalb nicht zu deinem Treffen gehen? Scheint ein nettes Mädchen zu sein. Ich glaube nicht, dass ich sie schon einmal gesehen habe.«

Matt fühlte, wie ihm die Röte ins Gesicht stieg. Am liebsten hätte er gesagt: »Sie ist die Tochter eines Senators und braucht mich nur, weil sie in Schwierigkeiten steckt und denkt, ich kann ihr helfen.«

Stattdessen zuckte er die Achseln. »Nur ein Mädchen aus meiner Schule.«

Seine Mutter nickte. »Ich kann mich noch gut an die Zeit erinnern, als dein Vater nur ein Junge aus meiner Schule war.«

Da er nicht die Absicht hatte, das Thema weiter zu vertiefen, zog sich Matt in sein Zimmer zurück. Dort saß er zwar in seinem Computer-Link-Stuhl, aber er wagte sich immer noch nicht in seinen Veeyar.

Endlich habe ich das Genie enttarnt, aber ich habe Angst davor, meinen Computer für die Suche nach ihm zu benutzen.

Wenn Matt versuchte, online mehr über Rob in Erfahrung zu bringen, warnte er ihn vielleicht. Aber da war doch noch etwas …

Er schnippte mit den Fingern. Letztes Jahr hatte er jede Menge Informationen über die Schule heruntergeladen, die Dateien komprimiert und im Speicher gelassen, bis er die Zeit finden würde, sie zu sortieren.

Vielleicht war jetzt der richtige Moment dafür.

Nachdem er den Computer einen Holoschirm hatte aktivieren lassen, begann er Dokumente zu öffnen. Hier war das virtuelle Jahrbuch der Schule. Rob Falk hatte Bradford zwar während des Jahres verlassen, aber die Klassenfotos waren zu Beginn des Schuljahres aufgenommen worden. Kopfschüttelnd betrachtete er den vergrößerten Ausschnitt mit Robs Gesicht. Offenbar hatte er den Fototermin vergessen, denn er sah noch übler aus, als Matt ihn in Erinnerung hatte. Sein Haar stand in alle

Richtungen ab, und auf seinem Hemdkragen prangte ein Fleck.

Matt blendete das Bild aus. Rob wirkte darauf wie ein Clown, dabei wusste er, dass der Kerl ein kaltblütiger Mörder war. Er wandte sich einer weiteren Datei zu. Es war die Schülerzeitung, in der Matt manchmal blätterte. Selbst wenn er nicht dazu kam, war sein Terminal in der Schule so programmiert, dass es das *Bradford Bulletin* herunterlud, komprimierte und speicherte.

Moment mal, das war es! Irgendwo in der Zeitung hatte er Rob Falks Namen gelesen.

Er befahl seinem Computer, die Zeitungsdateien zu öffnen und nach Robs Namen zu durchsuchen. Die Minuten kamen ihm endlos vor, aber der Computer war auf jeden Fall schneller als er selbst.

Auf dem Holoschirm erschien ein Artikel: Für Marian Falk, Robs Mutter, hatte ein Gedenkgottesdienst stattgefunden. Sie war von einem Auto überfahren worden, als sie die Straße überqueren wollte. Der Schuldige hatte Fahrerflucht begangen.

Matt hatte oft gehört, dass es jemandem kalt über den Rücken lief, aber es war das erste Mal, dass er selbst dieses Gefühl verspürte. Die Polizei hatte den Fahrer aufgespürt, einen mitteleuropäischen Diplomaten, der betrunken gewesen war. Da er diplomatische Immunität genoss, konnte ihm die Justiz nichts anhaben, und er kehrte ohne die geringste Strafe in sein Heimatland zurück.

Stimmt, fiel ihm ein, Robs Vater hatte für die Regierung gearbeitet. Beim Zoll war er ausgerechnet für die Ein- und Ausfuhr von Gütern für ausländische Diplomaten zuständig gewesen. Welche Ironie des Schicksals!

Danach wurde Rob Falk in der Zeitung nicht mehr erwähnt, und Matt wusste auch, warum. Nach dem Unfall hatte Mr. Falk berufliche Probleme bekommen. Zu Hause war die Stimmung mit Sicherheit nicht sehr angenehm gewesen, worunter Robs schulische Leistungen gelitten hatten. Wenn David Gray, der Rob kannte, Recht hatte, war Rob computersüchtig geworden. Am Ende hatte Mr. Falk seine Arbeit verloren und Rob sein Stipendium für Bradford.

Matt schaltete den Computer aus. Ein Junge, der nur noch in der Welt der Computer lebte und guten Grund hatte, alle Diplomaten zu hassen. Als er wieder auf der Bildfläche erschien, hatte er Diplomatenkinder dazu rekrutiert, illegale Aktionen zu unternehmen. Möglicherweise hatte er eines davon überfahren, genau wie der Diplomat es damals mit seiner Mutter getan hatte.

Schon als er Cat Corrigan versprach, ihr zu helfen, hatte er gewusst, dass es nur einen möglichen Ausweg gab. Natürlich konnte er Cat und ihre Freunde den Behörden übergeben und so tun, als wäre das zu ihrem Besten. Aber das war es nicht, worum sie ihn gebeten hatte. Sie an Captain Winters zu verraten war ihm unmöglich. Dagegen konnte er morgen mit ihr unter vier Augen sprechen und sie überzeugen, mit der ganzen Geschichte zur Net Force zu gehen. Wahrscheinlich würden sie und ihre Freunde mit einer milden Strafe davonkommen, und möglicherweise fand so auch Rob Falk die Hilfe, die er offensichtlich brauchte.

Als Matt am nächsten Tag zur Schule kam, traf er noch vor der Prep-Stunde auf David Gray. »Hast du noch Kontakt mit Rob Falk?«

David hob die Augenbrauen. »Den Namen habe ich schon eine Weile nicht mehr gehört. Nein, seit seinem Totalschaden habe ich keinen Kontakt mehr mit ihm.«

Als er Matts betroffene Miene sah, wurde ihm bewusst, was er gesagt hatte. »Das war wohl nicht die richtige Wortwahl, nachdem was mit seiner Mutter passiert ist und so.«

»Meinst du, einer deiner Freunde hat noch mit ihm zu tun?«

David zuckte die Achseln. »Das lässt sich herausfinden.«

Matt verstand zwar ein wenig von Computern, aber David war ein richtiger Experte, und einige seiner Freunde konnte man nur als Computerfreaks bezeichnen. Die Gruppe schlampig gekleideter Jugendlicher schien sich in einer Matt unverständlichen Sprache zu unterhalten. Es ging um Computerlogik, aber von fünf Worten verstand er höchstens eins.

»Weiß jemand von euch etwas von Rob Falk?«, erkundigte sich David.

Die Computerclique starrte ihn an, als käme er von einem anderen Stern.

»Falk«, fuhr David fort. »War letztes Jahr hier an der Schule. Ich glaube, er gehörte zum Programmierklub.«

»Stimmt«, bestätigte einer der zukünftigen Wissenschaftler, der sich durch einen wilden Schopf karottenroter Locken auszeichnete. »Konnte nicht mehr mithalten, musste die Schule verlassen.«

»Familiäre Probleme«, erläuterte ein molliger Junge.

Der Rotschopf warf ihm einen verächtlichen Blick zu. Offensichtlich war er selbst über solche Niederungen erhaben, ließ sich aber doch mit gelangweilter Miene zu einer Auskunft herab. »Ich habe nichts von ihm gehört, keine Voice-Message, keine E-Mail, nichts.«

David blickte sich um, aber die anderen zuckten die Achseln.

»War am liebsten für sich«, erklärte der Rotschopf.

Angelegentlich vermied Matt Davids Blick. Er fürchtete, laut herauszuplatzen, so komisch schien ihm diese Bemerkung. Die ganze Gruppe sah für ihn aus, als durchliefe sie einen Ausbildungsgang zum gefährlichsten Einzelgänger aller Zeiten.

Der Rest des Tages gestaltete sich weniger amüsant. Wieder gelang es Matt nicht, in die Nähe von Cat Corrigan zu kommen. Selbst im Gang sah er sie nur einmal, und das aus ziemlicher Entfernung.

Auf dem Weg zur Cafeteria begegnete er Sandy Braxton, der ihm aufgeregt winkend entgegenkam.

Was ist mit dem Kerl nur los? Hat er solche Angst, in Geschichte durchzufallen?

»Hallo, Matt. Wir sehen uns nach dem Mittagessen, okay?«

Matt blickte ihn verwirrt an.

»Um Picketts Attacke nachzuspielen, erinnerst du dich? Ich habe gestern alles mit Dr. Fairlie geklärt. Der Freund meines Vaters sagt, man sieht tatsächlich, wie Armistead getroffen wird und was danach geschieht. Super, was?«

»Ja, super«, echote Matt. Genau in diesem Moment kam Cat Corrigan vorbei, umgeben von einem undurchdringlichen Wall anderer Mädchen.

Bevor Matt Sandy fragen konnte, ob sie sich zu den Mädchen setzten, sodass er Cat eine Nachricht zukommen lassen konnte, war der bereits wieder unterwegs. »Das Datascrip ist schon in der Bibliothek. Wir sehen uns dann dort.« Mit diesen Worten verschwand er.

Geschlagen reihte sich Matt in die Schlange vor der Essenausgabe ein.

Als Matt nach dem Essen durch den Korridor ging, wusste er immer noch nicht, was er gerade zu sich genommen hatte. Angeblich war es ein Fleischersatz aus Soja gewesen, aber er hatte einen tranigen Nachgeschmack im Mund.

Ich muss unbedingt rausfinden, was das war, damit ich es nie wieder bestelle, schwor er sich.

Als er in der Bibliothek eintraf, wartete Sandy Braxton schon gespannt. Mr. Petracca, der Bibliothekar, kontrollierte seinen Ausweis. Dann ging Sandy zu ihm und wechselte ein paar leise Worte mit ihm.

Der Bibliothekar beugte sich über seine Konsole, rief den Holoschirm auf und gab verschiedene Befehle ein. »Ich habe hier eine Erlaubnis von Dr. Fairlie für Alexander Braxton und Matthew Hunter sowie das zuvor hinterlegte Datascrip.« Nachdem er das System aktiviert hatte, gab er Sandy einen Ausdruck. »Sie können Labor sechs benutzen. Hier ist Ihr Zugangscode.«

Den überraschten Matt im Schlepptau, marschierte Sandy auf den Gang hinaus. Er hatte gedacht, sie würden sich die Schlacht auf einem Holoschirm ansehen und höchstens Kopfhörer benutzen. Stattdessen hatte Sandy eines der Veeyar-Labors für sie organisiert.

»Für eine Simulation dieser Qualität müssen die Leute eine schöne Stange Geld investiert haben«, meinte Matt.

»Nur das Beste für die Virginia Volunteers.« Sandy grinste. »Das wird super! Wir werden mitten im Geschehen sein.«

Die Veeyar-Labors gehörten zur Bibliothek und wurden von Mr. Petraccas Konsole aus überwacht. Selbst für eine Eliteschule wie Bradford war es eine gewaltige Investition gewesen. Zischend öffneten sich die automatischen Türen, nachdem die Jungen den Kode eingegeben hatten, den sie vom Bibliothekar erhalten hatten. Mit nur vier Computer-Link-Stühlen war Labor sechs eines der kleineren. Matt fiel ein, dass er vor kurzem auf der anderen Seite des Computer-Links gewesen war, als er und Caitlin auf dem Weg zu Sean McArdles Pressekonferenz dem virtuellen Chemielabor einen Besuch abgestattet hatten.

Vor den vier Stühlen befand sich eine kleine, aber extrem kostspielige Computerkonsole. Sandy legte das Datascrip der Schule ein, um den Computer für die Einzelnutzung zu starten. Dann holte er ein weiteres Datascrip aus der Tasche, auf dem die alte Flagge der Konföderierten prangte.

»Was kann man von einer Gruppe, die sich Virginia Volunteers nennt, schon erwarten?«, meinte Sandy grinsend. »Selbstverständlich spielen sie eine Einheit der Rebellen.«

»Wir gehen aber nicht das ganze Gefecht durch, oder?«, fragte Matt, als Sandy das Datascrip mit der Simulation einlegte. »Das Artilleriegefecht allein hat zwei Stunden gedauert.«

Sandy schüttelte den Kopf. »Nein, dafür haben wir keine Zeit. Wir fangen an der Stelle an, wo die Konföderierten ihre Gewehre abfeuern und zu ihrer letzten Attacke übergehen.« Er wies auf die Computer-Link-Stühle. »Setz dich, wir sind fast so weit.«

Matt folgte der Aufforderung. Sandy ließ sich ebenfalls in einem der Stühle nieder. »Computer, Gettysburg-Simulation laden, ab zwei-zwei-sieben starten.«

In seinen Stuhl gelehnt, wartete Matt, dass sich die Empfänger auf seine Implantate einstellten. Das Gefühl, die Orientierung zu verlieren, war bei weitem nicht so ausgeprägt wie bei seinem Gerät zu Hause.

Daran erkennt man ein wirklich teures System, dachte er. Angeblich war die Schwelle am Übergang zur Simulation bei Spitzengeräten gar nicht mehr wahrzunehmen.

Als er die Augen schloss, fand er sich auf einer grasbewachsenen Böschung wieder. Ein hervorragender Platz für ein Picknick, wenn nur nicht um ihn herum ein Artilleriegefecht getobt hätte. Von einigen Bäumen waren die Äste abgerissen, bei anderen waren die Stämme von Kugeln zerfetzt. Vor einer Steinmauer stand eine Reihe altmodischer Kanonen, von denen ebenfalls mehrere getroffen worden waren. Die Läufe aus schwerem Metall lagen neben den hölzernen Karren.

Matt schluckte, als er die leblosen, blutüberströmten Gestalten der Kanoniere neben ihren zerstörten Waffen entdeckte.

Verteufelt realistisch, diese Simulation.

Nur eines stimmte nicht: Das Bild, so wirklichkeitsnah es auch war, bewegte sich nicht. Wie erstarrt kauerten die Infanteristen hinter der Steinmauer. Die Soldaten in den blauen Uniformen schienen nicht einmal zu atmen, kein Grashalm bewegte sich im Wind.

»Sobald du fertig bist, geht's los«, hörte er Sandy Braxton sagen.

Als er sich umwandte, spürte er ein unangenehmes Kitzeln in der Magengegend.

Mitten im Schritt erstarrt, kam eine lange, zerklüftete Reihe von Männern in grauen und braunen Uniformen den Hügel herauf. Ihm fiel wieder ein, was er darüber gelesen hatte. Mehr als anderthalb Kilometer lang war die aus fünfzehntausend Mann bestehende Kampflinie gewesen. Nachdem sie sich achthundert Meter weit durch einen Sturm des Todes gekämpft hatten, waren viele gefallen. Mit ihren grimmigen Gesichtern und der leicht gebeugten Haltung wirkten sie, als lehnten sie sich gegen einen starken Wind. Die meisten hielten das Gewehr im Anschlag.

»Jetzt weiß ich, wie sich eine Schießbudenfigur fühlt«, scherzte Matt. »Ich glaube, wir sollten uns die Sache von einem Punkt hinter den Linien der Konföderierten aus ansehen.« Er wies auf die Gewehre, die sich zu Tausenden auf sie richteten. »Hier könnte es ein wenig laut werden.«

»Wie du willst.« Sandy trat durch eine Lücke in der Linie. »Armistead müsste dort drüben sein, an der Spitze des linken Flügels.«

Als sie einen guten Aussichtspunkt erreicht hatten, hielt sich Sandy die Ohren zu, bevor er seinen Befehl erteilte. »Ausführen!«

Schleunigst folgte Matt seinem Beispiel, denn die Konföderierten waren plötzlich zum Leben erwacht, legten die Waffen an und feuerten.

Das Gewehrfeuer klang ganz anders, als Matt es erwartet hatte. Statt des scharfen, metallischen Knatterns, das er aus den Holos kannte, gaben diese Waffen ein tiefes Dröhnen von sich, das von grauem Pulverdampf begleitet wurde.

Der Gegner vor ihnen verschwand im Pulverdampf, aber die Truppen marschierten weiter.

»Pass gut auf«, riet Sandy. »Der nächste Teil wird ganz schön schmerzhaft!«

Er hatte noch nicht ausgesprochen, als einer der Soldaten vor ihnen plötzlich herumwirbelte und seine Muskete schwang. Der Kolben traf Sandy seitlich am Kopf, sodass er zu Boden ging wie ein verwundeter Stier.

Im Veeyar verletzt!

Matt eilte zu seinem Klassenkameraden, sah aber noch in der Bewegung, wie sich drei Soldaten aus der Reihe lösten und auf ihn zuliefen. Jeder von ihnen hatte ein Bajonett auf das Ende des Gewehrlaufs gepflanzt.

Als er einen Schritt zurücktrat, folgten ihm die glänzenden langen Stahlläufe erbarmungslos.

Er wusste nicht, wie, aber Rob Falk, das Genie, hatte ihn über das Computersystem der Schule beobachtet. Als er sah, dass sich Sandy und Matt für das virtuelle Labor eingetragen hatten, stellte er ihnen diese Falle. Extrem clever – und vor allem tödlich.

Nun ging es nicht mehr um die Schlacht von Gettysburg, sondern ums nackte Überleben!

15

Matt trat von dem bewusstlosen Sandy zurück. Seine Augen hingen an den drei Südstaaten-Soldaten, die ihre Plätze in der Kampflinie verlassen hatten. Um ihn herum näherte sich Picketts Attacke ihrem blutigen Höhepunkt, doch er hatte nur Augen für die drei Bajonette, die sich auf ihn richteten.

Vielleicht hätte er besser darauf geachtet, wo er hintrat. Seine Ferse verfing sich, sodass er ins Taumeln geriet. Er war über einen Soldaten gestolpert, der bei dem Angriff verwundet oder getötet worden war. Aber nicht umsonst hatte er bei den Net Force Explorers Kampfsport trainiert. Noch im Fall drehte er sich und streckte die Hände aus, um sich abzufedern. Kaum hatte er den Boden berührt, rollte er sich ab und kam sofort wieder auf die Beine.

Bei dieser Aktion hatte er Holz und Metall unter seiner Hand gespürt. Das Gewehr des Verwundeten!

Während seine drei Gegner auf ihn zurasten, griff er nach der Waffe. Der Mann an der Spitze hatte einen buschigen braunen Bart und trug die Streifen eines Sergeants, der hinter ihm zeichnete sich durch einen wilden schwarzen Bart aus. Das Kinn des Dritten, der kaum älter war als Matt, zeigte dagegen nur einen leichten Flaum.

Der Sergeant wartete nicht auf die anderen, sondern stürzte sich sofort auf Matt. Dabei erwies er sich als so ungeschickt, dass Matt Hoffnung schöpfte. Er hatte es nicht mit geschulten Soldaten zu tun, sondern mit Eindringlingen, die sich in die Simulation eingeschlichen hatten und nicht wussten, wie sie mit ihren Gewehren umgehen sollten.

Nicht dass Matt Experte gewesen wäre. Aber er hatte unter Anleitung der Net-Force-Instruktoren mit Kampfstöcken trainiert. Seine Trainer waren in Quantico ausgebildet worden und standen den Marines an Härte nicht nach. Zumindest die Grundlagen dieser Kampfart hatten sie den Net Force Explorers eingebläut.

Matt parierte den wilden Hieb des Sergeants mit dem Lauf seines geborgten Gewehrs. Damit zwang er das Bajonett nach unten und zur Seite, sodass es an seiner linken Hüfte vorbei ins Leere stach. Dann packte er seine Waffe am Kolben und rammte dem Angreifer den Lauf in den Bauch. Als der Sergeant nach vorne knickte, versetzte er ihm einen Schlag gegen den Kopf. Noch bevor die anderen ihn erreicht hatten, lag der Mann am Boden.

»Computer!«, brüllte Matt. »Simulation beenden. Ausführen!«

Nichts geschah. Immer noch war er in der Schlacht von Gettysburg gefangen, und zwei Kerle, die offenkundig nichts Gutes im Sinn hatten, marschierten mit gezückten Bajonetten auf ihn zu. Nachdem sie beobachtet hatten, wie es ihrem Kumpel ergangen war, waren die beiden vorsichtig geworden.

Schwarzbart schlug sich nach rechts, während sich The Kid nach links wandte, sodass Matt seine Aufmerksamkeit nach beiden Seiten richten musste. Langsam wich er zurück, um seine Angreifer nicht zu nah an ihn herankommen zu lassen. »Computer! Pause!«

Aber die Aktion lief unvermindert weiter. Rob Falk hatte offenkundig die Kontrolle über die Simulation übernommen.

Der mit dem schwarzen Bart versuchte es mit einer Reihe kurzer Stöße, die Matt abblockte. Dann wirbelte er nach rechts herum, wo sich der andere von hinten an ihn heranschleichen wollte.

Matt hob das Gewehr, als wollte er feuern, worauf seine Angreifer schleunigst in Deckung gingen. Aber als er abdrückte, war nur das Klicken des Hammers zu vernehmen. Entweder war die Waffe bereits abgeschossen worden, oder er musste einen Mechanismus betätigen, den er nicht kannte.

Das Gewehr in weitem Bogen schwingend, rannte Schwarzbart plötzlich auf ihn los. Matt bereitete sich darauf vor, die Bajonetthiebe abzuwehren, als der andere plötzlich stürzte.

In jeder anderen Situation wäre der Ausdruck auf dem Gesicht seines Angreifers komisch gewesen. Ein leuchtend roter Fleck erschien auf der grauen Uniformjacke, als er zu Boden stürzte.

Unwillkürlich blickte Matt auf die Reihen der Nordstaaten, wo aus zahlreichen Gewehrläufen Mündungsfeuer blitzte. Konnte es ein Querschläger gewesen sein?

Nein, das war unmöglich. Schließlich war die Schlacht nur nachgespielt, also war mit Sicherheit keine echte Munition verwendet worden.

Dann ging ihm ein Licht auf. Als Rob seine Leute in die Simulation geschickt hatte, hatte er einfach die drei Soldaten gewählt, die Sandy und Matt am nächsten standen. Jetzt stellte sich heraus, dass einer davon in der nachgespielten Schlacht gefallen war. Als er an die Reihe kam, hatte es ihn eben erwischt.

Das hieß, dass Matt es im Augenblick nur mit einem Gegner zu tun hatte. Das jugendliche Gesicht vor ihm wirkte ein wenig besorgt, aber The Kid vollführte immer neue Finten und Ausfälle.

Fast mechanisch wehrte Matt die Angriffe ab. Sein Gehirn war mit etwas anderem beschäftigt. Schwarzbarts ›Tod‹ bedeutete, dass Falk die Simulation nicht vollständig kontrollierte. Der Computer folgte immer noch den Anweisungen des Programms.

Der Junge schien über Matts Schulter zu blicken. Das war Warnung genug für Matt. Er schlug seinem Gegner gegen die Brust, sodass er rückwärts taumelte, und fuhr herum, genau in dem Augenblick, als ein Südstaatenoffizier mit seinem Säbel nach ihm hieb. Mit einem kreischenden Geräusch schabte die Klinge an Matts Gewehrlauf entlang. Für ihn klang es schlimmer als Fingernägel auf einer Tafel, aber wäre er ein wenig langsamer gewesen, hätte er in Zukunft mit der linken Hand schreiben müssen.

Selbst wenn Falk den Computer nicht vollständig kontrollierte, konnte er offenbar seine Leute immer wieder in die Simulation zurückschicken. Im Moment waren es anscheinend nur zwei, vielleicht war es Matt gelungen, den Dritten zu verwunden.

Wichtig war das nicht, denn früher oder später würde einer dieser Clowns einen Treffer landen.

Und dann würde Matt das gleiche Schicksal erleiden wie Gerald Savage.

Es sei denn …

Er wich erneut zurück, während seine Angreifer versuchten, ihn in die Zange zu nehmen.

Wie lautete noch der erste Befehl, den Sandy dem Computer gegeben hatte? Der, mit dem er die Simulation genau an diesem Punkt gestartet hatte?

Hoffentlich hatte er die Zahlen noch richtig im Kopf. »Computer, Gettysburg-Simulation neu laden, ab zwei-zwei-sieben starten!«

Er fühlte sich wie auf einer Zeitreise. Wieder befanden sich Matt und Sandy zwischen den Linien. Nichts bewegte sich, nicht einmal Sandy, der im merkwürdig steifen Gras lag.

Aber im Moment konnte sich Matt nicht darum kümmern. Sein Experiment hatte funktioniert. Er hatte Rob Falk die Kontrolle über den Computer entrissen.

»Computer!«, rief er hastig. »Abbrechen und schließen.«

Die Hänge von Cemetery Hill verschwanden, und

Matt fand sich im Veeyar Labor sechs wieder. Er sprang aus seinem Computer-Link-Stuhl. Sandy hing bewusstlos auf seinem Sitz.

»Mr. Braxton?« Die Stimme gehörte Mr. Petracca, dem Bibliothekar der Schule. »Was ist hier los? Meine Monitore liefern für Ihre Simulation merkwürdige Anzeigen.«

»Es ist was schiefgegangen. Sandy Braxton ist bewusstlos. Ich glaube, das Sim wurde manipuliert. Holen Sie den Schularzt!«

Nachdem Matt sich vergewissert hatte, dass es Sandy den Umständen entsprechend gut ging, zog er seine Brieftasche heraus. Nach diesem Angriff konnte er keine Rücksicht mehr nehmen. Er würde Captain Winters anrufen.

Als er die Option Telefonkonfiguration eingab, sprühten unter dem folienüberzogenen Tastenfeld Funken. Er ließ die Brieftasche auf den Boden fallen und trampelte darauf herum. Das schwelende Polymer gab einen beißenden Rauch ab, der ihn zum Husten brachte. Auch wenn das Telefon nicht in Flammen aufging, waren die Chips offensichtlich nicht mehr zu gebrauchen. Aus dem Anruf wurde also nichts.

Mr. Petracca, der Arzt und eine Krankenschwester stürzten in das Labor. »Der Junge steht unter Schock«, stellte der Doktor nach kurzer Untersuchung fest.

»Ich habe bereits einen Krankenwagen und die Polizei gerufen«, erwiderte Mr. Petracca.

Super, dann kann ich denen ja alles persönlich berichten, dachte Matt.

Wenige Minuten später wartete Matt im Sekretariat auf die Polizei. Wenn das alles nur nicht geschehen wäre! Der Gedanke, Rob Falk und die virtuellen Vandalen hochgehen zu lassen, ohne mit Cat Corrigan gesprochen zu haben, gefiel ihm gar nicht.

In diesem Augenblick kam sie zur Tür herein.

Die beiden starrten sich an. »Was machst *du* denn hier?«, stießen sie fast gleichzeitig hervor.

Cat antwortete zuerst. »Ich wurde aus der Klasse geholt. Das Büro meines Vaters hat angerufen. Er ist krank, ein Zusammenbruch. Ich will mich nur abmelden, bevor ich gehe.«

Erwartungsvoll blickte sie ihn an.

»Erledige erst deine Angelegenheiten«, murmelte er.

Nachdem sie von der Sekretärin eine Bestätigung bekommen hatte, dass sie die Schule verlassen durfte, ging er mit ihr zur Tür. »Sandy Braxton hat für das Geschichtsprojekt, an dem wir arbeiten, eine Simulation besorgt«, sagte er leise, als sie im Gang standen. »Aber im Veeyar ging alles schief.«

Sie starrte ihn an. »Was soll das heißen?«

»Es handelte sich um die Aufzeichnung einer berühmten Schlacht. Aber einige der Soldaten hielten sich nicht an die Programmierung und griffen uns an.«

Cat riss die Augen auf. »O nein!« Sie machte kehrt und wollte ins Büro zurückgehen. »Wo ist Sandy?«

»Auf dem Weg ins Krankenhaus. Soweit ich das beurteilen kann, geht es ihm nicht schlechter als den Leuten, die in Camden Yards angeschossen wurden.« Matts Stimme klang grimmig. »Ich weiß allerdings nicht, wie es mir ergangen wäre, nachdem es drei mit Bajonetten bewaffnete Burschen auf mich abgesehen hatten.«

Die Farbe war jetzt vollständig aus Caitlins Gesicht gewichen. »Rob!«, flüsterte sie verzweifelt. »Das muss Rob gewesen sein!« Sie sah am Boden zerstört aus. »Eines der ersten Systeme, in dem wir Geheimtüren hinterließen, war das der Schule. Ich hätte nie gedacht …«

»Ich auch nicht«, gab Matt zu. »Ich hätte vorsichtiger sein sollen, vor allem, nachdem wir auf dem Weg zu Sean McArdle eine der Sites des Veeyar-Systems passierten.«

Caitlin machte immer noch den Eindruck, als gäbe sie

sich die Schuld an dem, was Sandy und Matt zugestoßen war.

Matt nahm sie am Arm. »Wo ist dein Auto?«

»Auf dem Parkplatz hinter der Schule. Ich war heute ziemlich spät dran.«

»Ich bringe dich hin.« Matts Gehirn arbeitete fieberhaft. Die Polizei würde jeden Augenblick eintreffen. Wenn er Cat jetzt nicht davon überzeugte, dass sie mit der Polizei zusammenarbeiten musste, war es zu spät.

»Die Sache ist völlig außer Kontrolle geraten«, sagte er, während sie die Schule durch den rückwärtigen Eingang verließen. »Du weißt inzwischen, dass du Rob Falk nicht kontrollieren kannst. Wäre es nicht an der Zeit, dass du aufhörst, ihn zu schützen?«

»Ich habe keine Wahl!«, schrie sie. »Rob ist …«

»Rob wird ziemlich sauer werden, wenn du deine Klappe weiter so aufreißt«, unterbrach sie eine Stimme.

Entsetzt blickte Matt Caitlin an. Er hatte angenommen, der Schulparkplatz würde während der Unterrichtszeit verlassen sein.

Stattdessen flankierten drei Jugendliche den Eingang, die offensichtlich nicht zu den Schülern von Bradford gehörten. Zu ihren zerrissenen Jeans trugen sie ärmellose Hemden, die sie über T-Shirts gezogen hatten, Bandanas und Goldschmuck. Angesprochen hatte sie ein großer, stämmiger Junge mit aschblondem Haar, der, seinem starken Akzent nach zu urteilen, aus den Bergen stammte. Rechts von ihm stand ein drahtiger Asiate, während der Junge links von ihm mehrere Nationalitäten und Rassen in sich zu vereinen schien.

Trotz der krassen Unterschiede in ihrem Aussehen trug jeder von ihnen in irgendeiner Form eine Kombination von Grün und Schwarz.

Die Farben einer Gang.

Matt konnte nicht glauben, dass sie an den Türen der

Bradford Academy von Gangstern überfallen wurden, aber so war es.

Mit der Pistole, die der Blonde plötzlich aus seinem ausgebeulten Hemd hervorholte, war nicht zu spaßen. »Die Autoschlüssel, Süße.«

Ihnen blieb keine Wahl, als mit den Gangstern über den Parkplatz zu Caitlins Auto zu marschieren. Zum Glück hatte sie diesmal nicht den Copperhead genommen. Selbst so war es zu fünft ziemlich eng. Cat neben sich auf dem Beifahrersitz, übernahm der Blonde das Lenkrad, während Matt eingequetscht zwischen den beiden anderen auf der Rückbank saß.

»Steck deine Hände unter deinen Hintern«, hatte der Blonde befohlen, als Matt einstieg. »Wenn du auch nur einen Muskel rührst, muss Ng leider das hier benutzen.« Er reichte dem asiatischen Jungen die Pistole. »Die wird dann ein großes Loch durch den Vordersitz in unsere hübsche Kleine pusten.«

Mit dem Kopf wies er auf Caitlin, die wie erstarrt auf dem Beifahrersitz kauerte.

»Wo bringt ihr uns hin?«, stammelte sie mit gepresster Stimme.

»Natürlich zu Rob Falk«, erwiderte der große Blonde, während er den Schlüssel umdrehte und den Motor startete. »Ist nur fair, wo ihr euch doch so für ihn interessiert.«

16

Hinten in Caitlins Auto auf seinen Händen sitzend, konnte Matt nur hilflos zusehen, wie der Blonde vom Parkplatz der Bradford Academy fuhr.

Wenn ich allein wäre, würde ich mir den guten Ng vorknöpfen, dachte Matt, während er den drahtigen Asiaten mit der Pistole beobachtete. Die Net-Force-Instruktoren wurden bei den Marines geschult und erwarteten von jedem, der mit dem FBI in Verbindung stand, dass er etwas von Selbstverteidigung verstand. Das galt selbst für die jungen Explorer. Beim Kampf ohne Waffen hatte Matt sich wacker geschlagen. Hätte er sich nur um sich selbst zu kümmern brauchen, wäre es ihm vielleicht gelungen, Ng die Waffe zu entreißen.

Aber es gab keine Garantie dafür, dass er die Waffe an sich bringen konnte, bevor sich ein Schuss löste. Und bei der aktuellen Lage der Dinge würde dieser Schuss Cat Corrigan in den Rücken treffen.

Also blieb er, wo er war, und versuchte angestrengt, sich die Route einzuprägen, der sie folgten.

Ohne Aufsehen zu erregen, fuhren sie durch die Straßen des Viertels bis zum Rock Creek Parkway, wo der Blonde eine Auffahrt nach Norden nahm.

Natürlich, der Beltway.

Vor vielen Jahren hatten Stadtplaner im District of Columbia, in dem Washington lag, ringförmige Highways angelegt, die den Autofahrern das verkehrsreiche Stadtzentrum ersparten. Der Ausbau der Verkehrswege löste auch in den in Maryland und Virginia gelegenen Vorstädten einen Boom aus. Siedlungen, Einkaufszentren und Gewerbegebiete schossen aus dem Boden. Das ging so weit, dass smarte Geschäftsleute und Beamte im Washington der Achtzigerjahre des 20. Jahrhunderts als ›Beltway Bandits‹ bezeichnet wurden.

Doch bereits um die Jahrhundertwende änderte sich die Lage. Während die City saniert wurde, verlagerten sich die Probleme in die der Stadt am nächsten gelegenen Vorstädte, die innerhalb des Autobahnrings. Ironischerweise handelte es sich genau um die Probleme, die die Bewohner der Vorstädte aus Washington vertrieben hatten: Armut, Drogen, Gangs.

Großstädte besitzen nicht nur Elendsviertel, sondern auch Geschäftsbezirke und genügend Einwohner, die Steuern bezahlen. In den Vorstädten dagegen waren Polizei und Sozialbehörden völlig überfordert.

Ihr Ziel lag mit Sicherheit innerhalb des Autobahnrings.

Der Junge hinter dem Steuer beschleunigte, um sich in den auf dem Highway fließenden Verkehr einzureihen.

»Schönes Auto, was, Willy?«, sagte der Junge links von Matt.

»Sehr schön.« Willy war offenbar der Junge hinter dem Lenkrad. »Um Lichtjahre besser als Daddys Pick-up. Schade, dass wir es loswerden müssen.«

Ng fuhr überrascht zusammen. »Wir behalten es nicht?«

Willy deutete mit dem Kopf auf Caitlin. »Die Kleine ist die Tochter eines Senators. Wenn bekannt wird, dass sie entführt worden ist, haben wir das FBI und Konsorten am Hals. Armee, Marine, Küstenwache, Marines, das ganze Gesocks.«

Der dritte Junge gab einen Laut der Enttäuschung von sich.

»Unmöglich, Mustafa«, sagte Willy. »Wir wollen so weit wie möglich von diesem Auto entfernt sein, wenn die Regierungsleute es finden. Deshalb stellen wir es dort ab, wo es andere zuerst finden. Sollen die doch die Prügel beziehen.«

Er verließ den Beltway und nahm die Zufahrt zu einem heruntergekommenen Einkaufszentrum. Wahrscheinlich stammten die Gebäude noch aus der Zeit vor der Jahrhundertwende. Von der ursprünglichen Eleganz war auf jeden Fall nichts mehr übrig. Die Hälfte der Geschäfte stand leer, bei einigen waren die Schaufensterscheiben zertrümmert. Die andere Hälfte war das, was Matts Vater ›Ramschläden‹ nannte. Die Ware war billig und von schlechter Qualität, und in den Schaufenstern wurden marktschreierisch Sonderangebote angekündigt.

Vor einem verdächtig wirkenden Elektronikgeschäft hing eine breite Banderole, die sensationelle Schnäppchen ankündigte. Die grellen Farben waren verblichen und das Plastik eingerissen.

Genau das richtige Geschäft, wenn man einen billigen Uralt-Computer erstehen wollte. Allerdings verlangten die wohl eher Wucherpreise.

Sie holperten über einen Parkplatz, in dessen Zementboden Risse klafften, bis Willy neben einem verbeulten Auto stehen blieb.

Welche Farbe der Wagen ursprünglich gehabt hatte, ließ sich kaum noch feststellen. Eine Tür war blaugrau, ein Stoßfänger grün. Der Rest schien beige zu sein, war aber von grauen Spachtelflecken übersät, die wie Geschwüre wirkten.

»Alles raus«, ordnete Willy an.

Er selbst sprang hinter dem Lenkrad hervor und packte Caitlin fest am Arm. In der anderen Hand hielt er ein Bowiemesser, das er Matt kurz vor die Nase hielt, bevor er es auf Beinhöhe sinken ließ, wo es für die Passanten auf der Straße weniger sichtbar war. »Nur damit du nicht auf dumme Gedanken kommst«, sagte er mit seinem Hinterwäldlerakzent.

Ng senkte die Pistole ebenfalls, aber Matt war klar, dass er sie in kürzester Zeit in Anschlag bringen und abfeuern konnte. Einerseits fand er es erstaunlich, dass die Burschen ihre Waffen in aller Seelenruhe offen trugen, aber andererseits taten sie nichts, um Aufmerksamkeit zu erregen. Schließlich stiegen sie nur von einem brandneuen Auto in eine alte Schrottkiste um.

Die Sitzverteilung war wie gehabt. Matt saß zwischen Ng und Mustafa auf dem Rücksitz auf seinen Händen.

Er fragte sich, ob sie unter seinem Hintern einschlafen würden.

Willy nahm erneut hinter dem Lenkrad Platz. Das Messer war so schnell verschwunden, wie es aufgetaucht war. Auf dem Beifahrersitz, direkt vor der Mündung von Ngs Pistole, saß Caitlin.

Plötzlich fiel Matt ein, dass der Sitz neben dem Fahrer als Todessitz galt. Er versuchte, den Gedanken zu verdrängen.

Willy ließ den Motor an, und die Karre rumpelte, in eine Wolke aus blauem Rauch gehüllt, davon. »Vorsicht mit der Knarre, ja?«, ermahnte er Ng. »Ich will keine überflüssigen Löcher in diesem Sitz. Wenn wir fertig sind, bekomme ich den Wagen hier.«

Matt drehte sich um und warf durch die schmutzige Heckscheibe einen Blick auf Cats Sportwagen, der so fehl am Platze wirkte wie ein Schmetterling in einem Ameisenhaufen.

»Der wird nicht lange da stehen, ich habe die Schlüssel auf dem Vordersitz liegen lassen«, erklärte Willy.

Sie fuhren wieder auf den Beltway, wo sie die entgegengesetzte Richtung einschlugen, vermutlich, um eventuelle Verfolger abzuschütteln.

Gegen den Uhrzeigersinn fuhren sie über den Potomac River im Nordwesten des Districts of Columbia, halb um die Stadt herum und dann über die Woodrow Wilson Bridge im Süden, wo der Fluss wesentlich breiter war.

Sie nahmen die erste Ausfahrt hinter der Brücke, die in den südwestlichen Teil von Washington führte. Dieses Viertel war noch nicht saniert worden. Willy fuhr eine No-Name-Tankstelle an und hielt direkt auf die Werkstatt zu, wo ein Mann mit einem Lumpen einen Lieferwagen säuberte. Als er die Neuankömmlinge sah, verschwand er einfach.

»Partnertausch«, sagte Willy. »Du sitzt hinten bei deinem Kumpel«, erklärte er Caitlin. »Und bei meinen Kumpels.«

Der Lieferwagen war etwas geräumiger, das musste Matt zugeben. Er saß neben Caitlin, Ng und Mustafa gegenüber. Der Asiate hielt sie immer noch mit Willys Pistole in Schach.

Am schlimmsten war für Matt, dass er nicht sah, wo sie hinfuhren. Der hintere Teil des Lieferwagens war vollständig geschlossen. Sie steckten in einer dunklen Kiste und näherten sich einem unbekannten Ziel. Ihrer Reisegeschwindigkeit nach zu urteilen, musste Willy erneut auf eine Autobahn gefahren sein.

Doch dann nahmen sie eine Ausfahrt, bogen mehrfach ab und hielten an. Als Willy die hintere Tür öffnete, hielt er wieder das Messer in der Hand. »Wir sind da, bewegt euch, ihr beiden.«

Willy packte Caitlin am Handgelenk und zog sie aus dem Wagen. Dann war Matt an der Reihe, der keine Sekunde vergaß, dass sich Ng mit der Pistole hinter ihm befand. Er versuchte, seine Umgebung in sich aufzunehmen, erhaschte aber nur einen flüchtigen Blick auf rote Ziegel, bevor Willy ihm mit dem Griff des Messers eine Kopfnuss versetzte.

»Du bist hier nicht als Tourist. Pass auf, wo du hingehst, los.«

Sie wurden zu einer verschrammten Holztür getrieben, die sich öffnete, als sie sie erreicht hatten. Drinnen wartete ein Empfangskomitee: ein weiteres Trio abgebrüht wirkender Straßenkinder, die mit Armeegewehren bewaffnet waren.

Mit gerümpfter Nase blieb Matt in der Tür stehen, als ihm der Geruch von Schweiß, Bier, Schimmel und verrottendem Holz in die Nase stieg. Mustafa schubste ihn weiter.

»Lief wie geschmiert«, meinte Willy. »Wir haben das Mädchen gleich gefunden, und der hier war dabei.« Er deutete mit dem Kopf auf Matt. »Gut, dass Rob uns Bilder von den Blödmännern gezeigt hat.«

Er ließ sein Messer verschwinden, lockerte aber den Griff um Caitlins Arm nicht. »Kommt mit. Ein paar Leute wollen euch sprechen.«

Die Gefangenen wurden in einen Raum geführt, der vor hundertzwanzig Jahren vermutlich ein gemütliches Wohnzimmer gewesen war. Jetzt war nur noch eine Ruine übrig. Bis auf ein paar Streifen zerfetzter Tapete lag der nackte Putz frei. An den Wänden lehnten ein paar größere Möbelstücke, die niemand hatte haben wollen, und faulten vor sich hin. In der Mitte des Zimmers befanden sich zwei Tische, auf denen zwischen Karten und Papieren ein Sammelsurium altmodischer Computer stand. Dorthin wurden sie jetzt geführt.

Matt war sofort klar, dass es sich um eine improvisierte Kommandozentrale handelte. Eines der beiden dort stehenden Gangmitglieder kam ihm bekannt vor.

Rob Falk war etwas größer, als Matt ihn in Erinnerung hatte, und nicht mehr ganz so dünn. Seine Brust war muskulöser geworden, und an den Armen, die aus dem ärmellosen Gang-Shirt ragten, sah er die Sehnen spielen.

»Nicht mehr ganz der Waschlappen, den ihr von Bradford kennt, was?« Falk grinste Matt und Caitlin höhnisch an. »So sieht es aus, wenn man auf die falsche Seite des Beltway gerät. Eine Weile dachte ich, ich würde es nicht schaffen, aber dann traf ich James …«

»Keine Nachnamen«, grollte der große Schwarze neben ihm. Er war wie ein Ringer gebaut, mit Armen so massig wie bei anderen Leuten die Beine. Den Schädel trug er rasiert, und seine Augen funkelten grimmig.

»James ist der Kriegsherr der Buzzards, einer der vielen … äh, Freiwilligen-Organisationen für Jugendliche in den Vorstädten.« Robs Lippen zuckten. »Ich weiß, die technologische Erneuerung und die Sanierung der Stadt sollte eigentlich das Ende der alten Gangs bedeuten. War aber nicht so. Als die Leute, die aus ihren alten Vierteln vertrieben wurden, in die Vorstädte kamen, fanden sie ein explosives Gemisch aus legalen und illegalen Einwanderern vor. Salvadorianer, Mexikaner, Kubaner, Nigerianer, Jordanier, Pakistanis, Flüchtlinge vom Balkan, alles war vertreten. Dazu kamen die Leute vom Land. Willy kennt ihr ja. Seine Eltern lebten in einer Bergarbeiterstadt in den Appalachen, bis die Kohle zu Ende ging. In diesem Staat, in dieser Stadt, hofften sie ein besseres Leben zu finden.«

Er lachte. »Ich klinge wie ein Politiker, was?« Dann wurde seine Stimme ernst. »Stattdessen blieben sie alle entlang des Beltway hängen. Für keinen von ihnen gab es in eurer schönen neuen Welt Platz. Dafür fanden sie bei den Buzzards eine Heimat, in einer Gang, die immerhin auf eine fünfundsiebzigjährige Geschichte zurückblicken kann.«

»Und die Buzzards haben dich gefunden«, ergänzte Matt.

Rob sah aus wie Mr. Fairlie, wenn ein Schüler eine besonders gute Antwort gegeben hatte. »Ausgezeichnet!«

Er nickte dem Riesen neben sich zu. »James erkannte, dass ich etwas von der neuen Technologie verstand und sie zu nutzen wusste. Am Anfang war es nicht einfach, die nötige Hardware aufzutreiben. Schließlich waren wir gezwungen, ein paar Elektrogeschäfte zu überfallen.«

»Hat uns auch ein paar nette Holosets eingebracht«, meldete sich Willy zu Wort.

»Mit den Systemen verglichen, an die ihr gewöhnt seid, ist das meiste natürlich Schrott. Aber ich habe es trotzdem geschafft, ein paar nette Programme zu schreiben, stimmt's?« Sein Lächeln erinnerte an einen Haifisch.

»Gut genug für die große Cat Corrigan und ihre multikulturellen Freunde.«

Kopfschüttelnd drohte er Matt mit dem Finger. »Ich kann mir nicht erklären, wie du in die Sache hineingeraten bist, Hunter. Wenn ich mich recht erinnere, warst du immer ein braver Junge, der sich durch seinen gesunden Menschenverstand auszeichnete. Geradezu langweilig. Aber du bist wahrscheinlich nicht der Erste, den ein hübsches Gesicht vom rechten Weg abgebracht hat.« Bedeutungsvoll sah er zu Caitlin hinüber.

»Warum habt ihr uns verschleppt?«, wollte diese wissen.

»Es sah so aus, als wolltest du plaudern«, erwiderte Rob. »Und wir mögen es nicht, wenn jemand über unsere Pläne tratscht.«

»Habt ihr Gerry deswegen getötet?«

Matt warf ihr aus dem Augenwinkel einen Blick zu. Keine gute Idee, Rob und seinen Freund James zu verärgern, solange sie hilflose Gefangene waren.

»Gerry war völlig außer Kontrolle geraten«, stellte der Gangleader ungerührt fest. »Die Aktion in der irischen Botschaft hätte die Aufmerksamkeit der falschen Leute wecken können.«

»Ich dachte, du würdest dich mehr darüber aufregen, dass wir deinen neuen Freund hier erledigen wollten«, warf Rob mit einem Blick auf Matt ein. »Gar nicht dumm, wie du dich aus der Affäre gezogen hast, Hunter. Natürlich stand mir nur drittklassiges Material zur Verfügung. Mit einem System der Spitzenklasse hätte ich dafür gesorgt, dass sie dein Gehirn mit dem Löffel aus dem Computer-Link-Stuhl in Veeyar-Labor sechs kratzen müssen.«

Matt zuckte die Achseln. »Wir haben es alle nicht leicht. Ehrlich gesagt, finde ich deine Maßnahmen zu drastisch. Ich habe keine Ahnung, was du eigentlich vorhast. Und so wie sich Caitlin und die anderen verhielten, war ich nicht der Einzige, der keinen blassen Schimmer hatte.«

»Mag sein. Aber eine komplette Liste der Systeme, die sie aufgesucht haben, könnte anderen Leuten wertvolle Hinweise liefern.« Rob seufzte. »Ich dachte wirklich, sie würden sich ruhig verhalten und schweigen, bis wir fertig sind. Du weißt, wie wichtig diesen Leuten ihr Ruf ist. Aber dann kamst du daher und hast alles aus dem Gleichgewicht gebracht. Savage drehte durch, und die anderen wurden unzuverlässig. Wir mussten unseren Zeitplan revidieren und einige Mäuler stopfen.«

»Euren Zeitplan?« Matt versuchte, einen Blick auf die Karte zu erhaschen, die mit Klebeband auf der Tischplatte befestigt war. Von ihm aus gesehen stand sie auf dem Kopf, aber er konnte erkennen, dass es sich um eine Landzunge handelte, hinter der sich zwei Flüsse vereinigten. Irgendwie kam ihm der Anblick bekannt vor, doch er konnte das Bild nicht recht einordnen. »Du musst schon entschuldigen, wenn ich immer noch keine Ahnung habe, wovon du redest. Was haben die virtuellen Vandalen für dich erledigt, außer totale Verwirrung zu stiften?«

Rob Falk schenkte ihm erneut ein Haifischlächeln. »Wenn du verwirrt bist, haben sie ihre Aufgabe erfüllt. Cat und ihre nicht wirklich diplomatischen Freunde sollten einen Aufruhr verursachen, um die Polizei abzulenken.«

Er legte eine Pause ein und hämmerte dann mit der Faust auf die Karte. »Dabei haben sie die ganze Zeit daran gearbeitet, uns Zugang zu den Gardens at Carrollsburg zu verschaffen.

17

»*Was?*« Matt war klar, dass seine Stimme zu laut war. Endlich erkannte er, was die Karte auf dem Tisch der Kommandozentrale der Buzzards darstellte.

Erst vor wenigen Tagen hatte er diesen Ausschnitt auf seinem Computer gesehen: die Gardens at Carrollsburg. Das Sicherheits-Wohngebiet, an dem Sandy Braxtons Vater so gut verdiente.

Aber was konnten Rob und seine Gang dort wollen?

Offenbar hatte er laut gedacht.

James und Rob brachen in Gelächter aus.

»Das werde ich dir zeigen«, erklärte das Computergenie. Er ging zu seinem zusammengestopselten System und begann Befehle einzugeben – und zwar auf einem Keyboard! Matt kannte eine solche Tastatur nur aus dem Museum.

Wie alt mochte das Ding sein?

Aber es funktionierte. Über dem Computersystem erschien ein grobkörniges, verschwommenes Hologramm.

Offenbar handelte es sich um eine Karte, wie sie Soldaten als visuelle Hilfe beim Briefing vor einem Manöver gezeigt wurde – oder ging es gar in die Schlacht? Es handelte sich um eine vergrößerte Version der Karte auf dem Tisch, die die Landzunge am Zusammenfluss von Potomac und Anacostia zeigte. Statt der Straßen waren jedoch breite, in leuchtenden Farben markierte Bezirke eingezeichnet. Spitze und Ostseite der Halbinsel waren blau gefärbt und rot-weiß eingefasst. »Das ist Fort McNair, eine Armeebasis«, erklärte Rob. »Von dort aus den Potomac aufwärts liegen lauter Eigentumswohnanlagen.«

Dann wies er auf einen grünen Bereich, der den Großteil der restlichen Halbinsel bedeckte. »Die Gardens at Carrollsburg – heute eine richtige Gartenstadt. Kein Unbefugter hat Zutritt, und zu den Stoßzeiten gibt es eine Hovercraft-Verbindung über den Potomac. Ein wahres Idyll.«

Als Falk seine Gefangenen angrinste, wirkte sein Gesicht im Licht des Hologramms wie eine teuflische Maske. »Aber in der Zeit zwischen dem Kolonialstädtchen und diesem Vorposten der eleganten Lebensart hatte das Gebiet einen anderen Namen.«

Matt erinnerte sich. »Buzzard Point.«

Überrascht sah ihn der andere an. »Sehr gut. Und da sagst du, du hättest nichts herausgefunden.«

»Einer der Leets an der Schule – sein Vater hat in die Siedlung investiert. Der Name tauchte bei der Suche nach Jugendlichen auf, von denen ich dachte, dass sie mit deinen Vandalen in Verbindung stehen könnten. Bei den Adressen schienen sich bestimmte Postleitzahlen zu häufen: Georgetown im Nordwesten und 20024 im Südwesten. Dort wohnten offenbar hauptsächlich Diplomaten …«

Matts Stimme brach ab, als ihm klar wurde, dass das die Leute waren, die Rob am meisten hassen musste. Sie hatten ihm seine Mutter genommen, seinen Vater um seinen Job und ihn um sein Stipendium gebracht, sein ganzes Leben zerstört.

Aber Falk blieb gelassen. Er nickte nur. »Bevor all diese netten Leute dort einzogen, war das Gebiet die Heimat der Bussarde. Verstehst du? Daher der Name.«

»Vielleicht nicht besonders schön«, knurrte James mit einem Blick auf die verfallenen Wände, »aber die Umgebung war auch nicht gerade attraktiv.«

Rob wandte sich erneut zu der in der Luft glühenden Holokarte. »Nur ein wenig weiter nördlich lebt es sich immer noch nicht besonders angenehm.« Er deutete auf einen großen Fleck in grellem Orange, der sich quer über die Halbinsel zog. »Dieses ganze Gebiet ist noch nicht saniert. Die Gardens at Carrollsburg sollen erweitert werden, doch andere Bauunternehmen interessieren sich inzwischen ebenfalls dafür. Die ursprünglichen Bewohner sind ausgezogen, aber die Bulldozer haben ihre Arbeit noch nicht begonnen.«

Mit dem Finger fuhr er die unregelmäßige orange Grenzlinie nach. »Eine Menge Platz zwischen den fetten, reichen Diplomaten und den Luxusvierteln um die Mall und den Kapitolshügel.« Er stieß seine Faust durch den orangefarbenen Fleck, der das leerstehende Gebiet markierte. »Niemandsland, das ganz Carrollsburg vom Rest der Stadt abschneidet.«

Seine gedankenvolle Stimme schien aus weiter Ferne zu kommen, aber sein Gesicht war angespannt. »Sie glauben, sie seien hinter ihren bewachten Mauern in Sicherheit. Ha! Das Zeug ist so solide wie Schweizer Käse. Cat und ihre Freunde haben es mit Geheimtür-Programmen durchlöchert. Ich habe inzwischen Zugang zu den Sicherheitssystemen von Dutzenden von Häusern in Carrollsburg. Und die haben alle Verbindung zu der Hardware für die ganze Siedlung.«

In Rob Falks Augen lag ein hässliches, unheimliches Licht, als er Matt und Caitlin ansah ... und diesmal kam es nicht von den grellen Farben der holographischen Karte, auf die er zeigte.

»Ich habe Dutzende von Zugängen installiert, über die ich die Kommunikationssysteme lahm legen und Alarmanlagen und Stromversorgung abschalten kann. Ich kann die Tore blockieren, hinter denen sie sich sicher fühlen, sodass keiner von ihnen mehr herauskommt.« Seine Stimme klang triumphierend. »Oder ich könnte die Tore öffnen und ein paar hundert unerwünschte Gäste hereinlassen.«

Matts Augen schossen von Rob zu seinem neuen Freund James.

»Die Buzzards aus allen Gebieten um den Beltway werden sich hier versammeln«, versicherte ihm der Gangleader. »Und alle sind ausgerüstet.«

»Ausgerüstet?«, fragte Caitlin.

James blickte sie verächtlich an. »Mit Waffen, Mädchen. Was glaubst du denn?«

»In der Siedlung gibt es nicht genug Wachleute«, ergänzte Rob.

»Und die sitzen auf ihren fetten Hintern am Eingang und regeln den Verkehr«, stimmte James zu.

Rob lachte. »Aber wer rechnet in solch einem noblen Viertel schon mit einer Invasion?«

»Das wird der größte Coup in der Geschichte Washingtons«, prahlte James.

»Zumindest seit die Briten 1814 das Weiße Haus niederbrannten.« Ein hässlicher, triumphierender Ausdruck erschien auf Robs Gesicht. »Ein Haus mit Diplomaten neben dem anderen – und nicht einer von ihnen wird Immunität genießen.«

»Ihr seid verrückt!«, platzte Cat Corrigan heraus.

Matt warf ihr erneut einen Blick zu. Auch wenn er ihrer Meinung war, war es keine gute Idee, so mit Wahnsinnigen zu reden.

»Selbst wenn der Coup, von dem ihr redet, gelingt, habt ihr nicht nur die Polizei am Hals. Mit euch werden sich Leute befassen, deren Befugnisse nicht an der Staatsgrenze enden. Wenn ihr Diplomaten bedroht, muss sich das Außenministerium einschalten. Und die übrigen Bundesbehörden werden auch nicht lange auf sich warten lassen. FBI, Generalstaatsanwalt, Net Force, und wer weiß, wer noch, alle werden sie hinter euch her sein.«

»Du hast den Kongress vergessen, der ausziehen wird, um Senator Corrigans kleines Mädchen zu retten«, höhnte Rob Falk.

»Wir haben alles berücksichtigt«, meinte James. »Unser

Plan sieht folgendermaßen aus: schneller Einmarsch, den Möchtegern-Cops in der Siedlung eins über die Rübe geben, mitnehmen, was geht, und noch schneller wieder verschwinden. Bevor die großen Tiere wissen, wie ihnen geschieht, haben wir uns um den Beltway herum verteilt. Wie bei einem Guerillakrieg, Kleiner. Sie werden nicht wissen, wo sie nach den Verantwortlichen suchen sollen.«

Rob Falk beugte sich vor. »Aber für den Fall der Fälle haben wir ein paar Sündenböcke ausgewählt, die wir den Medien und Politikern präsentieren wollen.«

Verächtlich deutete er mit der Hand auf Caitlin und Matt. »Könnt ihr euch vorstellen, wie gern die Leute über einen Haufen wildgewordener Diplomatenkinder, eine Senatorentochter und den angeberischen Sohn eines Militärbeamten herziehen würden, die auf die schiefe Bahn geraten sind?«

Matt fühlte sich furchtbar. Er konnte sich den Medienzirkus genau vorstellen. Ihre Gesichter in allen Holonachrichten, Dokumentationen und den schmierigen Klatschsendungen, die sich als Reportagen tarnten. Selbst ernannte Moralapostel und politische Opportunisten würden mit den Fingern auf sie zeigen. Sein Vater würde zum Gespött werden, seine Mutter nie wieder eine Beförderung erhalten. Cats Vater war als Politiker vermutlich erledigt. Und die Diplomaten würden ihre Koffer packen müssen.

Es sei denn …

»Vielleicht hast du uns erwischt«, wandte er ein, »aber ich sehe weder Luc Valery noch Serge Woronow. Glaubst du, die werden nicht reagieren, wenn sie hören, dass Caitlin entführt wurde? Besonders, da du Savage ermordet hast.«

Lautes Gelächter übertönte ihn. Rob Falk tat sein Argument mit einer Handbewegung ab. »Um die haben wir uns schon gekümmert.«

Caitlin sah so schockiert aus, wie Matt sich fühlte. »Sind sie tot?«

James brüllte etwas durch die Tür am anderen Ende des Raums. Sekunden später schleppten zwei stämmige Buzzards zwei verdreckte Gestalten herein.

Der Anführer lachte, als hätte er einen großartigen Witz gehört. »Die haben wir uns schon vor euch geschnappt.«

Luc Valery hatte einen teuren Anzug an – oder vielmehr das, was davon übrig war. An der rechten Schulter seines Jacketts war der Ärmel fast abgerissen. Nur noch durch das helle Seidenfutter gehalten, hing er in Fetzen herunter. Serge trug Jeans und einen Pullover – und ein riesiges blaues Auge.

Rob schenkte den Diplomatensöhnen ein Lächeln, das an eine Katze erinnerte, die einen lahmen Kanarienvogel vor sich hatte. »Luc war mit seinem Dad zum Essen verabredet, aber dann hörte er das hier.«

Über die Tastatur gab er einige Befehle ein. Plötzlich erschien statt der Karte ein Bild von Caitlin im Raum. »Ich muss dich sprechen, und zwar sofort.« Ihre Stimme wurde zu einem atemlosen Flüstern. »Der Typ, der uns die ganze Zeit belästigt … Ich glaube, der saß am Steuer des Wagens, der Gerry überfahren hat.«

Rob wandte sich an die sprachlose Caitlin. »Ganz schön effektiv, was? Natürlich habe ich schon seit Monaten Stimmmuster von dir aufgenommen, nur für den Fall, dass ich dich nachahmen musste. Ritterlich wie er ist, eilte Monsieur Valery zu dem Treffpunkt, den ihm deine virtuelle Version vorgeschlagen hatte. Mit ein wenig Überredungskunst brachten wir ihn dann dazu, uns hierher zu begleiten.«

Er wandte sich zu seinem anderen ausländischen Gefangenen. »Unser Serge hier stellte schon eine größere Herausforderung dar. Auch wenn er im Netz so oft spielen darf, wie er will, in der Realität versuchen die Sicherheitsleute von Slobodan Narodny den Sohn ihres Botschafters im Auge zu behalten. Also mussten wir ihm einen guten Grund liefern, seine Bodyguards abzuhängen. Zum Glück wusste ich, wie ich das anstellen konnte.«

Rob wandte sich an Matt. »Ich habe mir dein Strichmännchen ausgeborgt und es mit dem Idiom-Savant-Programm kombiniert.«

Ein paar weitere Tastaturbefehle, und das Hologramm verwandelte sich in Leif Andersons ulkiges Strichmännchen, das einen Schwall serbokroatischer Wörter von sich gab. Serge brüllte und versuchte, sich aus dem Griff der beiden Kerle zu befreien, die ihn jedoch binnen Sekunden brutal zu Fall brachten und auf dem Boden festhielten.

»Falls es dich interessiert: Dein Proxy gibt etwas von sich wie ›Her mit der Kohle, oder dein Vater und seine Regierung erfahren alles‹. In der Balkanversion klingt es etwas unangenehmer, geradezu beleidigend.«

Kopfschüttelnd kicherte Rob vor sich hin. »Du kannst froh sein, dass der gute Serge nie dein Gesicht gesehen hat. Als er auszog, dir die erste Rate zu zahlen, trug er dies bei sich.«

Rob griff in seine hintere Tasche und zog eine alte, halbautomatische Pistole heraus. Es handelte sich um eine Beretta 9 mm, wie sie die Armee unter der Bezeichnung M9 um die Jahrhundertwende benutzt hatte. Wahrscheinlich war sie mit einer der vielen friedensstiftenden Missionen, die im Laufe der Jahre auf den Balkan entsandt worden waren, dorthin gelangt, verloren gegangen und von verschiedenen Seiten in den offenbar nie enden wollenden Kriegen und Fehden in der Region verwendet worden, bis sie im Gepäck eines Diplomaten in die Vereinigten Staaten zurückkehrte.

»Glücklicherweise hat unser Empfangskomitee sie ihm abgenommen, bevor jemand verletzt wurde.«

Rob warf einen Blick auf Serge, der unter dem Gewicht seiner beiden Bewacher stöhnte. »Zumindest, bevor jemand ernsthaft verletzt wurde.«

Luc starrte verzweifelt auf seinen Freund, die Wachen, die anderen Gefangenen. Schließlich sah er Rob an. »Wer bist du? Was willst du?«

Rob schenkte ihm ein gelassenes, respektloses Grinsen. »Ich bin deine gute Fee, Frosch. Mir hast du es zu verdanken, dass du im Netz nach Herzenslust Spielchen spielen durftest, die für brave Kinder verboten sind. Ich habe dir interessante Identitäten besorgt, Zugänge, falls du dich ein wenig amüsieren wolltest, und, auch das, gelegentlich einen Befehl erteilt. Ich bin Rob Falk.«

»Du bist ein Feigling und Mörder! Du hast Gerald Savage auf dem Gewissen! Wahrscheinlich hast du einen von diesen Gangstern hier mit seiner Ermordung beauftragt.«

»Tatsächlich hat sich mein Freund James freiwillig angeboten, das zu erledigen. Er konnte großmäulige Heuchler noch nie leiden, vor allem, wenn sie Ausländer sind.«

Luc wurde feuerrot. An seinen Schläfen pochte das Blut, und an seinem Hals traten die Adern unter der Haut hervor. »Du hast keine Ahnung, was für einen Fehler du gemacht hast! Mein Vater ist Vertreter der französischen Regierung, der Botschafter hört auf ihn! Und wie du selbst gesagt hast, Serge' Vater *ist* Botschafter von Slobodan Narodny. Dein Plan wird nie funktionieren, man wird uns nicht im Stich lassen! Unsere Regierungen werden dafür sorgen, dass du und deine Kumpane eure gerechte Strafe erhaltet.«

Matt dachte, der junge Franzose würde sich über den Tisch stürzen und Rob Falk niederschlagen. James schien ebenfalls damit zu rechnen. Er zog eine Pistole und richtete sie auf Luc, während die freistehende Wache den Diplomatensohn packte.

Doch Robs Gesicht blieb ungerührt. Er hatte Lucs Tirade gelauscht, als hätte der vom Wetter gesprochen. »Du hast wohl Recht. Bis auf Matt seid ihr alle ganz schön wichtig.«

»Darauf kannst du Gift nehmen!«, drohte Luc. »Wir werden allen erzählen …«

»Lass mich ausreden!« Die Worte kamen wie aus einer Maschinenpistole geschossen. Für eine Sekunde flammte in Rob Falks Augen und Gesicht der glühende Hass auf, den er für alle Diplomaten hegte. Als hätte er eine Maske aufgesetzt oder eine Proxy-Identität angelegt, nahm er dann wieder die distanzierte, ironische Pose ein, die er bisher gegenüber den Gefangenen gezeigt hatte.

»Natürlich könntet Ihr jemandem erzählen, was hier vor sich geht«, erklärte er mild. »Wenn ihr noch am Leben wärt.« Er hob die alte Pistole und zielte sorgfältig auf Luc. »Glücklicherweise wird das nicht der Fall sein.«

18

Im Raum wurde es totenstill, bis Rob Falk und James, der Kriegsherr der Buzzards, in raues Gelächter ausbrachen. Rob senkte die Waffe und steckte sie in seine Tasche zurück. »Oh, wir werden das nicht jetzt tun«, sagte er, als würden sich die Gefangenen dadurch besser fühlen. »Aber wir müssen euch wirklich das Mundwerk stopfen. Schließlich habt ihr euren Zweck erfüllt: Ihr habt mich an Orte gebracht, für die ich und meine Freunde zu ungehobelt sind, um mit euren Worten zu sprechen.«

James lachte erneut, aber Rob war noch nicht fertig.

»Außerdem eignet ihr euch hervorragend als Sündenböcke. Ihr werdet für fette Schlagzeilen sorgen, die Elite der Kommentatoren und Politiker wird sich über die Verdorbenheit der heutigen Jugend ereifern.« Er grinste höhnisch. »Warum sollten wir uns die Mühe machen, so eine schöne Geschichte zu erfinden, wenn ihr uns schließlich doch verpetzt?«

»Da hast du nicht Unrecht«, kommentierte James.

»Euer tragischer Tod wird die Medien in Atem halten.« Rob klang, als diskutierte er die Organisation eines Wohltätigkeitsballes oder einer Benefiz-Autowasch-Aktion. Matt hatte nie jemanden so gelassen über ein solch abscheuliches Verbrechen reden hören.

»So ist das also?«, fragte Cat schockiert. »Du willst uns loswerden, weil wir unseren Zweck erfüllt haben?«

Rob drehte sich um, grinste und nickte. »Das gibt Pluspunkte! Genau richtig. So wie ihr, du und deine hochwichtigen Freunde, Leute benutzt und euch ihrer dann entledigt. Natürlich müssen wir zu einer etwas dauerhafteren Lösung greifen. Aber wir spielen auch um einen höheren Einsatz als um eine gute Note im Computer-Grundkurs.«

Als er sich zu dem Mädchen beugte, triefte seine Stimme vor falschem Mitleid. »Ich weiß, es ist hart. Dein ganzes Leben lang hast du gedacht, du wärst ein menschliches Wesen mit Rechten und Privilegien. Tut mir Leid, Schätzchen. Aber du musst lernen, dass das hier draußen in der kalten, grausamen Welt nicht gilt. Meine Mutter dachte auch, sie wäre ein menschliches Wesen. Aber irgendein besoffener, reicher Diplomat hielt sie für ein Hindernis – oder vielleicht sogar eine Zielscheibe.«

Das falsche Mitleid war aus seiner Stimme verschwunden, die nun von eisiger Härte war. »Wir werden nie erfahren, was durch sein Gehirn ging. Sobald ihn sein Botschafter aus den Händen der Polizei befreit hatte, verschwand er in Windeseile nach Dingsbumslawien. Pech für dich, dass du keinen Botschafter hast, der dir aus der Patsche hilft. Wir haben hier keinen Bedarf für ein weiteres hübsches Gesicht. Das Geld deines Daddys interessiert uns nicht. Was wir brauchen, ist jemand, dem wir die Schuld an dieser Operation zuschieben können. Du bist auserwählt. Werde erwachsen, Mädchen, und sieh der Wahrheit ins Gesicht. Vielleicht ist es das Letzte, was du in diesem Leben tust.«

So grausam seine Worte auch waren, Caitlin gönnte Rob nicht die Genugtuung in Tränen auszubrechen. Matt sah, wie sie zitternd vor Anstrengung um Fassung rang, aber sie erwiderte Robs Blick hoch aufgerichtet und mit funkelnden Augen.

»Gute Arbeit!« Rob applaudierte beifällig. »Siehst du, du wirst schon erwachsen.«

Er wandte sich an seine anderen Gefangenen. »Okay, Leute, ich erwarte, dass ihr cool bleibt. Wenn ihr uns ärgert« – er blickte besonders auf Serge – »könnten eure Körper Verletzungen aufweisen, die nicht in das Bild passen, das wir uns vorgestellt haben. Die Öffentlichkeit soll eine Gruppe reicher, privilegierter Jugendlicher sehen, die in schlechte Gesellschaft geriet und ein trauriges Ende fand. Benehmt euch anständig, und ich verspreche euch ein relativ schmerzloses Ende. Solltet ihr uns allerdings ärgern, könnte das für euch sehr schmerzhaft werden. Dann werden wir uns für euch einen hässlichen Tod ausdenken müssen, um die Spuren zu verdecken. Ihr werdet euch mit eurem Auto überschlagen und verbrennen. Oder vielleicht werdet ihr auch von euren grausamen Freunden aus der Gang hingerichtet.«

»Und wenn wir brav sind?« Matt war überrascht, dass seine Stimme nicht zitterte. »Welche nette Todesart habt ihr dann für uns geplant?«

»Nun, richtig nett wird es nicht werden«, gab Rob zu.

»Aber vielleicht pumpen wir euch mit Alkohol oder Drogen voll, sodass ihr es kaum merkt, wenn euch ein Sicherheitssystem erledigt.« Er blickte sich um. »Wenn ihr keine Fragen mehr habt – und ich hoffe, dieses ›Damit kommst du nicht durch!‹ hat sich erledigt –, ist es Zeit, an die Arbeit zu gehen!«

Einen verzweifelten Augenblick lang war Matt versucht, seine Verbindung zur Net Force zu erwähnen und Falk zu erzählen, er wäre undercover tätig. Das würde seine herablassende Haltung erschüttern.

Als hätte er seine Gedanken gelesen, sagte Rob: »Versuch nicht, mir mit der Net Force zu drohen, Hunter.« Er lächelte, als er Matts verblüfftes Gesicht sah. »Komm schon. Ich war in deinem Computer und in vielen anderen auch. Dachtest du wirklich, ich wüsste nicht, dass du ein Net Force Explorer bist? Du scheinst deine Befugnisse überschritten zu haben. Vielleicht sollte ich Captain Winters eine E-Mail schicken und ein besseres Training für Undercover-Explorer anregen. Deine Bemühungen waren ziemlich stümperhaft.«

Die Gesichter seiner Mitgefangenen verrieten, dass Matt zumindest sie getäuscht hatte.

Er würde seinen Mund halten und sich auf die Pflicht jedes Gefangenen konzentrieren – Flucht.

Das hing natürlich davon ab, wo Rob und seine Gang ihre Gefangenen unterbrachten.

Da niemand mehr etwas zu sagen hatte, erklärten Rob und James ihre kleine Besprechung für beendet. Die Wachen kesselten Matt, Caitlin, Luc und Serge ein und begannen, sie durch die Tür am anderen Ende des Zimmers zu treiben. Es war dieselbe Tür, durch die Luc und Serge hereingebracht worden waren.

Nachdem sie den Raum verlassen hatten, gingen sie durch einen kurzen, dunklen Gang, der an einer großen, schweren Eichentür endete. Solche Türen gab es nicht mehr zu kaufen, aber für dieses spezielle Exemplar hätte sich vermutlich auch niemand interessiert. Die schweren Holzfelder waren zerfetzt und durchlöchert. Die Kugeleinschläge legten den Gedanken nahe, dass jemand sie als Zielscheibe verwendet hatte.

Aber als Schallisolierung funktionierte sie immer noch. Als die Wachen die Tür aufstießen, war Matt überrascht, welcher Lärm auf der anderen Seite herrschte. Noch erstaunter war er, als sie einen riesigen Raum mit hoher Decke betraten, in dem Reihen von Sitzbänken aus vernarbtem Holz standen. Eine Kirche!

Ein schneller Blick sagte ihm, dass das Gebäude nicht mehr benutzt wurde. Durch die Löcher im steilen Dach war Wasser gelaufen, das an den schmuddeligen Wänden riesige Flecken hinterlassen hatte. Der Putz hatte sich gelöst, sodass die roten Ziegelwände darunter sichtbar waren. Bis auf die Sitzbänke war alles mit einer dicken Staubschicht bedeckt. In den Bänken drängten sich Menschen – aber es waren Menschen einer Sorte, die bestimmt nicht betete.

Diese Gemeinde bestand aus knallharten jungen Männern. Viele waren jünger als Matt, die ältesten schienen Ende zwanzig zu sein. Ob fleischig oder zaundürr, schwarz, braun oder weiß und sommersprossig, alle zeichneten sich durch die misstrauische Härte auf ihren Gesichtern aus. Die meisten trugen Jeans und Hemden mit abgerissenen Ärmeln, immer aber eine Kombination aus Grün und Schwarz.

Es mussten Hunderte sein, die dort rauchend und lachend ihre Waffen prüften. Jeder war bewaffnet. Jagdgewehre, aus Munitionsdepots entwendete Waffen, jede Feuerwaffe, von der Matt jemals gehört hatte, schien hier vertreten zu sein. Er entdeckte sogar ein paar antike Beretta M9 wie die, mit der Rob Falk herumgefuchtelt hatte.

Das also war Robs Streitmacht, die Armee der Buzzards, die ihr Kriegsherr zusammengerufen hatte.

Beim Anblick der Fremden, die durch die Tür kamen, herrschte einen Augenblick lang bedrohliches Schweigen. Aber dann erschien hinter ihnen James, der offensichtlich ausgezeichneter Stimmung war. »Seid nett zu diesen Leuten«, warnte er seine Truppe. »Sie sind unser Schlüssel zu den Gardens at Carrollsburg!«

Ein Brüllen erfüllte die Luft, wie es die Kirche noch nie gehört hatte: halb ironisches Gelächter, halb Knurren der Wölfe beim Anblick von frischem Fleisch.

James deutete auf Matt und Caitlin. »Bringt sie dahin, wo die anderen waren. Und keine Spielchen! Wir brauchen sie in einem Stück.«

Matt und die anderen wurden durch den Gang zum Ende der Kirche geführt, bis er dachte, sie würden ins Freie treten. Aber bevor sie die Kirchentüren erreichten, bog die Wache an der Spitze ab. Durch eine Öffnung in der Wand betraten sie ein staubiges Treppenhaus.

War die Chorgalerie ihr Ziel? Aber die Treppe führte immer weiter nach oben, bis Matt klar wurde, dass sie sich im Kirchturm bewegten. Schließlich erreichten sie eine verrottete Holzleiter, die jemand unordentlich gegen den Rand einer Falltür über ihnen gelehnt hatte.

Nachdem er sie erklommen hatte, fand sich Matt in einem Raum wieder, der kaum größer war als sein Zimmer zu Hause, aber wesentlich höher. Einst hatten hier die Glocken gehangen, die an Feiertagen und zu Hochzeiten geläutet wurden. Jetzt waren sie verschwunden. Wahrscheinlich waren sie entfernt worden, als die Kirche säkularisiert wurde. Eine Glocke war wertvoll, selbst wenn sie nur um des Metalls willen eingeschmolzen wurde.

Von Staub, den Überresten einiger Vogelnester und den Hinterlassenschaften von Mäusen auf dem Fußboden abgesehen, war der Raum leer. Vier relativ saubere Klappstühle standen im Zimmer verteilt. Offenbar waren sie zur Bequemlichkeit der Gefangenen hergebracht worden.

Caitlin, Luc und Serge hatten inzwischen ebenfalls das obere Stockwerk erreicht. Von unten kam ein scharrendes Geräusch, als die Wachen die Leiter entfernten.

»Verhaltet euch ruhig da oben«, drang Willys Stimme zu ihnen herauf. »Wenn wir so weit sind, holen wir euch.«

Sobald die Wachen außer Sicht waren, schnappte sich Matt einen der Stühle und schob ihn gegen die Wand. Der Glockenturm hatte keine Fenster, aber über ihren Köpfen befand sich eine Öffnung in der Wand, durch die in den alten Tagen der Klang der Glocken nach draußen drang.

Irgendwann musste es jedoch ein Problem mit unbefugten Eindringlingen gegeben haben. Die im Abstand von zehn Zentimetern angebrachten Eisenstangen ließen das Glockenläuten durch, verhinderten aber jeden Zutritt von außen – und sorgten dafür, dass niemand hinausgelangte.

Die Stangen hinderten Matt jedoch nicht daran hinauszusehen, nachdem er sich mit Hilfe seiner improvisierten Trittleiter nach oben gezogen hatte. So weit das Auge reichte, blickte er auf leere, verfallene Gebäude. Die Dächer der Reihenhäuser aus Stein und Holz schienen unter dem Gewicht allzu vieler Jahre einzusinken. Von der Bretterverkleidung löste sich die Farbe, sodass das graue, verrottete Holz sichtbar war. Offensichtlich war das Viertel, selbst als es noch bewohnt war, keine besonders gute Adresse gewesen. Zwischen den Häusern erhoben sich eckige Gebäude aus nacktem Ziegelstein. Früher hatten sie Autowerkstätten oder Chemielager beherbergt, eben alles, was Leute, die es sich leisten konnten, nicht vor Augen haben wollten.

Dafür waren die Mieten natürlich niedrig gewesen. Weniger vom Schicksal Begünstigte hatten sich eben mit dem Lärm und dem ätzenden Geruch abzufinden. Hier war das Leben immer hart gewesen. Und nachdem die Häuser geräumt worden waren, setzte innerhalb kurzer Zeit der Verfall ein.

Für Matt sah das Viertel aus wie eine Stadt, die vor dem drohenden Angriff eines Feindes geräumt worden war. Niemandsland. Aber wo inmitten der boomenden Stadtlandschaft des Ballungsgebietes von Washington gab es so ein trostloses Gebiet?

Niemandsland. Das Wort hallte wie ein Echo durch seine Gedanken, als er vom Stuhl sprang und diesen zu einer anderen Wand zog. Dort sah es ähnlich trübselig aus, aber in der Ferne erhoben sich über den Dächern Apartmenthäuser. Und direkt vor dem Kirchturm rasten Autos über eine auf Stelzen errichtete Schnellstraße. Durch die Eisenstangen fiel das Licht der Abendsonne. Also musste dort Westen sein.

Matt sprang auf den Boden und zog seinen Stuhl zur Südwand. Weitere Ruinen und eine lehmige Narbe, wo die alten Häuser abgerissen worden waren. Dahinter bemerkte er eine Mauer aus rosigem Ziegel, hinter der luxuriöse Häuser mit Ziegelmauern und Holzverkleidungen zu erkennen waren, die direkt dem kolonialen Williamsburg entsprungen zu sein schienen. Der Rasen vor den Häusern schimmerte in saftigem Grün, und in den Einfahrten standen teure Autos.

Matt ließ die Stangen los und sprang auf den Boden.

»Was hast du gesehen?«, erkundigte sich Caitlin.

»Eine Menge Schweineställe«, erwiderte Serge in seinem gebrochenen Englisch.

»Slums«, übersetzte Luc Valery.

Der Junge vom Balkan nickte. »Wie Czernograd nach der Bombardierung. Ich war noch nie hier.«

»Also, ich weiß, wo wir sind«, erklärte Matt. »Erinnert ihr euch an die Karte, die uns Rob Falk gezeigt hat? Wir stecken mitten in dem orangefarbenen Fleck. Die Häuser hier sollen abgerissen werden und teuren Eigentumswohnanlagen weichen. Dort hinten«, er deutete mit dem Daumen über seine Schulter, »sind die Gardens at Carollsburg. Bewegt man sich weit genug in die entgegengesetzte Richtung, kommt man zur Mall und den Museen. Im Westen, hinter der Schnellstraße und den verlassenen Vierteln, befinden sich die Luxus-Hochhäuser entlang des Potomac. Östlich von hier …« Stirnrunzelnd versuchte Matt, sich die Karten, die er von der Gegend gesehen hatte, ins Gedächtnis zu rufen. Da war ein großer leerer Fleck gewesen …

Dann erinnerte er sich. »Die Washingtoner Marinewerft. Seit siebzig Jahren ist dort kein Schiff mehr gebaut worden, aber auf dem Gelände befinden sich Büros der Marine und so.«

»Wunderbar«, erklärte Luc zynisch. »Dann wissen wir wenigstens genau, wo wir sterben.«

Matt schüttelte den Kopf. »Das dürfen wir eben nicht zulassen.«

»Zulassen?«, fragte Luc. »Wie willst du das verhindern? Diese Schweine haben uns unsere Brieftaschen-Telefone abgenommen. Ich glaube nicht, dass wir da draußen Telefonzellen finden.« Seine Handbewegung schloss die ganze Trostlosigkeit ein, die sie umgab. »Außerdem sitzen wir mindestens vier Stockwerke über dem Boden fest, ohne Treppe und hinter Gittern …«

Matt unterbrach ihn, indem er mit der Hand seine Krawatte packte. »Echte Seide?«

»W-w-was?« Der Franzose geriet ins Stottern. »Meine Krawatte? Ja, das ist Seide.«

»Schwere Seide.« Matt war schon dabei den Knoten zu lösen.

Luc sagte nichts mehr, sondern starrte Matt nur an, als hätte der Amerikaner den Verstand verloren.

Matt hatte Luc inzwischen die Krawatte vom Hals gezogen. Jetzt nahm er sich einen der Stühle vor, den er hoch über seinen Kopf erhob und gegen die Wand schmetterte.

»Was tust du?«, kreischte Caitlin, die ebenfalls um Matts Verstand fürchtete.

Als Matt nach einem weiteren Stuhl griff, wichen die anderen Gefangenen zurück. Aber er lehnte ihn nur gegen die Ostwand des Glockenturmes und stieg hinauf.

Die Krawatte und ein Bein des zerbrochenen Stuhles in einer Hand, zog er sich nach oben. Er schlang die Krawatte um zwei Stangen, band sie fest, schob das Holzbein durch die Schlinge und begann es zu drehen. Die schwere Seide um den Stab wickelnd, zog er die Schlinge immer enger. Etwas musste nachgeben – und das war nicht die Krawatte. Mit einem tiefen, raspelnden Knarzen begannen sich die beiden morschen Eisenstangen zu biegen.

Eine Sekunde später stand Serge auf einem Stuhl neben Matt. Während er seinen Gürtel löste, hielt er ein weiteres Stuhlbein unter dem Arm geklemmt. »Echtes Leder aus der Heimat«, sagte er und schlang es um die Stangen neben denen, die Matt malträtierte.

Es war eine zähe, mühselige Arbeit. Matts Gesicht war mit Rost und Staub bedeckt, während er sich gegen das Holz stemmte, um die Schlinge fester zu ziehen. Serges Gürtel war der Belastung nicht gewachsen und riss, sodass sie ihn durch Matts ersetzen mussten.

Während sie versuchten, die Stangen zu biegen, diskutierten die Gefangenen bereits die nächste Stufe ihrer Flucht. Zumindest verging die Zeit auf diese Weise schneller. Luc besaß Freunde in den Gardens at Carrollsburg und war mehrfach dort gewesen. »Das Hovercraft fährt nicht den ganzen Tag«, erklärte er. »Das letzte Schiff geht um acht.« Er blickte von der untergehenden Sonne auf seine Armbanduhr. »Bis dahin ist es nicht mehr lang. Wir müssen die Wachleute an den Toren warnen!«

»Wenn wir diese Richtung einschlagen, hat uns Rob genau dort, wo er uns haben will«, wandte Matt ein. »Die müssen einfach ihren Zeitplan anpassen, dann sitzen wir mit allen anderen in der Siedlung in der Falle.«

»Wir sollten unser Glück auf der anderen Seite versuchen«, schlug Caitlin vor, »und die Leute auf der Schnellstraße auf uns aufmerksam machen.«

»Das haben Luc und ich bereits versucht«, erklärte Serge. »Wir haben gerufen. Ich habe sogar mit meinem Hemd gewinkt. Merkt keiner. Die fahren zu schnell.«

»Unsere einzige Hoffnung ist die Marinewerft.« Matt gab nicht auf. »Dort gibt es Soldaten, und in der Nähe befindet sich eine Basis der Marines. Wenn jemand Rob aufhalten kann, dann die.«

Er stemmte sich erneut gegen den Holzstab. Lucs Krawatte würde nie wieder werden, was sie einmal war. Mit einem letzten knirschenden Kreischen bogen sich seine beiden Stangen zueinander.

Sie hatten es geschafft! Die Öffnung zwischen den Stangen war weit genug, dass sich selbst ein stämmiger Junge wie Serge hindurchzwängen konnte. Matt schob sich hinaus und drehte sich dann so, dass er an seinen Händen hing. Er streckte die Beine aus und suchte mit dem Fuß nach Halt. Da! Er belastete das ausgestreckte Bein. Die Dachziegel hielten. An die Wand gepresst, glitt er nach unten, bis er rittlings auf dem First des Kirchendaches saß.

Drei besorgte Gesichter blickten auf ihn herab. »So weit, so gut. Gebt mir das Stuhlbein.«

Luc beugte sich vor und reichte ihm ein Bein des Stuhles, den Matt zerbrochen hatte. An dem Holz saß noch ein Stück von einer Querstrebe, sodass es L-förmig war.

Der nächste Teil würde nicht einfach werden. Das steile Dach reichte über mindestens zwei Stockwerke. Wenn es ihm gelang, sich bis zur Regenrinne vorzuarbeiten, konnte er vermutlich hinunterspringen. Wenn er allerdings die Kontrolle verlor und ins Rutschen geriet, stürzte er vermutlich ab und brach sich das Genick.

Während er die Stangen bearbeitete, entdeckte er zwischen den Dachziegeln Lücken. Dafür brauchte er jetzt diesen rohen Holzhaken. Falls er rutschte, wollte er den Haken zwischen die Dachziegel schlagen und sich so abfangen.

Über ihm zwängte sich bereits Luc durch die Öffnung. Cat würde folgen, dann Serge. Matt ließ sich herab, bis er auf den von der Sonne erwärmten Ziegeln lag, und versuchte, sein Gewicht auf einer möglichst großen Fläche zu verteilen.

»Und los«, flüsterte er, als er seinen Griff um den First löste.

Der Winkel war zu steil! Schneller und schneller begann er über die Ziegel zu rutschen. Er hatte die Kontrolle verloren und glitt dem sicheren Tod entgegen.

19

Ein- oder zweimal hatte Matt an virtuellen Bergtouren teilgenommen. Dabei hatte er eine ›Glissade‹ genannte Technik erlernt, bei der sich Bergsteiger über Gletscher gleiten lassen und sich abbremsen, in dem sie ihre Pickel ins Eis schlagen. Diese Technik hatte er anwenden wollen, falls es bei seinem Abstieg vom Kirchendach Probleme gäbe.

Jetzt aber musste er feststellen, dass zwischen Eis und

einem Ziegeldach ein gewaltiger Unterschied bestand, vor allem weil seine Ausrüstung nur aus einem Stück zersplittertem Holz bestand.

Sein altgedientes Stuhlbein brach und splitterte, als er versuchte, es einzuschlagen, um seinen Fall abzubremsen. Als es endlich in einer Spalte hängen blieb, wurde es ihm fast aus den Händen gerissen. Verzweifelt klammerte er sich fest und hielt tatsächlich an. Allerdings nur, bis sich der Dachziegel löste und seine wilde Rutschpartie von vorne losging.

Das Tempo hatte sich etwas verlangsamt, aber das Ende des Daches kam unaufhaltsam näher. Nur nicht den Kopf verlieren! Mit etwas Glück konnte er sich an der Regenrinne festhalten.

Doch als es so weit war, musste er feststellen, dass diese verschwunden war. Jemand musste sie abgerissen haben, um das Kupferblech zu verkaufen.

Eine letzte Chance blieb ihm noch. Dieser Teil des Dachs schien unter seinem Gewicht nachzugeben. So fest er konnte, schlug er mit seinem Holzstock zu. Die Ziegel gaben nach, bis der Holzstab in seiner Hand schließlich – endlich! – Halt fand. Gerade noch rechtzeitig hatte er seinen Sturz abgebremst: Seine Beine hingen bereits über den Rand hinaus.

»Sieht nach einer abenteuerlichen Rutschpartie aus«, rief Cat Corrigan von oben.

Wild gestikulierend, bedeutete Matt ihr, ruhig zu sein. Von seinem gefährlichen Aussichtpunkt konnte er sehen, dass die Buzzards um die Kirche herum Wachen postiert hatten. Auf seiner Seite stand der asiatische Junge. Wie lautete noch sein Name? Ng.

Seine Haltung war nicht gerade militärisch. Willys Pistole in den Gürtel gesteckt, schlenderte er die Straße entlang.

Aber wenn er hörte, wie die Gefangenen einander zuriefen, war er durchaus in der Lage, die Waffe zu ziehen und abzudrücken.

Zumindest hatten die anderen die Botschaft verstanden. Sie steckten die Köpfe zusammen und berieten. Der Plan, den sie sich ausgedacht hatten, war ziemlich clever: Sie bildeten eine menschliche Leiter. Serge klammerte sich an den First, während Luc sich nach unten hangelte, bis er sich an Serges Knöcheln festhielt. Dann war Caitlin an der Reihe. Sie glitt nach unten, wobei sie sich an den anderen festhielt, um nicht zu schnell zu werden.

Zwischen Lucs Knöcheln und Matt lagen noch fast zwei Meter, aber Matt bereitete sich darauf vor, sie aufzufangen.

Trotzdem wären sie fast gemeinsam abgestürzt. Eine entsetzliche Minute lang hing Cat in der Luft, bevor es ihr gelang, den im Dach steckenden Stock zu packen und Matts Arm loszulassen.

»Puh!« Sie atmete tief durch. Dann entdeckte sie Ng, der unter ihnen patrouillierte. »Jetzt weiß ich, warum wir den Mund halten sollten«, flüsterte sie.

Matt nickte.

Unbehaglich sah das Mädchen von dem Wachposten unter ihnen auf ihre beiden auf dem Dach liegenden Freunde. »Dort oben können sie sich nicht ewig festhalten. Und ich weiß nicht, wie lange das hier noch hält«, meinte sie mit einem Blick auf den hölzernen Haken.

Diesmal antwortete Matt nicht. Er war damit beschäftigt, Ng zu beobachten, der umgekehrt war und sich ihnen näherte.

Als sich der Wachposten unter ihnen befand, ließ er los.

Vielleicht hätte er Caitlin warnen sollen. Sie gab einen erstickten Laut von sich, und Ng sah auf. Mit weit aufgerissenen Augen versuchte er, die Pistole aus dem Gürtel zu ziehen.

Dann landete Matt auf ihm. Beide stürzten zu Boden, aber Matt war oben. Diesmal hatte Ng keine Geisel, um Matt in Schach zu halten. Matt wandte einen schnellen, aber schmerzhaften Griff an, und die Pistole entfiel Ngs gefühllos gewordenen Händen.

Dann schrie der Junge aus Leibeskräften.

Matt fluchte. Er wusste, er hätte ihn sofort bewusstlos schlagen sollen, aber er war zu sehr mit der Waffe beschäftigt gewesen. Jetzt war keine Zeit mehr für technische Feinheiten. Er schlug hart zu, und Ng sank ohne einen Laut zurück.

»Bewegt euch! Schnell!«, zischte er zu den beiden Beinpaaren hinauf, die über die Dachkante hingen. Caitlin ließ sich fallen, und Matt fing sie auf. Lucs Beine zappelten wild und dann erschien ein weiteres Paar. Serge hatte es ebenfalls geschafft.

Sie sprangen gleichzeitig, in dem Moment, als ein Wachposten um die Ecke bog – Matts alter Freund Willy.

»He, Ng, wo ist das Problem?«

Erstaunt starrte der Blonde die entkommenen Gefangenen an. Sein Mund öffnete sich zu einem Warnschrei, während er mit der rechten Hand unter seinem Hemd nach der Waffe tastete.

Serge entriss dem am Boden liegenden Ng die Pistole.

Die zwei Schüsse erklangen fast gleichzeitig. Willy schrie auf und wirbelte herum. Mit der linken Hand umklammerte er seine Schulter. Serge stürzte vor.

»Serge, du Idiot, du läufst in die falsche Richtung!«, brüllte Luc. Er, Matt und Caitlin rasten die Straße bereits nach Osten hinunter.

Während er nach Willys Waffe griff, rief Serge zurück: »Ich laufe zur Straße!«

Für eine Diskussion blieb keine Zeit. Der Lärm der Schüsse musste die Buzzards auf den Plan rufen.

Als er und seine Gefährten die nächste Straßenecke erreicht hatten, riskierte Matt einen Blick zurück. Aus der verlassenen Kirche strömten Buzzards wie Ameisen aus einem aufgestörten Hügel.

Dann war von der Kirchentür her Gewehrfeuer zu vernehmen.

»Vermutlich haben sie Serge entdeckt«, meinte Luc.

Über den Lärm der vereinzelten Schüsse erhob sich eine laute, grollende Stimme, die Matt erkannte. James erteilte seinen Truppen Befehle. »Wo sind die anderen? Sucht sie! Sofort!«

Matt schoss um die Ecke, wobei er die anderen vor sich hertrieb. »Los, die müssen jeden Augenblick hier sein.«

»Wir schaffen es nicht mal bis ans Ende der Straße, bevor sie um die Ecke kommen«, sagte Caitlin.

»Also müssen wir uns verstecken.« Prüfend sah Matt sich um. Er wählte das nächstbeste Haus. Es besaß noch eine Tür, und der Eingang war nicht mit Sperrholzbrettern oder einer Mauer aus unverputzten Hohlblocksteinen verrammelt. Er hatte befürchtet, sie würde verschlossen sein, aber jemand hatte Schloss und Klinke aus dem Holz geschnitten. Als er mit der Handfläche gegen die Tür schlug, schwang diese einfach nach innen auf.

Im Inneren des Hauses war es dunkel. Licht fiel nur durch die Spalten zwischen den verzogenen Sperrholzbrettern, die die leeren Fensteröffnungen verschlossen. Matt machte die Tür zu und spähte durch das Loch, in dem einst Schloss und Klinke gesessen hatten, auf die Straße hinaus. Gangmitglieder in den Farben der Buzzards rannten die Straße hinunter, auf der sich die Flüchtlinge eben noch befunden hatten.

»Jetzt ist der Weg vor uns blockiert«, sagte Luc. »Und sie haben genug Leute, um ein Haus nach dem anderen zu durchsuchen.«

Matt drehte sich um. »Wir werden die Tür verbarrikadieren, um sie aufzuhalten. Während sie sich damit herumschlagen, entkommen wir durch die Hintertür.«

Sie standen im Treppenhaus des alten Hauses, das offenbar vor langer Zeit in Apartments aufgeteilt worden war. Rechts von ihnen führte eine Treppe in den zweiten Stock, zu ihrer Linken befand sich eine Wohnungstür, die in einem gewagten Winkel an den zerbrochenen Scharnieren hing.

Matt ging hinein. Anscheinend war das ehemalige Wohnzimmer in ein Einzimmerapartment umgebaut worden. Aus einer durchnässten Schaumstoffmatratze spritzte das Regenwasser, als er sie zur Seite zerrte. Offenbar waren die Möbel in diesem Raum als wertlos zurückgelassen worden. Matt konnte dieser Einschätzung nur zustimmen. Jedes einzelne Stück war billig und schäbig. Trotzdem war noch genug erhalten, was jetzt nützlich sein konnte. Er stemmte den rostigen Metallrahmen des Bettes gegen die Tür. »Seht nach, was in der nächsten Wohnung ist«, befahl er, während er die Barrikade mit einem verzogenen Bücherschrank aus furniertem Holz verstärkte.

»Hier ist eine alte Truhe, die wahrscheinlich zu schwer war, um sie zu tragen«, rief Luc.

Matt half ihm, die riesige, verschimmelte Ledertruhe zur Tür zu schleppen. In diesem Augenblick hörten sie Caitlin aufstöhnen. »Wir müssen so schnell wie möglich hier raus!« Als sie im Gang erschien, ließen Matt und Luc die Truhe im Stich.

Caitlin führte sie nach hinten. Die Wohnung dort war größer, und in der Ferne fiel durch eine Tür in einem der Räume Tageslicht. Auch durch das zerborstene Fenster im Belüftungsschacht strömte Licht – und nicht nur das. Regenwasser bildete eine riesige Pfütze, was seine Wirkung auf den Boden im Gang nicht verfehlt hatte. Er war teilweise weggebrochen und in den Keller darunter gestürzt. Zwischen ihnen und dem hinteren Teil des Hauses gähnte ein fast zwei Meter breites Loch!

Als Matt sich dem Rand näherte, senkte sich der Boden unter seinen Füßen bedrohlich. »Vielleicht können wir Anlauf nehmen und springen.«

»Oder der Boden bricht unter der Wucht des Aufpralls zusammen, und wir landen dort unten.« Luc wies auf den dunklen Keller.

Sie brauchten dringend eine Brücke.

»Die Tür zur vorderen Wohnung!«, sagte Matt. Sie rasten zurück, drehten und zogen an der Tür, bis sie sich aus den verbogenen Scharnieren löste.

Vielleicht war der Lärm draußen zu hören, vielleicht war es auch nur Pech, dass Buzzards gerade dieses Haus überprüften. Als die Außentür nicht sofort nachgab, wurde aufgeregtes Geschrei laut. Fäuste hämmerten gegen das alte Eichenholz. Das Stimmengewirr wurde lauter, offenbar versammelte sich der Suchtrupp vor dem Eingang.

Matt zerrte verzweifelt, bis sich die Tür löste. »Los!«, zischte er. Die drei taumelten mit der schweren Tür den Gang entlang.

Im gleichen Augenblick beschloss einer der Buzzards draußen, sich den Weg freizuschießen. Pistolenschüsse hallten durch den Flur, eine Kugel prallte von dem Bettrahmen ihrer hastig errichteten Barrikade ab.

Der hat zu viele Holos gesehen, dachte Matt. *Es gibt kein Schloss, das er zerschießen könnte.*

Trotzdem folgten die anderen Buzzards dem Beispiel ihres Kumpanen. Kugeln durchschlugen die Haustür und die Sperrholztafeln vor den Fenstern. Matt, Luc und Caitlin stolperten durch den Eingang zur hinteren Wohnung. Zumindest lagen nun ein paar Wände zwischen ihnen und der Feuerlinie. Dann hörten die Schüsse auf.

»Deine Barrikade wird nicht lange halten«, gab Luc zu

bedenken, während sie atemlos die Tür an der Truhe vorbeischleppten, die sie einfach hatten stehen lassen.

»Was, wenn sie durch die Nachbarhäuser gehen?«, wollte Caitlin wissen. »Vielleicht warten sie hinten auf uns.«

»Lasst uns hoffen, dass ihnen das nicht sofort einfällt«, meinte Matt. »Ein Problem nach dem anderen.«

Matt und Luc stellten sich zu beiden Seiten der Tür auf und schoben sie über das Loch. Würde es funktionieren?

Luc wandte sich an Caitlin. »Du bist am leichtesten. Warum gehst du nicht zuerst?«

Sie schüttelte nur den Kopf.

Er presste die Lippen zusammen. »Wir haben keine Zeit zu streiten.« Langsam und vorsichtig wie ein Seiltänzer betrat er die improvisierte Brücke.

Matt atmete zischend durch die zusammengepressten Zähne, als er sah, wie der Boden zu beiden Seiten der Tür nachgab. Aber Luc erreichte die andere Seite und ging weiter. »Hier ist alles fest«, meldete er.

»Los, Caitlin«, befahl Matt. »Du hast gesehen, dass es hält.«

»Der Boden hat nachgegeben«, erklärte sie mit erstickter Stimme.

Sie hatten keine Zeit zu verlieren. Matt betrat die zur Brücke umfunktionierte Tür. Er konnte sich Hunderte von Dingen vorstellen, die angenehmer waren als dieser zwei Meter lange Fußmarsch. Jeder Schritt schien die improvisierte Brücke und ihre instabile Unterlage ins Wanken zu bringen.

Erst als er das andere Ende erreicht hatte, bemerkte er, dass er die gesamte Zeit die Luft angehalten hatte. Luc war bereits vorangegangen, um die hinteren Zimmer zu inspizieren. Jetzt schleppte er eine stinkende Holzkiste an. »Ich glaube, das waren Bücher, bevor sie der Schimmel erwischt hat.«

Matts Aufmerksamkeit galt Caitlin, die immer noch wie erstarrt am falschen Ende der Brücke stand.

»Los jetzt!«, rief er ihr zu. »Wenn wir es geschafft haben, klappt es bei dir erst recht.«

»Ich – ich kann nicht.«

Luc setzte seine Last ab. »Cat, komm zu uns. Wir können dich nicht tragen, der Boden hält das doppelte Gewicht nicht aus.«

Sie machte einen winzigen Schritt, dann noch einen.

Vom Eingang des Hauses war ein splitterndes Krachen zu vernehmen. »Sie kommen«, sagte Matt.

Das war offenbar das Zauberwort. Caitlin schoss plötzlich vor, die Arme ausgestreckt, wie um das Gleichgewicht zu halten. Obwohl sie leichter war als die Jungen, belasteten ihre abrupten, ruckartigen Bewegungen die Brücke stärker.

Matt biss die Kiefer so fest zusammen, dass seine Zähne schmerzten, als er hörte, wie das verrottete Holz knarrte und ächzte.

Nun hatte sie fast das andere Ende erreicht, aber die Brücke kippte!

»Halt mich fest«, sagte Luc zu Matt.

Matt stemmte sich gegen ein Stück Boden, das noch stabil war, und packte Luc mit aller Kraft am Gürtel. Der Franzose beugte sich vor und griff nach Caitlin, die ins Wanken geraten war und wild um sich schlug.

Er hatte sie! Matt zog und zerrte, bis sie alle drei die morsche Stelle hinter sich gelassen hatten. Die Brücke hing gefährlich schief und drohte jeden Augenblick zusammenzubrechen. Nicht auszudenken, was geschehen wäre, wenn sie Caitlin nicht rechtzeitig gerettet hätten.

Die Stimmen im vorderen Teil des Gangs kamen näher. Luc wirbelte herum, packte die Kiste mit den verschimmelten Büchern und warf sie auf die Brücke. Unter dem zusätzlichen Gewicht stürzte die Tür krachend in den Keller.

Matt zog Caitlin bereits in das hintere Zimmer, zu den Fenstern.

Die Rahmen waren tatsächlich noch verglast. Mühsam öffnete er ein Fenster und schob Caitlin hindurch.

Der Garten hinter dem Haus war winzig. Offenbar handelte es sich bei den hinteren Räumen um Anbauten, die später hinzugefügt worden waren. Hinter einem höchstens einen oder zwei Meter breiten Streifen erhob sich ein anderthalb Meter hoher Holzzaun.

Matt kletterte hinauf und half Caitlin hinüber. Inzwischen hatte Luc sie eingeholt und erklomm den Bretterzaun ebenfalls.

Hinter dem Zaun befand sich ein Garten. Zehn Meter Gras und Unkraut lagen zwischen ihnen und dem Holzhaus, das ihnen Deckung bieten würde. Jemand hatte sich um das alte Haus gekümmert, es weiß gestrichen und die Fenster grün umrandet.

Ein Schrei hinter ihnen zeigte, dass ihre Verfolger den Grand Canyon im Flur überwunden hatten. Als Matt sich umsah, erschien ein Kopf über dem Zaun hinter ihnen, und ein Schuss krachte.

Nur gut, dass die Gang weder Zeit noch Munition hatte, um ihre Zielsicherheit zu trainieren. Wie eine wütende Hornisse schwirrte eine Kugel an Matt vorbei und zerschmetterte ein Fenster in dem Haus vor ihnen.

Mit dem Unterarm schlug er die scharfkantigen Glasreste aus dem Rahmen und hob Cat hinauf.

»Finde heraus, wie es vor uns aussieht«, wies er sie an, bevor er ihr folgte. Von drinnen reichte er Luc die Hand. Er musste den Franzosen so schnell wie möglich ins Haus holen, denn immer mehr Buzzards kletterten über den Zaun.

Nachdem er Luc halb ins Zimmer gezogen hatte, sah

er sich um. Ungläubig starrte er auf die Zeitungsstapel. Wie lange war es her, dass die *Washington Post* als gedruckte Ausgabe erschienen war? Das Papier war mürbe und brüchig und so trocken wie Zunder.

Durch das Fenster sah Matt, wie ein weiterer Buzzard über den Zaun sprang. Seine Waffe war auffällig massig …

»Lauf!«, brüllte er Luc plötzlich an. »Der Idiot da draußen hat einen Granatenwerfer!«

Sie stolperten zwischen brusthohen Papierstapeln hindurch zur Tür, die sie kaum erreicht hatten, als ein dumpfes Geräusch verkündete, dass der andere seine Granate abgeschossen hatte.

Eine Wolke bildete sich, vermutlich Tränengas.

Was für ein Trottel, dachte er, als er die Tür zuschlug. Tränengas war vielleicht in den Gardens at Carrollsburg nützlich, wo sich die Leute in ihren Häusern verschanzen wollten. *Aber wir wollen nicht hier bleiben. Im Gegenteil, wir wollen nur weg. Und die Tränengaswolke wird nur unsere Verfolger aufhalten.*

Doch dann mischte sich ein Knistern in das Zischen des Gases. Feuer!

Er fluchte. Die verdammte Granate hatte die Papierstapel in Brand gesetzt.

So schnell er konnte, rannte er in die vorderen Räume.

Das ist ein Holzhaus, flüsterte eine nervöse Stimme in seinem Kopf. *Das ganze Ding wird in Flammen aufgehen!*

Hinter ihm hing bereits schwarzer Rauch in der Luft, als er Caitlin und Luc erreichte, die aus der Haustür spähten.

»Feuer!«, keuchte er atemlos. »Sofort raus!«

»Aber …«, wandte Caitlin ein.

Matt hatte keine Lust zu diskutieren. Er riss die Tür auf und taumelte auf die baufällige Veranda hinaus.

Dann sah er, wovor die anderen ihn hatten warnen

wollen. Am anderen Ende des Häuserblocks stand ein Suchquartett.

Wären die Buzzards nicht so verwirrt gewesen, hätte ihn seine Unvorsichtigkeit das Leben gekostet.

Er fuhr zurück und presste sich flach gegen die Wand des alten Hauses, dessen Rückseite inzwischen vollständig in Flammen aufgegangen war. Das Feuer züngelte in die Höhe, bis sich vor dem von der untergehenden Sonne rot gefärbten Himmel eine gewaltige Rauchsäule erhob. Im Schatten der vorderen Veranda mussten sie für ihre Verfolger unsichtbar sein.

Aber diese Sicherheit war nur vorübergehend. Im Inneren des Hauses arbeitete sich das Feuer mit jeder Sekunde weiter vor.

Viel länger konnten sie an diesem Ort nicht bleiben. Matt hoffte nur, dass es dunkel genug war – in diesem gottverlassenen Teil der Stadt gab es keine Straßenlaternen. Er holte tief Atem. Vielleicht merkten sie nicht, dass er nicht die Farben der Gang trug.

»Yo!«, rief er ihnen zu. »Die sitzen da hinten in der Falle. Kommt mit!« Mit dem Arm deutete er auf den hinteren Teil des Hauses.

Wilde Schreie ausstoßend rasten die vier schwer bewaffneten Jugendlichen um die Ecke, in die Richtung, aus der sie gekommen waren.

Matt wandte sich zum Eingang, aus dem unerträgliche Hitze und beißender Rauch drangen. Cat und Luc stolperten hustend ins Freie, die Gesichter mit schwarzen Rußflecken bedeckt.

Wir müssen hier raus, dachte Matt. *Das Feuer wird jeden Buzzard der ganzen Gegend anlocken.*

Entschlossen trabte er los, und die anderen taumelten hinter ihm her. Die Straße verlief von Osten nach Westen. Nur ein paar Blocks, höchstens vierhundert Meter weiter, und sie hätten die Sicherheit der Marinewerft erreicht …

Hinter ihm wurde ein wütender Schrei laut. »Da sind sie!«

Die Verfolger, die er durch seine List getäuscht hatte, waren zurück, und sie hatten jede Menge Freunde mitgebracht. Matt riskierte einen Blick über die Schulter. Vielleicht achtzig Meter trennten die Flüchtlinge von der Gang, die ihnen auf den Fersen war.

Große Schützen sind sie nicht, sagte er sich. *Dafür sind sie viele, und manche haben automatische Waffen. Wenn wir nicht schnell verschwinden, werden sie ziemlich bald einen Glückstreffer landen.*

»Lauft!« Seine Stimme klang wie ein Krächzen, als er sein Tempo beschleunigte. Wenn sie nur die Ecke erreichten …

Da sah er, wie vor ihnen dunkle, drahtige Gestalten um die Ecke bogen.

Sofort änderte er seinen Kurs, um seine Gefährten in den Schutz eines steinernen Treppenhauses zu führen. Als er schluckte, spürte er in seinem Mund den bitteren Geschmack der Verzweiflung. Sie waren eingekesselt. Vor ihnen und hinter ihnen befanden sich Teile der Gang. Diese Leute würden sie mit Vergnügen umbringen. Da waren sie im Glockenturm besser dran gewesen!

20

Jemand brüllte einen Befehl, und plötzlich wurde die Abenddämmerung durch grelles Licht erhellt. Die Gangmitglieder vor ihm zerstreuten sich wie Kakerlaken auf dem Küchenboden. Die Lichter bewegten sich im Schritttempo. Matt erkannte vier Panzerwagen, neben denen schwer bewaffnete Gestalten marschierten.

Ihre Kleidung schimmerte grün – aber das war keine Verstärkung für die Buzzards, das waren die Kampfanzüge der U.S. Marines.

Hinter dem Wachtrupp näherte sich mit eingeschaltetem Blaulicht ein Feuerlöschwagen. Der Fahrer hupte, offenbar konnte er es nicht erwarten, den Brandherd zu erreichen.

Plötzlich fühlte Matt ein Gefühl der Dankbarkeit gegenüber dem Idioten, der die Granate geworfen und das Haus in Brand gesetzt hatte. Zwar hatte er damit wie durch ein Signalfeuer alle Buzzards der Gegend angelockt, aber gleichzeitig hatte er die Aufmerksamkeit der Feuerwehr der Marinewerft erregt.

Und da sich der Brandherd im Niemandsland befand, hatten die kommandierenden Offiziere eine Eskorte aus Marines mitgeschickt, falls es Ärger gab.

Noch standen die Buzzards unter Schock, aber ihre Zahl übertraf die der Marines mindestens um das Zehnfache. Vielleicht versuchten sie, die Soldaten zu überrennen und ihren großen Coup trotz allem zu landen.

Aber die Panzerwagen mussten mit Funk ausgestattet sein. Wenn es ihnen gelang, die Marines zu warnen und Hilfe zu rufen …

Matt wandte sich an Luc und Caitlin. »Los, wir müssen ihnen sagen, was sie erwartet, was hier läuft.«

Aus dem dürftigen Schutz der Treppe trat er mit erhobenen Händen ins gleißende Scheinwerferlicht.

Die Gewehre der Marines richteten sich auf ihn, aber Matt ging weiter, wobei er darauf achtete, dass seine leeren Hände sichtbar waren. »Vor ihnen lauern etwa zweihundert Mitglieder einer Gang«, warnte er. »Sie haben sich dort versammelt …«

»… um die Gardens at Carrollsburg anzugreifen«, unterbrach ihn Cat Corrigan. Ebenfalls mit erhobenen Händen trat sie an ihm vorbei. »Sie haben mich und meine

Freunde entführt. Ich bin Caitlin Corrigan, die Tochter des Senators.«

»Kluges Mädchen«, murmelte Luc.

Matt sah ihn nur an.

»Inzwischen wird die Entführung in den Nachrichten gewesen sein«, erklärte Luc. »Die Soldaten müssen sie ernst nehmen.«

Matt wollte ihm gerade erklären, dass es sich um Marines handelte, nicht um Soldaten, da nahm er aus dem Augenwinkel eine Bewegung wahr.

Als er gemerkt hatte, dass sein Plan bedroht war, musste Rob Falk im Schatten bis zu den Stufen des Reihenhauses geschlichen sein, dessen Schutz die Flüchtlinge soeben verlassen hatten. Nun erhob er sich aus der Deckung. In der Hand hielt er die alte M9, die er Serge Woronow abgenommen hatte. Seine Augen funkelten.

»O nein, du Miststück«, stieß er hervor. »Du wirst nicht alles zerstören, wofür ich gearbeitet habe.«

In diesem Augenblick brüllte einer der Marines: »Runter mit dir, du junger Idiot!«

Luc war auf Falk zugesprungen, um ihn aufzuhalten, damit aber in die Schusslinie der Marines geraten.

Ein Schuss fiel – Rob hatte gefeuert. Aber er traf nicht Caitlin, sondern Luc.

Der Franzose schrie auf, fuhr herum und hielt sich den Arm. Er taumelte, stürzte aber nicht – stand also immer noch in der Schusslinie der Marines. Mit den steifen Bewegungen eines Zombies aus einem Horrorfilm lief er auf Falk zu. Aus seinem linken Arm, der nutzlos herabhing, tropfte das Blut auf den rissigen Asphalt.

Mit der rechten Hand griff er entschlossen nach dem Computergenie der Gang. »Du – wirst – Cat – nicht – weh – tun!«, stieß er dabei unter Schmerzen hervor.

Luc bot ein ausgezeichnetes Ziel, und er stand für alles, was Rob Falk hasste. Er gehörte zur Elite, kam aus einem privilegierten Land, und sein Vater war auch noch Diplomat.

Rob richtete die Waffe auf Luc. Matt hörte das frustrierte Stöhnen der Marines, die versuchten, Rob zu treffen, ohne Luc und Caitlin zu gefährden. Wenn er nicht sofort eingriff, musste es zu einem größeren Feuergefecht kommen.

Er zwang seine müden Beine zu einem letzten Sprint. »Falk!«, brüllte er, während er auf Rob zuraste.

Er hatte keine Ahnung, was geschehen würde. Im Gebrauch von Feuerwaffen war Rob ein Amateur, was bedeutete, dass seine Reaktion nicht vorauszusehen war. Ein trainierter Schütze hätte möglicherweise erst sein ursprüngliches Ziel erledigt, bevor er sich um Matt kümmerte.

Stattdessen zögerte Rob, zwischen Luc und Matt, der nun auf ihn zustürzte, schwankend.

Er hatte noch nicht einmal Zeit gehabt, einen Schuss abzufeuern, als Matt ihn zu Boden riss. Mit schmerzhafter Wucht schlugen sie auf den Asphalt. Rob wand sich wie ein Aal, um freizukommen, so dass er einen weiteren Schuss abfeuern konnte. Matt hielt Falks Hand umklammert und presste sie gegen den Boden, bis die Waffe Robs Fingern entglitt.

Als er mit einem Fußtritt die Pistole außer Reichweite beförderte, schoss Robs freie Hand wie eine Klaue in die Höhe und griff nach Matts Augen. Matt duckte sich, schlug seinen Gegner in den Magen und warf ihn herum, sodass er auf den Bauch zu liegen kam. Er zwang Robs rechten Arm hinter seinen Rücken und zog ihn in die Höhe, wobei er den schmerzhaften Druck verstärkte, bis die Knochen knackten.

Rob schrie auf, aber Matt zwang ihn in die Höhe, sodass er als Schutzschild zwischen ihm und den Buzzards stand. Dann wich er zurück, Rob mit sich nehmend.

Wenn die Gang schoss, setzte sie das Leben ihres Genies aufs Spiel.

Die Marines umstellten sie. »Was ist hier los?«, fragte ein Sergeant.

»Ich bin Net Force Explorer«, erklärte Matt immer noch außer Atem. »Wenn Sie Captain Winters durch das Büro der Net Force in Washington kontaktieren, kann er Ihnen das bestätigen.«

Auch wenn er vor Wut kocht, im Stich lassen wird er mich nicht.

»Dieser Mann hier besitzt das Computer-Knowhow, um das Sicherheitssystem der Gardens at Carrollsburg zu knacken. Was immer Sie tun, sorgen Sie dafür, dass seine Freunde ihn nicht zurückbekommen.«

Die Gang schwankte wie ein ruheloses Meer. Sie wussten, mit Rob Falk stand und fiel ihr gesamter Plan, aber mit den Marines wollten sie sich nicht anlegen. Mit der Polizei wäre es eine andere Sache gewesen, vielleicht hätten sie versucht, die Linie zu überrennen. Aber nicht bei den Marines.

Matt hatte endlich die geparkten Panzerwagen erreicht. Mit einem erleichterten Seufzer beobachtete er, wie ein Lieutenant der Marines in sein Funkgerät sprach. In der Ferne war schon das Heulen von Sirenen zu vernehmen.

Der Sergeant gab Matts Nachricht weiter. Der Lieutenant setzte sich mit der Net Force in Verbindung. Binnen kurzem schwärmten Hubschrauber in der Luft über ihnen.

Es war vorbei.

In der Sakristei der verlassenen Kirche konnte Captain Winters nur den Kopf schütteln. Ein komplettes Team von Kriminaltechnikern der Net Force war an der Arbeit und ging das wilde Sammelsurium von Computern durch, das Rob Falk zusammengestellt hatte.

Matt hatte Recht gehabt. Ohne Rob konnten James und seine Krieger ihren großen Raubzug nicht ausführen. James hatte am anderen Ende des verlassenen Viertels seine Leute in einem Feuergefecht gegen Serge Woronow befehligt. Dem Sohn des Balkan-Diplomaten war es nicht gelungen, die von Stelzen getragene Schnellstraße zu erreichen. Aber er hatte zwischen den Säulen Deckung gefunden und von dort aus James und seine Gruppe beschossen.

Serge war verletzt und hatte nur noch zwei Schuss, als die Polizei eintraf und James und seine Gang schmählich in die Flucht trieb. Sie wurden bereits mit Haftbefehl gesucht.

Der Rest der Gang hatte versucht zu entkommen, aber Polizei, Marines und Net Force hatten die meisten aufgespürt. Einige der Buzzards waren noch im Besitz ihrer Waffen, andere hatten sie weggeworfen, aber sicher war, dass die Kampfkraft der Truppe an diesem Abend einen vernichtenden Schlag erlitten hatte.

Captain Winters kam auf Matt zu. »Unsere Leute finden auf diesen Festplatten unglaubliche Dinge. Aber bei diesem Fall gab es ja einiges, was ich nie geglaubt hätte.«

Das war zwar keine ausdrückliche Entschuldigung dafür, dass er Matts ersten Theorien über die virtuellen Vandalen keinen Glauben geschenkt hatte, aber mehr, als Matt erwartet hatte.

»Andererseits hätte ich nie gedacht, dass du so eine verantwortungslose, gefährliche … geradezu *hirnrissige* Aktion unternimmst. Ohne Sicherung auf eigene Faust und von jeder Kommunikation abgeschnitten undercover zu gehen. Was glaubst du, wer du bist?«

»Captain, ich habe ein Datascrip mit allem, was ich wusste, hinterlassen. Es enthielt alle Ergebnisse meiner Nachforschungen …«, begann Matt, aber Winters schnitt ihm das Wort ab.

»Wenn du wüsstest, auf wie vielen Grabsteinen das als Nachruf stehen könnte. Wir haben deine Datei gefunden, nachdem du aus der Schule verschwunden warst.« Der Blick, mit dem er Matt bedachte, hätte Stahl zum Schmelzen gebracht. »Sie war nutzlos, weil Falk und die anderen Vandalen bereits untergetaucht waren. Die schmutzigen Tatsachen, die uns geholfen hätten, dich zu retten, hast du doch erst als Gefangener herausgefunden, was?«

»Aber ich bin doch entkommen, Captain«, rechtfertigte sich Matt. »Ich habe das Training umgesetzt, das ich bei den Net Force Explorers erhalten habe.«

»O ja, ich habe von Woronow und Valery alles über deine Abenteuer gehört, während sie zusammengeflickt wurden.« Winters zögerte einen Augenblick. »Und von Miss Corrigan.« Er schüttelte erneut den Kopf. »Manche dieser hirnrissigen Stunts … Auf jeden Fall hast du eines bewiesen, Hunter: Halbwissen ist gefährlich, besonders wenn man versucht, es anzuwenden.«

Er seufzte. »Uns bleibt vermutlich nur eines. Wir werden dich für das Fortgeschrittenen-Training der Net Force anmelden müssen, dann bist du wenigstens von der Straße weg.«

»Sir?« Matt wollte seinen Ohren nicht trauen. Das Fortgeschrittenen-Training war normalerweise Leuten vorbehalten, die Jahre älter waren als er. Wahrscheinlich brauchte er dafür das Einverständnis seiner Eltern, aber seine Mutter konnte er vermutlich überzeugen, und die würde mit seinem Vater reden.

»Danke, Captain.«

»Bedank dich nicht. Wenn du damit fertig bist, kommst du dir wahrscheinlich vor, als wärest du durchs Fegefeuer gegangen. Hoffentlich verbrauchst du dabei wenigstens deine überschüssige Energie.«

Matt fühlte, wie ihm die Röte ins Gesicht stieg. »Zwischen mir und Cat – Caitlin – ist nichts passiert.«

»Nichts, was? Davon abgesehen, dass ihr entführt und beschossen wurdet? Mir ist schon klar, dass du sie schützen wolltest, als du festgestellt hast, dass sie in die Sache verwickelt ist.«

Matt zuckte die Achseln, aber seine Gesichtsfarbe wurde noch dunkler. »Ich habe gehandelt, wie ich es für richtig hielt – damals.«

»Luc Valery wohl auch«, meinte Winters.

»Ja, ich habe ihn mit Cat reden sehen. Wahrscheinlich ist er endlich zu dem Schluss gekommen, dass er sie wirklich mag.«

»Davon wird er nicht viel haben. Die Valerys und die Woronows kehren in ihre Heimatländer zurück. Mr. und Mrs. Savage haben Geralds Leiche bereits nach England überführt. Das Außenministerium hat alle Hebel in Bewegung gesetzt. Und wenn ich mich nicht sehr täusche, wird Senator Corrigan seine Tochter in einen Schrank sperren, bis sie mindestens dreißig ist.«

Matt lächelte schwach. Keine Bilder von Cat Corrigan mehr im Gesellschaftsteil der Holos. Das war wirklich eine Veränderung!

»Wir haben allerdings ihre Zusage, dass sie aussagen wird, wenn es nötig wird.«

Matt wurde ernst. »Was geschieht mit Rob Falk?«

Nun zuckte der Captain die Achseln. »Er wurde in Gewahrsam genommen und steht unter ständiger Beobachtung, damit er sich nichts antut. Für ihn muss mit Sicherheit ein psychiatrisches Gutachten erstellt werden. Die Techniker hier sagen, er ist ein wahres Genie. Andererseits hat er ein paar ziemlich üble Dinge geplant …«

»… und ausgeführt«, ergänzte Matt. »Unter anderem Mord.«

Captain Winter widersprach ihm nicht, sondern wechselte einfach das Thema. »Ich glaube, die Bundesregierung wird sich in Zukunft mehr für die Gangs in den

Vierteln entlang der Ringstraßen interessieren. Die sind nicht nur in Washington ein Problem, sondern auch in anderen Großstädten.«

»Das wird wahrscheinlich das einzige erkennbare Ergebnis dieser Vorfälle bleiben«, meinte Matt.

»Wenn Bundesregierung, Justizministerium und ein paar andere Behörden – einschließlich der Net Force – damit fertig sind, vermutlich schon.« Winters blickte ihn an. »Hattest du mit einem Orden gerechnet?«

»Nein!«, erklärte Matt überrascht.

»Dann sieh es mal so: Du hast geholfen, einen internationalen Zwischenfall zu vermeiden, in den vier Länder verwickelt gewesen wären, ein paar Leute vor einer besonders unsanften Behandlung durch die Buzzards gerettet ... und dafür gesorgt, dass Technologie, die größten Schaden hätte anrichten können, nicht in die falschen Hände geraten ist.«

»Und als Belohnung bekomme ich die Gelegenheit, mich beim Fortgeschrittenen-Training schinden zu lassen.«

Captain Winters nickte. »Das ist wohl die beste Strafe für Erfolg. So läuft es bei der Net Force. Ist das für dich ein Problem, Hunter?«

Matt spürte, wie sich ein Grinsen auf seinem Gesicht ausbreitete. Er zuckte die Achseln. »Ich glaube, ich kann damit leben, Captain.«